삿
포
로
의 여
인

이순원 장편소설

삿포로의 여인

문예
중앙

일본여자 시라키 레이의 딸 … 7

제가 시라키 레이의 아들입니다 … 19

순정한 시간 … 33

그 아이 연희 … 55

비운의 국가대표 선수 … 79

오수도리 산장의 남자 … 96

주호와 연희의 〈마음산책〉 … 121

연어와 마가목 … 144

그해 크리스마스 선물 … 179

유강표와 시라키 레이의 화려한 연애시절 … 197

주호가 몰랐던 연희 … 219

낯선 곳에서도 우리를 견디게 하는 것들 … 237

그리고 우리를 슬프게 하는 것들 … 273

작가의 말 … 281

일본여자 시라키 레이의 딸

주호가 연희의 어머니 시라키 레이를 처음 본 것은 중학교 1학년 때 어머니와 함께 대관령 이모 집에 갔을 때였다. 강릉에서 버스를 타고 아흔아홉 굽이 고갯길을 돌아 넘는 동안 하늘이 노래지도록 멀미를 했다. 실제로는 그렇게 먼 거리도 아니었다. 버스를 타면서부터 나들이 차들로 길이 막히고 속까지 울렁거려 두 시간은 더 걸린 것 같았다. 이제까지 집에서고 학교에서고 서쪽으로 늘 바라보기만 하던 대관령을 처음 넘던 날이었다.

나중에 어른이 되어 처음 대관령을 넘던 날의 기억을 떠올릴 때면 냉방도 안 되는 완행버스에 날까지 더워 그게 여름방학 중의 일이 아니었나 생각되기도 했다. 그러나 그보다 이른 5월의 일이었다. 정확하게는 어린이날이었다. 그래서 그날을 특별히 기억하는 것은 아니었다. 날이 여름처럼 무더워도 5월이었다는 것을 알게 해주는 것은 그때 처음 알게 된 '성하'라는 말과 어린 나이에도 그 자리에 서 있는 게 죽고 싶을 만큼 부끄러웠던 어떤 기억 때문이었다.

요한 바오로 2세 교황 성하.

흰옷에 납작한 모자를 머리 뒤쪽에 붙여 쓴 교황이 한국에 왔을 때였다. 며칠 내내 텔레비전을 켜기만 하면 교황이 비행기에서 내리자마자 땅에 입을 맞춘 다음 대통령의 환영을 받으며 청와대를 방문해 대통령과 나란히 앉아 얘기하는 모습을 보여주었다.

'아, 폐하나 각하라고 부르지 않는 높은 사람도 있구나.'

방송에서 교황을 높임말로 성하라고 부른다고 해서 성하가 무슨 뜻인지 사전까지 찾아보았던 것이다.

그런 교황 성하가 며칠째 한국에 머물고 있었다. 어린이날이 토요일이어서 일요일까지 이틀 연휴였다. 어머니가 대관령에서 제법 소리를 내고 사는 이모 집에 돈을 빌리러 가면서 왜 어린 아들을 데리고 갔는지 모를 일이었다. 이제까지는 차비가 아까워서라도 한 번도 그러지 않다가 아들을 데리고 나서면 그 길이 좀 덜 부끄럽고 덜 외로웠을까. 아니면 부끄러운 길을 나서면서 그래도 자식과 함께 가는 게 어떤 위로와 의지가 되었을까. 그것이 아니면 이렇게 자라는 아이를 봐서라도 돈을 빌려달라고 말하기 쉬워서였을까. 어머니를 따라 처음 대관령을 넘는 나들이였는데 조금도 즐겁지 않았다.

어쨌거나 그날 그는 대관령으로 가며 처음 알게 되고 처음 본 것이 많았다. 그때 알게 된 성하라는 말도 그랬고, 바다처럼 너른 밭에 초록빛 물결처럼 이랑을 이루고 있는 양파밭을 처음 본 것도 그랬다. 땅 위에 올라온 모습만 보면 그냥 대궁이 굵은 파밭 같은데 아래쪽에 아직 덜 자란 갓난아기 주먹 같은 양파가 숨어 있었다.

그날 주호는 대관령 횡계 버스정류소에서 조금은 이상한 광경을 보았다. 어머니 때문에 버스에 내려 차장에게 끌려가듯 대합실 안으로 들어갔을 때 웬 덩치 큰 어른이 낮부터 얼굴이 벌게지도록 술을 마시고 정류소에서 일하는 사람들과 정류소에 차를 타러 나온 사람들을 상대로 행패를 부리고 있었다.

"씨팔, 느들이 뭐 잘나서 사람을 무시하는 거야? 왜 무시하냐고?"

"야, 애먼 데 와서 트집 잡지 말고 그만 들어가."

"트집? 이것들이 정말……. 스키장 새끼들도 그렇고, 여기도 그렇고, 느들은 대관령에 어재식 고태복밖에 없는 줄 알지?"

"나 참, 또 그 소리야?"

"그래 씨팔, 나도 대한민국 국가대표였어. 나도 일본에 올림픽

갔다 온 사람이라고."

"이건 술만 먹으면 아무 데나 와서 행패 부리고 말이지……."

"내가 올림픽 나갈 때 고태복이는 나가지도 못했다고! 그런데도 이것들은 씨팔, 그저 말끝마다 어재식 고태복뿐이지."

"하루 이틀도 아니고, 알았으니 그만 좀 하고 가라고."

"야, 그러면 느들도 저쪽 서울회관처럼 파출소 불러봐. 불러보라고, 씨팔……."

그러면서 대합실에 놓인 긴 의자 한쪽을 들었다 놓기도 하고, 차 시간을 기다리는 사람들을 향해 뭘 봐, 하고 버럭 소리를 지르기도 했다. 소동도 금방 일어난 것이 아니라 시작한 지 한참 되어 보였다.

주호가 그걸 고스란히 지켜봐야 했던 것은 어머니 때문이었다. 어머니가 강릉에서 횡계까지 오면서 횡계 표를 끊지 않고 그 앞에 휴게소가 있는 대관령 표를 끊었다. 버스에서 내릴 때 차장이 표를 받으면서 횡계까지 오면서 왜 대관령 표를 끊었느냐고 추가요금을 내라고 했다. 어머니는 막무가내로 앞에 휴게소가 있는 곳도 대관령이고 횡계도 대관령이라며 추가요금을 내지 않고 버텼다. 그러자 차장이 어머니와 주호가 내릴 때 따라 내려 정류소에서 표를 관리하며 새로 들어온 버스에 승객을 태우는 사람에게 자기가 받지 못한 추가요금을 받으라고 말했다.

남자의 소동이 없었다면 표를 관리하는 사람이 곧바로 어머니에게 추가요금을 달라고 했을 것이다. 그러나 차장이 버스에서 내려 대합실까지 따라 들어와 말해도 관리자가 그걸 챙길 틈도 없이 어떤 남자가 대합실 안에서 소동을 부리고 있었다.

"나, 이거야 참……."

관리자도 난감해하고 대합실의 손님들도 술 취한 사람의 행패가 혹시 자기에게 미칠까 봐 절반은 밖으로 나가서 흘끔흘끔 대합실 안의 동정을 살폈다. 소동은 그러고도 한참이나 계속되었다. 금방이라도 의자고 뭐고 마구 집어 던질 듯하다가도 마지막 선에서 멈추고, 정류소 관리자를 몸으로 밀쳐버릴 기세이다가도 제 분을 못 이기듯 옷자락을 확 열어젖히며 욕설과 함께 소리를 버럭 질렀다.

주호도 처음엔 어쩔 수 없이 끌려 들어와 행패의 불똥이 자기나 어머니에게 튀지 않을까 놀라고 두려웠지만 이내 술 취한 남자의 행동이 겉모습만 요란하지 실제로는 스스로 마음속에 그어놓은 선 안에서 부리는 행패라는 걸 짐작할 수 있었다. 그걸 정류소 관리자도 알고 매점에 앉아 있는 아주머니와 다른 몇 사람도 이미 알고 있는 듯했다. 매점에 앉아 있는 아주머니야말로 익숙하고도 심드렁한 표정으로 남자를 바라보다가 그런 소동 중에도 진부로 가는 완행버스 차장에게 끌려 대합실로 들어온 어머니와 주호를 무슨 일로 거기에 와 서 있는지 안다는 식으로 연신 힐끔거렸다.

계속되는 소동을 말린 건 정류소 관리자도 경찰도 아니었다. 소동 중간에 예닐곱 살쯤 되어 보이는, 입고 있는 분홍색 원피스도 그렇고 얼굴 모습도 어딘가 희미하게 서양 인형을 닮아 보이는 여자아이가 저쪽 출입문을 통해 대합실로 들어왔다. 양쪽으로 두 갈래 머리를 촘촘하게 땋아 묶은 아이의 흰 팔목에 파란색 풍선 하나가 줄에 묶여 공중에 떠다녔다. 아마도 어린이날 행사장에서 받은 풍선 같아 보였다.

"아빠……."

여자아이는 남자 앞으로 다가가 딱 그렇게 한마디만 하고는 얼굴도 찡그리지 않은 채로 구슬 같은 눈물을 흘렸다. 남자도 그 한마디에 감전된 듯 곧바로 잠잠해졌다.

"……왔나?"

"가, 아빠……."

"느 엄마는?"

"저기……."

아이가 풍선을 매단 손으로 대합실 바깥을 가리켰다. 거기에 아이보다 더 서양여자를 닮아 보이는 한 여자가 햇빛을 가리는 모자를 깊숙이 눌러쓰고 서 있었다. 여자는 마른 듯한 체격에 무릎이 나온 하늘색 바지와 하늘색 물방울무늬가 찍혀 있는 남방을 입고, 어디에서 일을 하다 왔는지 손에는 붉은 칠을 한 작업장갑을 벗어 들고 가만히 대합실 안쪽을 바라보고 있었다. 조금은 큰

키와 깡똥한 단발머리 말고도 어딘가 달라 보이는 얼굴 때문이라도 금방 눈에 띄는 모습이었다. 분명 한 가족인 것 같은데 술주정을 하는 남자와 그를 데리러 온 조금은 이국적인 모습의 여자와 얼굴 어디엔가 그런 엄마를 희미하게 닮은 어린 여자아이의 조합이 주호의 눈에도 이상해 보였다.

"그래, 가자."

남자는 여자아이의 손을 잡았다.

"울지 마라."

"안 울어."

여자아이는 눈물을 흘리면서도 금방 웃는 얼굴로 남자를 쳐다보았다. 주호는 저렇게 아버지를 부르러 온 아이의 심정을 알 것 같았다. 어머니 때문에 대합실 한쪽에 끌려와 서 있는 자신의 모습이나 아이의 모습이나 다를 게 없었다. 아무리 어리다 해도 저 아이도 아버지와 자신을 바라보는 사람들의 시선을 충분히 느낄 터였다.

"야, 나 간다. 느들, 정말 너무 그러지 마라. 기성이 형도 나한테 너무 그러지 마시오."

남자는 소리는 크지만 한결 녹어진 목소리로 대합실 사람들과 관리자에게 말했다.

"그래. 애 잘 데리고 가라. 피곤한데 가서 쉬고, 쌓인 거 있으면 다음에 한잔하며 얘기하자."

남자는 아이의 손을 잡고 대합실을 나갔다. 그러기 전에 남자의 손을 잡은 여자아이가 어른의 일을 대신 사과하듯 돌아서서 정류소 관리자에게 안녕히 계세요, 하고 깍듯이 고개를 숙여 인사했다.

"그래. 연희도 아빠 잘 모시고 가거라. 아니 아니, 잠시만⋯⋯ 그래도 오늘이 어린이날인데 이래 보자."

관리자는 얼른 매점 쪽으로 가 손에 잡히는 대로 과자를 집어 아이에게 주었다.

"괜찮아요."

"아니다. 아저씨가 예뻐서 주는 거니까 받아."

"고맙습니다."

과자를 받으며 아이는 다시 깍듯하게 고개를 숙여 인사했다.

그사이, 대합실 바깥에 서 있던 여자가 바람과 같이 사라지고 보이지 않았다.

"아주머니도 아이까지 데리고 다니면서 이러지 마시고, 다음부터는 횡계까지 오면 횡계 표 끊어가지고 오세요. 아이 앞에서 이게 뭡니까? 그만 가보세요."

그런 말을 들어도 어머니는 크게 부끄러움을 느끼지 않는 것 같았다. 어쩌면 느껴도 아들 앞에서 아닌 표정을 짓고 있는 것인지 몰랐다. 그러나 주호는 말할 수 없는 모욕감과 부끄러움을 느꼈다. 아까부터 발가벗긴 채 그 자리에 서 있는 것만 같았다. 금방 나간 어린 여자아이도 그랬을 것이다. 어른들은 아이가 어리면 아무것도 모르는 줄 알지만 그 시절을 겪어온 어른들만 오히려 그걸 모르는 것 같았다.

"가자. 늦었다."

아무 일 없다는 듯 어머니가 말했다. 밖은 여전히 덥고 오후 시간은 아주 느리게 지나갔다.

저녁을 먹을 때 텔레비전에 교황과 함께 앉아 있는 대통령의 모습이 나오고 그것에 대해 여러 사람이 모여 앉아 좌담을 했다.

"으이구, 무슨 텔레비전이 켜기만 하면 정수라 아니면 전두환이야."

이모부까지 그렇게 말할 정도였다. 잠시 전 어린이날 행사장을 비추는 화면에도 〈아! 대한민국〉 노래가 흘러나왔다. 그래도 이모네 텔레비전은 볼 만했다. 컬러텔레비전이 나온 지 몇 년이 되는데도 주호 집은 아직 흑백텔레비전이었다.

"아까 차부에서 어떤 인간이 술 먹고 행패를 부리니 아직 학교도 안 들어간 것 같은 어린 딸이 와서 애비를 달래서 데리고 가는 걸 봤잖아. 그런데 애는 그렇게까지 안 보이는데 밖에 선 어미 모습이 여기 사람 같지 않고 많이 달라 보여."

어머니가 이모에게 말했다.

"아이구, 오늘은 거기에 간 모양이네. 며칠 전에는 우리 구판장에 와서 한바탕 난리를 떨고 가더니."

이모네는 대관령에서 큰 상회를 했다. 한쪽에는 보통 가게와 같은 슈퍼마켓을 하고, 또 한쪽에는 농기구와 플라스틱 물품을 쌓아두고 여러 채소들의 종묘상을 함께 했는데, 상회 이름이 대관령 구판장이었다. 예전 조합 구판장을 이모부가 이어받으며 마을 사람들도 이모부도 그 이름을 그대로 썼다. 대관령 일대의 고랭지 채소농사에 들어가는 모든 씨앗을 구판장에서 공급했다. 그러다 보니 고랭지 채소를 밭떼기로 매매하는 중간상들도 이모네 구판장을 중심으로 움직였다. 슈퍼와 농기구와 잡화 쪽도 손님이 끊이질 않아 이모와 이모부만으로는 일손이 달려 가게에서 일하는 사람을 따로 두고 있었다.

"하여간 이 집이나 저 집이나 어른값을 못하는 것들이 문제라니까."

이모부가 하는 말은 낮에 버스정류장에서 행패를 부리던 남자 하나만을 두고 하는 말이 아니었다. 이모부는 어머니와 주호가 왜 왔는지 말하지 않아도 알고 있었다. 아버지는 몇 년 전 할아버지로부터 물려받은 살림을 다 들여서 벌인 제재소가 망한 다음 하는 일 없이 집 안에만 들어앉아 있었다. 어머니는 아버지에게 돈을 벌지 않더라도 좋으니 밖에도 좀 나다니라고 했지만 아버지는 아침에 배달되어온 신문을 보며 남 욕하는 것과 세상 불평하는 것 말고는 아무것도 하는 일이 없었다. 주호는 슬그머니 손가락을 내려놓았다.

"왜? 더 먹지."

"많이 먹었어요."

"사람 하는 일 중에 덜 먹는 걸로 아끼는 게 가장 미련한 짓이
다. 그다음 어리석은 노릇이 노적가리 불 싸지르고 콩 주워 먹는
짓이고."

그것 역시 뒤의 말은 예전에 살림을 들어먹은 다음 아무 일도
하지 않고 어머니가 시장에서 벌어오는 돈으로 밥만 축내는 아버
지를 두고 하는 말이었다.

"일본여자 딸인데, 그 집은 애가 어른이고 어른이 애라니."

잠시 흐르던 어색한 분위기를 덮듯 이모가 아까 주호와 어머니
가 정류소에서 보았던 상황을 보충 설명했다.

"그럼 안에 들어오지 않고 밖에 서 있던 게 일본여자라고?"

"남자가 전에 여기서 스키선수를 했는데, 일본에 뭔 대회를 나
가서 거기 여자를 사귀어 데리고 온 사람이야."

"일본여자같이 보이지 않던데?"

"예전에 여자 아버지인지 할아버지가 미국에서 일본으로 와
일본사람하고 결혼했다든가 어쨌다든가…… 그러니 일본에서
온 여자라 해도 얼굴이고 모습이 온전히 일본여자만도 아니지."

"어쩐지 사람이 좀 달리 보인다 했더니."

주호의 눈에도 그랬다. 그냥 동네 여자라면 어느 주정뱅이의

특이한 아내 정도로 여겼겠지만, 아이를 안으로 들여보내고는 문밖에서 한마디 말도 없이 지켜보다가 어느 결에 바람처럼 사라지던 모습이 아무리 봐도 보통 한국사람 같지 않았다.

"남자가 돈도 벌지 않고 날마다 술을 먹고 그러니 여자가 나가서 일을 하고."

"무슨 일을 하는데?"

"요새는 차부 옆 벽돌공장에 나가서 일을 하는 모양이던데. 생긴 건 여기 사람 같지 않아서 그런 일을 못할 것 같은데도 여름이면 무밭, 배추밭, 감자밭 안 다니는 데 없이 품 팔러 다니고."

그래서 작업장에서 쓰는 모자에 붉은 작업장갑을 들고 있었던 것이다. 그러나 그보다 모자 아래로 깡똥하게 자른 단발머리와 조금은 이국적으로 보이는 얼굴이 더 먼저 다가왔다. 그게 주호가 딱 한 번 본 연희의 어머니 시라키 레이의 첫인상이자 마지막 모습이었다.

제가 시라키 레이의 아들입니다

그날 박주호는 아침부터 서울 서북쪽 신도시로 나가 그곳에 있는 대단위 아파트의 분양 사무실을 훑었다. 이사를 하거나 새로 살 집을 구하러 나간 게 아니었다. 전날과 그 전날엔 옆자리의 김 기자와 함께 강남으로 나가 수입자동차 매장과 명품 수입업체 사무실을 뒤졌다. 그쪽 관계자들은 새로 손님이 온 것처럼 반겼지만 그는 그런 자동차를 구입할 여력도, 비록 액수가 적은 것일지라도 그런 명품을 선물할 여자도 없었다.

그런데도 이틀이나 그곳을 뒤진 것은 근래 들어 사례별로 말도 많고 탈도 많은 연예인 협찬 마케팅에 대한 취재를 하기 위해서였다. 신도시 아파트 역시 마찬가지였다. 하루 종일 그쪽 분양 사무실에서 연예인을 활용한 미분양 아파트 떨이에 대한 몇 가지 사례를 정리한 다음 신문사로 들어온 것이 오후 다섯시였다. 늦게 사무실로 들어오자 책상 위에 메모 한 장이 붙어 있었다.

청평고등학교 유명한 선생(체육)

1시 전화. 통화 요망

010-3303-09XX

학교 031) 589-55XX

옆자리 김 기자의 글씨였다. 오후 한시쯤 메모를 받아주고 김 기자는 강남 의류상가 쪽으로 보충취재를 나간 듯했다.

"오늘 유명한 사람 많이 만나네. 유명한 인사에 유명한 탤런트, 유명한 선생까지……."

그는 책상에 붙어 있는 메모지를 떼어 책꽂이 오른쪽 구석에 옮겨 붙이며 혼잣소리로 말했다. 누굴까 생각했지만 이름만 유명하지 그것과 연결하여 떠오르는 얼굴이 없었다. 청평이라는 지명과 연결해서도 대학 다닐 때 북한강 가의 청평 대성리 쪽으로 엠티를 많이 가지 않았었나 하는 것 말고는 실제 그쪽에 알고 있는 사람이 없었다. 우선 취재해온 기사부터 정리해야 했다. 올여름은 뒤끝이 가을까지도 길게 이어지는 것 같았다. 사무실 에어컨 바람 속에서도 그게 느껴졌다.

청평고등학교 체육선생이 다시 전화를 걸어온 것은 주호와 옆 자리의 김 기자가 공동취재 형식으로 엮고 있는 '연예인 협찬 마케팅 산업'에 대한 세 번째 기사를 정리하고 있을 때였다. 기사는 총 5회에 걸쳐 '집중기획 연예인 협찬 마케팅 산업'이라는 큰 제목을 달고 나갔다.

"모처럼 기획인데 어렵게 가지 말고 쉽게 가자고. 읽으면 생활 속에서 바로 느낄 수 있게 말이지."

부장의 주문이었다. 부장은 일선 기자일 때 다들 머리 아파하는 외환시장과 국제특허 분쟁 기사도 적절한 사례와 비유를 들어 이해하기 쉽게 기사를 썼던 사람이었다. 다행히 첫 기사가 일상 생활 속의 여러 협찬 얘기로 시리즈의 문을 잘 열어주었다.

김 기자가 패션시장에서 연예인 협찬 마케팅이 거둔 몇 가지 성공사례와 업종별로 현재 이루어지고 있는 협찬 방식을 자세하게 정리하고 앞으로의 시장질서와 전망에 대해 진단했다. 일반 연예기사처럼 쉽고 흥미로워 오히려 연예팀과 여성월간팀에서 사례별로 이니셜 처리된 연예인이 누구냐고 물어올 정도였다.

세 번째로 나가는 수입자동차 시장은 다루기가 조금 더 조심스러운 부분이 있었다. 자동차라는 게 아무리 소형일지라도 가격대가 만만찮다 보니 수입업체 쪽에서도 또 협찬 받는 연예인 쪽에서도 그냥 선물하겠다면 그게 국내 소비자들에게 자칫 특권적 거래처럼 나쁘게 인식될 수 있었다. 그래서 공짜로 주는 것이 아니라 장기 시승할 기회를 제공하는 형식으로 전달되고, 주는 쪽도 받는 쪽도 그런 표현을 쓴다는 것도 취재하면서 새롭게 안 일이었다.

"지난번 보고 온 BMW 중에 김 기자가 왜 귀엽다고 했던 차 있잖아."

"미니 컨트리맨요?"

"그거 장기 시승하는 아이돌이 누구라고 했지?"

함께 취재 나간 김 기자가 자동차의 사진이 담긴 팸플릿을 챙기며 그걸 타고 다니는 아이돌의 이름을 적어 왔다. 기사를 정리하며 그걸 묻는 중에 전화벨이 울렸다.

"여보세요."

"안녕하세요? 박주호 기자님 맞으신지요?"

"예, 그런데요."

오래 기자 생활을 하며 생긴 버릇 중의 하나가 상대에게 절대 자신의 신상에 대해 먼저 말하지 않는 것이었다. 신문사로 걸려오는 전화의 절반은 그날 나간 기사 내용을 추가로 문의하는 독자들의 전화거나 해당 기업 내지는 기관이 신문에 난 기사 내용이 사실에 부합하지 않다고 따지거나 해명하는 전화였다. 그러다 보니 먼저 상대를 알 수 없는 사무실 전화는 물론이고 핸드폰으로 걸려오는 전화도 새로운 번호를 달고 걸려오면 늘 건조하면서도 퉁명스러운 목소리로 여보세요, 하고 미리 거리를 두듯 받았다.

"저는 청평고등학교 체육교사, 유, 명, 한입니다."

상대는 자신의 이름을 한 글자 한 글자 끊어서 말했다. 사흘인가 나흘 전에 메모 받은 전화였다. 그는 그때 받은 메모가 잘 붙어 있는지 책꽂이 이쪽저쪽을 살폈다. 책꽂이 어딘가에 옮겨 붙여놓은 것 같은데 떨어지고 보이지 않았다.

"며칠 전 기자님 안 계실 때에도 제가 한 번 전화를 드렸습니다."

"아, 예……."

"기자님은 저를 잘 모르겠지만, 저는 박주호 기자님을 잘 알고 있습니다."

절반 정도의 친분을 미리 깔면서 자기를 소개하는 이런 전화들도 늘 경계해야 한다. 단순히 안부를 묻는 전화가 아니다. 그는 가만히 듣고만 있었다.

"기자님, 예전에 혹시 대관령에서 생활하지 않으셨는지요?"

"예, 그런데요."

퉁명스럽게 말하지는 않았지만, 그는 그래서 뭘 어쩌란 말이오, 하고 되묻듯 대답했다. 젊은 시절 그는 학교를 다닐 나이에 학교를 다니지 않고 잠시 대관령에 가 살았던 적이 있었다. 자신도 오래 그 일을 잊고 살아와 어떤 때는 그곳에서의 일이 자신의 경험이 아니라 남의 경험같이 느껴질 때도 있었다. 대관령에는 2년 동안 가 있었다. 그곳에 있는 동안 일부러 사람 사귀는 일 같은 것을 하지 않아 나중에라도 사회생활을 하며 그때의 인연을 말하는 사람을 거의 만나지 못했다. 일부러 감추려고 했던 것은 아니지만 신문사 안에서도 한번 얘기하지 않은 일이었다.

"기자님 혹시 유강표라는 스키선수를 아시는지요?"

스키선수?

그는 머릿속으로 빠르게 예전 대관령에 가 있던 시절 그래도 더러 친구로 사귀었거나 아니면 그냥 얼굴이라도 아는 스키선수가 있는지 떠올려보았다. 그곳에 가 있는 동안 겨울에도 그는 스키장에 다니지 않아 선수들과 교류도 없었고 아는 사람도 없었다. 그가 이름을 알고 있는 우리나라 스키선수는 어재식과 고태복 정도였다. 그러나 그 두 사람도 그만 그들을 알지 그들은 그를 모르는 사람들이었다. 그가 그들의 이름을 처음 들었을 때 그들은 이미 현역에서 은퇴한 지 오래된, 지금의 용평스키장이 아니라 예전 대관령의 비탈진 감자밭과 옥수수밭에 눈을 다져 대회를 치르던 시절 한국 스키계의 전설과도 같은 선수들이었다. 그러니까 그로서는 선수로 그들을 아는 것이 아니라 대관령 사람들의 스키 영웅담 같은 얘기 속의 그들을 알고 있는 것이었다.

"잘…… 모르겠는데요."

그 말을 할 때 그는 진심 미안한 마음이 들었다. 스키선수 유강표를 묻는 저쪽 청평고등학교 체육선생의 목소리엔 제발 그가 그 사람을 알아주기를 바라는 어떤 애절함 같은 게 배어 있었다. 그러나 이름의 인상이 강하다는 것 말고는 새로 떠오르거나 연상되는 얼굴이 없었다. 스키선수와 관련해서는 더욱 그랬다.

"그러면 대관령에 살던…… 시라키 레이라는 일본여자를 아시는지요?"

청평고등학교 체육선생은 이쪽으로 다시 카드 한 장을 조심스럽게 디밀 듯이 말했다.

"시라키 레이요?"

"예."

그 여자 이름이 시라키 레이인지는 몰라도 아무튼 그의 기억 속에 일본에서 온 여자가 거기 대관령에 와서 살고 있었다. 아니, 살다가 떠났다. 그건 언제 떠올리더라도 그의 기억 속에 선명한 그림으로 남아 있었다. 겉모습도 한국사람들과는 첫눈에 구별되는, 어딘가 조금은 서양여자를 닮은 듯한 일본여자였다.

대관령 사람들 모두 그 여자를 누구의 엄마거나 누구의 댁이라고 부르지 않고 일본여자라고 불렀다. 외모로만 보면 전혀 일본여자 같지 않은데도 "거 왜 일본여자가……." "일본여자 딸이 말이지……." 하는 식으로 그 여자와 관련된 일이거나 사람, 물건 앞에서는 으레 접두어처럼 일본여자라는 말이 붙었다.

그건 나중에 일본여자가 일본으로 돌아간 다음에도 그랬다. 그러니까 일본여자는 대관령을 떠난 다음에도 오래도록 자신의 흔적을 그곳에 남겨두고 있었다. 그가 오래도록 일본여자를 기억하는 것도 그 여자를 많이 보았거나 오래 보아서가 아니라, 본 것은 어릴 때 스쳐 지나는 걸음에 딱 한 번뿐이지만 그 여자가 떠난 다음에도 그곳에 오래도록 남아 있던 여자의 흔적 때문이었다. 그것은 마치 꽁꽁 언 대관령 눈밭에 쓸쓸하게 비친 겨울 저녁 해 그림자 같은 것이었다.

"이름은 몰라도 거기 살았던 일본여자는 알지요."

"제가 바로 일본여자 아들입니다."

"아, 그래요?"

주호로서는 일단 그것만으로도 놀라운 일이었다.

"어머니는 살아 계시는지요?"

이제까지 까마득히 잊고 있었다 해도 새로 알게 되었을 때 그것 역시 궁금한 일이었다.

"예. 어머니는 일본에 계십니다."

"건강하신가요?"

"예."

"다행이군요. 이젠 연세도 있으실 텐데."

"제가 오늘 연락드린 건……."

청평고등학교 체육선생은 잠시 말을 끊었다가 이었다.

"기자님 혹시…… 거기 살던 일본여자의 딸 연희를 아시는지요?"

"예. 연희는…… 잘 압니다."

"그렇군요. 연희는……."

하고 말하는 저쪽 체육선생의 목소리에 어떤 안도의 기색 같은
게 묻어났다.

"지금 이렇게 얘기하니까 잠시 전 유강표 선수도 알 것 같군요.
이름도 새로 생각나고요."

대관령 마을에서는 어재식 고태복 선수만큼 유명한 인물이었
다. 다만 오래도록 그런 이름을 잊었을 뿐이었다. 그건 지금 대관
령에 살고 있는 사람들도 마찬가지일 것이다. 그러나 그 사람들
도 유강표를 다시 떠올린다 해도 어재식이나 고태복과 같은 선수
로 여기지는 않을 것이다. 유강표도 오래 스키를 탔지만 대관령
사람들에게 스키선수보다는 다른 쪽으로 질기게 이름을 남긴 사
람이었다.

"기억하시는군요. 제가 유강표 선수의 아들입니다. 어머니는
일본사람이고, 연희는 제 동생입니다."

"그러고 보니 연희 오빠도 내가 금방 이름을 몰라서 그렇지 그
때 대관령에서 여러 번 본 것 같은데요."

"저도 대관령에서 학교 다닐 때 기자님을 여러 번 봤습니다. 제
동생 연희 때문에라도 다른 사람들보다 더 많이 봤을 겁니다."

"연희 오빠는 지금 학교에 있고, 연희는 지금 어디에 있나요?"

"연희가 어머니를 따라 일본에 간 것은 알고 계시죠?"

"예, 그건. 그때 가는 건 보지 못하고 간다는 얘기를 들었어요."

"연희는 그때 가서 지금도 삿포로에 살고 있습니다."

"그렇군요."

주호는 다시 흘깃 김 기자의 얼굴을 바라보았다. 김 기자는 메모지에 아까 물었던 아이돌 가수의 이름을 적어준 다음 다른 일에 몰두하고 있었다.

"여기 전화는 어떻게 알았는지요?"

더 궁금한 게 많았지만 그것도 궁금한 것 중의 하나였다. 대관령에서 알았던 사람 가운데서는 처음으로 전화를 걸어온 사람이었다.

"용래에게 들었습니다."

대답을 들으니 의외로 간단했다. 용래는 그가 예전 대관령에 가 있는 동안 한집에서 살았던 이종사촌 동생이었다. 지금도 자신이 태어나고 자란 대관령에서 주유소를 하고 있어 그곳에 있는 초등학교와 중학교 동문들의 거점이 되고 있었다.

"용래하고 동기인가요?"

"아닙니다. 용래가 저보다 한 학년 아래인데 예전에 기자님이 늘 용래 집에 드나드는 걸 봤거든요."

"그런데 전화는 어떻게……."

이제 본론을 물어야 할 차례였다. 그냥 걸지는 않았을 것이다. 분명 무슨 말인가 이쪽에 전하거나, 따로 하고 싶은 말이 있어 두 번씩이나 전화를 했을 것이다. 잠시 전 연희 얘기를 하며 저쪽도 그걸 얘기하려다가 다시 그들의 아버지 유강표 얘기로 돌아갔다.

"지난번 방학에 삿포로에 갔을 때 연희가 대관령 얘기를 하다가 그때 대관령에 와 있던 기자님 얘기를 했어요."

"그랬군요."

"어떤 대학생 오빠가 서울에 있는 학교로 가지 않고 대관령에 와 있었는데 자기가 많이 의지했다고 말했어요. 그때 대학생 형이 용래 집에 와 있었다는 걸 제가 알고 있어서 삿포로에서 대관령에 있는 친구한테 물어 용래에게 전화했습니다. 용래가 사촌형님과 요즘은 왕래를 하지 않아 전화번호는 모르고 신문사에 계시다고 알려줬어요."

복잡한 듯 보여도 그다지 복잡한 절차는 아니었다. 만약 사촌동생이 전화번호를 알아 알려주었다면 그때 삿포로에서 이쪽으로 바로 전화했을지도 몰랐다. 그러고 보니 그도 사촌동생과 통화를 한 게 언제인지 모를 정도로 오래되었다.

"일본에 가서 연희 얘기를 듣고 나니 저도 그때 대관령에 와 있던 기자님에게 정말 감사한 마음이었어요. 그때 저희 집안 형편이 말이 아니어서 저도 연희도 참 힘들게 자랄 때였거든요."

"나도 사정이 어려워 거기에 가 있었지만, 연희도 그렇고 연희오빠도 어려운 처지였던 걸 알지요."

그는 어쩌면 그때 그들 남매를 바라보는 마음속에 연민과 함께 동병상련의 심정 같은 게 있었는지 모르겠다고 생각했다. 젊은 시절 국가대표 선수였던 아버지는 선수 생활을 끝낸 다음엔 거의 폐인처럼 생활하다가 끝도 안 좋게 죽음을 맞이하고, 일본에서 온 어머니는 그보다 먼저 왔던 곳으로 돌아갔다. 할머니 밑에 오누이가 자랐는데 연희는 집안이 어려워 학교도 다니지 못하고, 오빠도 간신히 스키 장학생으로 고등학교를 다니는 처지였다.

"그때 저는 오빠여도 힘이 되어주지 못했는데, 지난번 삿포로에 갔을 때 연희가 기자님 얘기를 많이 했어요."

"참, 그때 할머니가 계셨지요. 할머니도 지금 살아 계신가요?"

"아닙니다. 할머니는 5년 전에 돌아가셨습니다."

"그럼 대관령에는 이제 아무도 없겠군요."

"예. 터전은 없어도…… 그래도 저한테나 연희한테는 그곳에 모든 게 다 있습니다."

무심히 들으면 평범한 말인데 그 말이 주호에겐 저쪽의 생채기처럼 조금은 아리게 들렸다.

"저보다 연희한테는 더 그렇지요. 저는 삿포로에서 태어나서 대관령으로 왔지만, 연희는 대관령에서 태어나 삿포로로 갔으니까요."

연희의 오빠가 일본에서 태어나 한국으로 왔다는 얘기는 예전에도 들은 것 같았다. 오빠는 일본에서 나서 어머니를 따라 한국으로 왔고, 연희는 대관령에서 나서 자라다가 어머니가 있는 일본으로 갔다. 그리고 소식이 끊겼다. 그게 훌쩍 20년도 전의 일이었다.

"그곳에 가서 잘 사나요?"

다시 그는 김 기자 쪽을 흘깃 바라보며 묻기 어려운 질문을 하듯 조금은 목소리를 낮춰 물었다.

"예. 지금은 잘 살고 있습니다."

"다행이군요."

무얼 하며 어떻게 사느냐고도 물어야 하는데, 그러고 나니 더할 말이 없는 듯한 느낌이었다. 더 묻고 더 알고 싶은 게 있어도 왠지 이제 전화를 끊을 때가 된 것 같았다. 함께 느끼는지 청평고등학교 체육선생이 이쪽의 핸드폰 번호를 물었다. 그는 번호를 알려준 다음 전화기를 내려놓았다. 아주 오래도록 누구와도 나누지 않았던 대관령 시절 얘기였다.

다시 기사에 몰입해야 하는데 그게 쉽게 되지 않아 그는 한동안 컴퓨터 화면만 멍하게 바라보았다. 그런 그를 김 기자가 물끄러미 쳐다보며 물었다.

"선배 첫사랑 얘기예요?"

"이 사람이 첫사랑은 무슨……. 군대까지 갔다 온 다음 얘기인데."

"왜 군대 갔다 온 사람은 그러면 안 되나요?"

다시 김 기자가 말했다. 까닭 없이 그의 얼굴이 붉어지는 느낌이었다.

그리고 잠시 후 핸드폰으로 다음과 같은 문자가 들어왔다.

바쁘신데 길게 통화해주셔서 감사합니다.

제가 기자님과 통화했다고 하면 연희도 기뻐할 겁니다.

다시 연락드리겠습니다.

유명한

순정한 시간

지난번 연예인 협찬 마케팅에 대한 기획기사가 나가고 일주일쯤 지나서였다. 대관령에서 주유소를 하는 사촌동생이 전화를 했다. 그날 주호는 퇴근 후 전체 시리즈를 함께 맡은 김 기자와 둘이 저녁을 겸해 소주 한잔을 마셨다. 그러자고 미리 약속한 게 아니라 어쩌다 둘이 같은 시간 자리에서 일어서게 되자 김 기자가 장난처럼 "선배, 특별취재반 해단식 해야죠." 하고 말했다.

김 기자가 유쾌하게 말해도 좋을 만큼 두 사람이 함께 쓴 기사는 회사 안에서도 밖에서도 호평 받았다. 특히 김 기자가 쓴 명품, 의류, 패션 쪽의 기사와 그가 쓴 PPL 편이 이제까지 무심히 넘겼던 부분에 대한 새로운 내용과 다양한 사례로 좋은 반응을 얻었다. 같은 신문사의 기자들도 PPL 편을 읽은 다음부터는 텔레비전을 볼 때 자기도 모르게 모든 화면의 뒤쪽 배경과 거기에 놓여 있거나 지나가는 물건들을 살피게 된다고 말했다.

넘치는 쪽이 있으면 아래로 새는 쪽도 있기 마련이었다. 연예인을 동원한 아파트 건설시장의 불법분양에 대한 기사가 나간 다음 광고국에서 앞으로 아파트 분양광고를 어떻게 받아오라는 거냐고 볼멘소리를 냈다. 신문사들마다 몰라서 취재를 안 한 게 아니라 알면서도 건드리지 않았던 부분이라 '연예인 협찬 마케팅'이라는 큰 틀의 기획이 아니면 나가기 쉽지 않은 기사였다. 광고국의 볼멘소리를 들은 다음 그는 그 기사를 후배인 김 기자에게 넘기지 않고 자신이 맡아 정리하길 잘했다고 생각했다.

한낮은 여전히 뜨겁지만, 추분이 지나며 아침저녁으로는 더위가 조금 가시는 기분이었다. 밤에는 제법 선득한 바람까지 불어왔다. 김 기자와 헤어져 집으로 돌아와 샤워를 하고 거실로 나오자 기다렸다는 듯 휴대폰에 새 번호가 떴다. 언제나처럼 그가 건조하게 상대를 밀어내는 듯한 목소리로 여보세요, 하고 대답하자 저쪽에서 걸걸한 목소리로 인사했다.

"안녕하세요? 형……."

"누구신지……."

"저, 대관령 용래래요."

정말 오랜만에 듣는 사촌동생의 목소리였다. 아마도 어른이 되어서는 거의 10년 만에 처음 통화하는 것 같았다. 어릴 때는 어른들을 따라 이쪽 집에 가서도 잠을 자고 저쪽 집에 가서도 잠을 잤지만, 어른이 되어서는 어린 시절의 애틋함 같은 것도 없고 서로 아쉬운 것도 없다 보니 자연 연락이 뜸해졌다. 예전에 적어두었던 전화번호도 국번과 번호체계가 바뀌어 소용없는 번호가 되자 슬그머니 목록에서 빠지고 말았다. 그러다 외가나 양가 어른 중에 누가 세상을 뜨면 그때서야 다시 이렇게 저렇게 번호를 알아 연락해 장례식장에서 만나는 식이었다.

"오랜만이지요?"

"그래, 정말 오랜만이구나."

"내가 자주 연락드려야 하는데, 먹고사는 게 바빠 그러지 못했어요."

그러나 꼭 그렇지만도 않게 둘 중에 어느 한 사람이 서로 연락하는 걸 조금이라도 피하거나 꺼려온 게 있다면 그건 사촌동생이 아니라 주호 쪽이었다. 사촌동생이야 방금 말한 대로 먹고사는 게 바빠 그러지 못했다지만, 그는 스스로 의식하든 의식하지 않든 꼭 저 동생뿐 아니라 다른 사촌들과도 표 나지 않게 왕래를 피해왔다. 아무리 어릴 때의 일이라 하더라도 자신이 헐벗었던 시절의 기억을 공유하고 있는 친척들과의 마주침이 어른이 되어서도 왠지 편하지 않은 때문이었다.

옛일이야 본인 탓도 아닌데 뭘 그런 걸 거북하게 여기냐고 할지 모르지만, 당사자인 그에게 그건 몸과 쉽게 분리되지 않는 속옷과 같은 것이어서 어느 한구석 늘 개운하지 못했다. 특히나 어머니 형제들 가운데 살림을 가장 크게 이루고 살았던 대관령 이모와 이모부에 대해서는 알게 모르게 더 그런 마음이었다. 그냥 받아오거나 빌려와도 그 집에서 가장 많이 가져왔는데도 그랬다. 여러 사촌들 가운데 혜택을 가장 많이 본 사람도 그였다. 이모부가 정과 씀씀이에 좁쌀처럼 인색한 사람도 아니었다. 내주는 양으로 보면 오히려 충분히 베푸는 쪽이었다. 싫었던 것은 큰 편의든 작은 편의든 거기에 앞서 늘 몇 마디의 말로 어떤 굴욕감을 느끼게 하는 세상살이 분별 때문이었다.

그가 어린 시절 대관령을 처음 넘었던 날의 일을 상처처럼 기억하는 것도 그래서였다. 그건 언제나 친척들 사이에 베풀고도 뒤로 좋은 소리를 듣지 못하는 이모부의 어쩔 수 없는 성격이기도 했다. 어쩌면 어머니도 그걸 알기에 굴욕을 미리 막거나 견딜 방패로 어린 아들을 데리고 갔던 것인지도 모른다. 어른이 된 다음에라도 그걸 꼭 한번 묻고 싶었지만, 물을 기회가 되었을 때는 그가 그걸 잊어버렸고 뒤늦게 그걸 물어볼 걸 그랬다는 생각이 들 때는 어머니가 세상에 없었다. 어머니는 7년 전 세상을 떠났다. 그때 그는 어머니의 형제들과 사촌들에게 전화를 했다. 앞서 10년 전이 아니라 그것이 용래와의 마지막 전화였다.

거기에 나이가 들며 전화를 피한 또 하나의 이유가 있다면 자격지심까지는 아니라 하더라도 지금 자신이 살고 있는 모습을 친척들에게 드러내기 싫어서였다. 자신은 그렇게 사는 것에 대해 조금도 불편하거나 부족함을 느끼지 않는데, 한 살 두 살 나이를 먹어가며 언제부턴가 그가 결혼하지 않고 혼자 사는 것에 대해 친척들이 이러쿵저러쿵 말하는 것도 듣기 싫은 노릇이었다.

"형, 통화하기 괜찮은지요?"

"그래, 퇴근해서 집이다."

"나는 아직 사무실에 있어요."

"늦구나."

"길거리에서 기름장사하는 게 뭐 그렇지요. 말이 사무실이지 바깥에 차 돌아다니는 시간이 우리한테는 일하는 시간이니까, 손님이 많든 적든 교대로 지키는 거지요."

어릴 때부터 괄괄한 성격이어서 모두 아버지와 다르다며 어른들도 다른 사촌들도 용래를 좋아했다.

"내가 형 전화를 어떻게 알았는지 궁금하죠?"

"유명한 씨가 알려주었나?"

"예. 나하고는 초등학교, 중학교 동창이라 해도 학년이 달라 거의 연락을 안 하고 살았는데, 지난달에 일본에서 갑자기 전화를 해서는 형이 지금 뭐하는지 물으면서 전화번호를 알려달라는 거예요."

그건 며칠 전 유명한으로부터 들은 얘기였다.

"전화번호는 모르고 형 신문사를 알려주면서 혹시 번호를 알게 되면 나한테도 알려달라고 했더니 아까 저녁 때 전화했더라고요."

"그랬구나."

"나야말로 형 본 지도 오래되고요. 예전에 형이 대관령에 와 있을 때 형은 어땠는지 모르지만 나는 형이 우리 집에 와 있는 게 참 좋았거든요. 내가 고등학생 땐데도 위에 없던 형이 생기니 저절로 마음도 든든해지고, 내가 뭘 해도 형이 잘 이해해주고요."

"어른들은 다 잘 계시지?"

"예전이나 지금이나 아버지가 잔소리가 많으셔서 그렇지 건강하세요. 형도 같이 있었으니 잘 알잖아요. 하하……."

"예전처럼 한집에 계시나?"

"아이고, 한집에서는 못 모시죠. 나 혼자도 아니고 애들 엄마도 있는데, 아버지가 어디 보통 분인 것도 아니고요. 따로 살아도 매일 나와 잔소리를 해서 주유소에서 일하는 애들이 두 달을 견디지 못하고 나가요. 내가 기름 파는 것보다 아버지 주유소 못 나오게 하는 게 더 일이라니까요."

"그러신 걸 보니 아직 정정하시네."

"연세 드시니 더하신 거 같아요. 형은 지금도 혼자 살아요?"

"그래, 혼자다."

"그게 편하죠. 나는 내 눈 일찍 찔러가지고 아버지 말고도 매일 지지고 볶아요."

"애들이 크지?"

"예. 내가 서른여덟 살인데, 큰애가 열아홉이에요. 밑에가 열여섯이고."

"벌써 그렇게 되었나?"

"그때 남들처럼 그냥 대관령에서 집에서 해주는 밥 먹으면서 학교를 다녀야 하는데, 꼴에 좀 더 나은 데 가서 공부한답시고 고등학교를 강릉으로 가는 바람에 그렇게 됐던 거지요. 누가 통제를 안 하니까 저절로 풀어져가지고. 하하……."

주호보다 다섯 살 아래의 동생이었다. 고등학교를 졸업하고 재수를 하던 가을에 고등학교 때 사귀던 여자아이와 살림을 하다가 여자 배가 불러 서둘러 결혼시킨다는 얘기를 들었지만 그때 그는 2년간의 대관령 생활을 끝내고 다시 학교로 돌아왔던 때였고, 시험이 겹쳐 사촌 용래의 결혼식에 가지 못했다. 그리고 아버지가 세상을 떠났을 때와 어머니가 세상을 떠났을 때 장례식장에서 어른처럼 홀쩍 성장한 용래를 보고는 다시 보지 못했다. 그런데도 매사 밝고 유쾌한 성격이라 전화 한 통 하는 중에 벌써 그간의 서먹함이 다 사라지는 듯했다.

"참, 너도 연희를 잘 알지?"

하고 먼저 물은 것도 그래서였다.

"알죠. 유명한 씨는 우리보다 한 해 위고, 연희가 우리보다 한 해 아래였거든요. 형 전화번호를 알려주면서 유명한 씨가 자기보다 자기 동생이 형을 더 잘 안다고, 지난번 일본에서 전화한 것도 그래서라고 하던데요. 연희가 일본에 가 살고 있는 건 형도 알죠?"

"그건 그때 가기 전에 들었지."

"형도 알겠지만, 걔 일본으로 간 게…… 학교 다닐 때 연희 별명이 일본 쉬까지였거든요."

"일본 쉬까지?"

"일본 수수깡요."

"그건 한국 거하고 다르나?"

"다르긴 뭐가 다르겠어요. 어릴 때 얼굴도 하얗고 키도 껑충한데다 엄마가 일본에서 온 사람이고 하니까 그 말이 상처가 되는 줄도 모르고 그냥 그렇게 불렀던 거지요."

"내가 대관령에서 봤을 때는 그렇게 약해 보이지 않았는데."

"그건 형이 여기 와 있을 때 연희가 중학교를 졸업한 다음 살이 좀 붙은 때였던 거지요. 걔 어릴 때는 정말 쉬까지 같았거든요."

대관령 사람들이 부르는 말 그대로 일본여자의 딸 연희는 중학교를 졸업한 다음 고등학교에 진학하지 않았다. 아니, 하지 못했다. 어머니인 일본여자는 아들과 딸이 아직 어릴 때, 어린 아들딸을 두고 일본으로 돌아갔고, 아버지는 늘 그런 모습이어서 할머니가 어린 남매를 거두었다. 연희로서는 중학교도 간신히 졸업한 셈이었다.

"그때 연희 오빠는 학교를 다녔지?"

오래전의 일이어도 주호는 그렇게 알고 있었다.

"그럼요. 그러니 지금 학교 선생을 하지요."

"그래. 연희만 학교를 다니지 못한 거였지."

"연희만 그런 게 아니라 그때 그 형도 힘들게 거의 자기 힘으로 다녔어요. 중학교 때 전국스키대회에서 1등을 했는데, 중학생이어도 몸이 워낙 좋아서 기록이 거의 고등학교 선수들 수준이었거든요. 그래서 스키 장학생으로 대관령 고등학교에 학비 없이 오히려 생활비조로 장학금을 받으며 입학했는데 운동선수여도 공부를 무척 잘했거든요."

"그랬구나."

"대학에 갈 때도 입학할 때는 스키 장학생으로 갔지만 가서는 또 공부하고, 그러니 지금 학교 선생을 하는 거지요."

"그때 연희도 공부 잘했다는 얘기를 들었는데."

"아마 그랬을 거예요. 한 학년이 아니어서 잘 모르지만, 공부를 잘해도 그 집 아버지가 좀 그랬잖아요. 그래서 학교도 못 가고 나중에 일본에 갔던 거지요."

주호는 사촌동생이 말하는 중에 어떤 부분은 언뜻언뜻 그때 모습이 떠오르기도 했다. 연희처럼 가깝지 않았지만 연희 오빠도 아주 모르고 지낸 건 아니었다. 오래된 일이어서 그렇지 그때 고등학생이었던 연희 오빠와 몇 번 얘기를 나누기도 했던 것 같았다. 그러나 연희 오빠는 얼굴도 몸도 연희처럼 희미하게라도 이국적인 느낌 없이 아버지를 거의 그대로 닮은 듯한 모습이었다.

"암튼 유명한 씨가 연희 때문에 형 전화번호를 물은 건데, 언제한번 형 만나러 서울로 간다고 하던걸요."

"날 만나러?"

"예. 형한테 뭐 부탁할 게 있는가 봐요."

"나한테?"

"예. 뭔지 모르지만, 형한테 뭘 부탁할 게 있는데, 연희는 형을잘 알아도 자기는 형을 잘 모르는 사이라 무작정 찾아가기가 어려워 나보고 형한테 꼭 좀 얘기해달라고 했어요. 이 전화 그래서하는 건 아니지만, 아무튼 내일이든 모레든 유명한 씨가 형한테다시 전화 한번 할 거예요."

"나하고 아주 모르지 않을걸."

"그러잖아도 그 얘기도 했어요. 자기는 형을 잘 알고 있는데 형은 어떤지 모르겠다고."

"참, 미옥이는 잘 사나?"

용래 아래 동생 얘기였다.

"수원에 시집가 사는데, 거기야말로 애들이 어리니 날마다 지지고 볶으며 살지요."

"수원이면 나하고 멀지도 않네."

"여기하고도 가까워요. 집 떠나 두 시간이면 오는 거린데."

"내가 혼자 자라 형제가 있는 것도 아니어서 따지고 보면 사촌중에서도 너희가 제일 가까운데, 그동안 제대로 신경 못 쓰고 살

왔다. 언제 너도 그렇고 미옥이도 같이 밥 한번 먹자. 오랜만에 모여 대관령 얘기도 하고."

"그럼 내가 가을에 자리 한번 만들게요. 나도 형이 우리 집에 와 있을 때 좋았지만, 미옥이야말로 그때 대학교 다니는 오빠가 우리 집에 와서 같이 산다고 얼마나 좋아했는데요. 지금도 미옥이가 제 얘기는 어디 가서 자랑할 게 없으니 안 해도 형 얘기는 정말 많이 하거든요."

"내 얘기 할 게 뭐가 있어서?"

"왜요? 우리 오빠가 신문사에 있다고 얘기하는 거지요. 솔직히 저는 어쩌다 보니 지금 다른 신문을 보고 있는데, 걔는 신문도 형이 만드는 거 볼걸요."

"그래. 그거야 뭘 보든 가을에 얼굴 한번 보자. 대관령에서 봐도 좋고 서울에서 봐도 좋고."

다음 날은 그다음 날 신문도 나오지 않는 토요일의 당직이라 주호는 거의 하는 일 없이 사무실에 나와 현대 물리학으로 알아보는 시간과 우주에 대한 책을 읽고 있었다. 그걸 읽고 있노라면 잠시 전까지도 생각했던 인간으로서의 자긍심이나 비루함, 환희와 영광, 발전과 침체, 존경과 질시, 허영과 거짓, 같은 말들과 감정들이 한없이 작게 느껴지는 것 같았다. 때론 그렇게 작아지는 생각에서 벗어나려고 책을 읽다가도 문득 창이나 천장 쪽으로 고개를 들고 주위를 둘러보기도 했다.

그러면 밖에서 들어오는 빛 한가운데 고개를 들고 주위를 둘러보는 자신의 존재와 또 자신을 둘러싸고 있는 신문사 편집국 내부를 어지럽게 채우고 있는 여러 집기들조차도 한없이 소박하고 겸손하게 느껴졌다. 정말 책에 나오는 대로 물리적으로 어떻게 할 수 없는 시간의 흐름이라는 게 이렇게 순정한 것이구나, 저절로 느껴지는 순간이었다. 바로 그런 생각을 하고 있을 때 유명한의 문자 연락이 왔다.

기자님, 지금 전화하실 수 있는지요?

주호는 자신이 먼저 걸까 하다가 그러면 저쪽에서 혹 불편해할지 모르겠다는 생각에 '가능합니다.' 하고 문자로 답했다. 그러자 잠시 숨을 고르는지 30초쯤 지나 전화가 걸려왔다.

"박주홉니다."

"바쁘실 텐데 전화 받아주셔서 감사합니다."

주호는 사무실에 나와 있어도 전혀 바쁠 것 없는 신문사의 토요일 오후 상황에 대해 얘기했다. 그러면서 방금 전에 책을 읽다가 주위를 둘러보며 생각했던 '순정한 시간'이라는 말을 했다.

"그러면 제가 기자님의 순정한 시간을 방해한 셈이군요."

"아뇨, 괜찮아요. 그건 그냥 책을 읽다가 생각한 거니까요."

"그런데 참 이상한 일이군요."

"뭐가요?"

"지금 기자님께서 시간이 순정하다고 하신 말은……."

저쪽에서 말을 하다가 중간에 끊기에 주호도 무슨 말을 하려고 그러는가 싶어 잠시 숨을 가다듬었다.

"제가 지난번 삿포로에 갔을 때 연희도 똑같이 그렇게 말했거든요."

"시간이 순정하다고 말인가요?"

"예. 지난번에도 얘기했던 것처럼 우리는 대관령에서 참 힘들게 자랐어요. 집안 형편이 안 좋아 연희는 학교도 제대로 다니지 못했는데 그래도 그때가 자기한테는 가장 순정한 시간이라고 했어요."

"그랬군요."

"그냥 순정하다는 말은 누구나 쓰는 말이지만 시간이 순정하다는 말은 쉽게 쓸 수 있는 말이 아닌데, 기자님이 그렇게 말하니 지난번에 연희가 했던 말이 생각나서요."

"듣고 보니 그 말이야말로 순정하군요."

대관령에 대한 오빠의 설명이 아니더라도 주호는 같은 순정을 놓고도 연희가 한 말은 방금 자신이 한 말과 다르게 어딘가 조금은 아프게 들리는 것 같았다. 정말 순정한 것은 그런 것이었다. 아마 연희 오빠도 그래서 그 말을 가슴속에 담고 있다가 다시 떠올렸을 것이다.

"참, 어제 대관령에 사는 용래한테서 전화가 왔어요."

유명한이 전화를 한 이유도 그 얘기일 것 같아 주호가 먼저 말문을 돌렸다. 유명한은 그건 어제 자신이 전화로 부탁했던 일이라고 말했다.

"덕분에 나야말로 오랜만에 동생과 통화했어요."

"제가 다리가 되었다니 다행이군요. 다리를 놓은 김에 기자님께 청을 하나 드려도 될지요?"

유명한은 일요일인 내일 이쪽의 시간이 허락된다면 서울로 찾아가 봐도 좋겠느냐고 물었다. 주호는 사촌 용래에게 먼저 얘기를 들었어도 그것은 조금 뜻밖의 일처럼 여겨졌다. 예전에 자신이 대관령에 가 있는 동안 연희와 알고 지냈던 것은 오빠와 전혀 상관이 없는 일이었다. 그때 연희와 알고 지냈던 것에 비하면 오빠는 그보다는 훨씬 데면데면한 사이로 길에서, 혹은 연희가 일하는 가게 앞에서 몇 번 마주쳤던 것뿐인데 그로부터 20년이 지난 다음 그걸 인연으로 새로 어떤 관계를 확대하거나 일을 벌일 것은 아니라는 생각이 들었다.

그때 그는 대학 2학년 과정을 마치고 군에 입대해 스물세 살에 제대했다. 곧바로 복학할 여건이 되지 않아 대관령 이모 집에서 2년 동안 구판장 일을 돕기로 했다. 서울에 작은 방 한 칸이라도 얻을 돈만 있었다 해도 예전처럼 학교 부근에 방을 구하고 1년이나 2년쯤 고등학생들을 상대로 과외를 했을 것이다. 그런데 그게 군에서 제대해 나오면서 세운 처음 계획처럼 쉽지 않았다.

중간에 군대에 가지 않고 졸업할 때까지 계속 학교를 다녔더라면 충분히 가능했을 것이다. 그러나 학기가 이미 시작된 5월에 제대해 곧바로 서울로 올라가 금방 방을 구할 돈도 없었고, 어떻게 돈을 마련해 방을 구한다 하더라도 이제 막 군에서 제대한 스물세 살짜리 복학 준비생이 3년간 서울 생활의 공백을 극복하고 빠른 시간 안에 과외학생 두 그룹을 모집해 팀을 짠다는 것도 거의 불가능한 일이었다.

그래도 그의 처지로서는 다른 방법이 없어 처음엔 그렇게 하려고 시도했다. 그것의 첫 단계가 대관령에 올라가 이모부에게 얼마간 돈을 빌리는 것이었다. 그때는 어머니가 나서지 않고 주호 스스로 나섰다. 그만큼 성장했다는 뜻이기도 하지만 그만큼 절박하다는 뜻이기도 했다. 어린 시절 어머니가 이모 집에 돈을 빌리러 가며 그 일을 그래도 수월하게 처리하거나 굴욕감을 줄여줄 방패로 이제 막 중학교에 들어간 아들을 데리고 대관령을 넘었듯 이번엔 자신이 어머니를 동반하고 대관령을 넘어 이모 집을 찾아갔다.

찾아온 뜻과 계획을 말하자 10분 넘게 아무 소리도 하지 않고 조카의 말을 듣고만 있던 이모부가 단계적으로 심문하듯 입을 열었다.

"그러면 네가 한 말을 한번 차근차근 짚어보자. 공부는 앞으로

2년 더 해야 졸업하는 거냐?"

"예."

"졸업하면 네 말대로 바로 직장을 구해 나가야 할 테고."

"예."

"전에도 보니 그냥 회사 다닐 생각은 아닌 거 같고, 그럼 너는 앞으로 어떤 직장을 구할 생각이냐?"

"신문이나 방송 쪽 일을 하려고 합니다. 대학 들어갈 때부터 그렇게 생각했고, 군에 가 있을 때에도 내내 그렇게 생각했습니다."

"내가 배우질 않아 잘 모르긴 하다만, 들으니 거기 들어가기가 그렇게도 어렵다는데 정말 그러냐?"

"예."

"요즘 대학을 졸업해 그냥 직장을 구하기도 쉽지 않다는데, 졸업하면서 바로 신문사나 방송국에 들어가자면 남은 2년 동안 공부를 그야말로 밤에 잠도 자지 않고 해야겠구나."

"예. 그래서 조금이라도 더 일찍 올라가서 준비하려고요."

"네가 머리도 좋고 공부도 잘해 좋은 대학에 간 걸 우리가 다 잘 알지. 여기 어머니도 와 계시다만 어머니도 남보다 살림은 없어도 그걸 늘 자랑스러워하고, 나도 우리 용래하고 미옥이한테 너를 본받으라고 얘기 많이 하지. 그런데 남은 2년 동안 학교 공부도 해야 하고, 신문사나 방송국에 시험을 봐 들어가는 공부도 해야 하고, 그리고 당장 집안 형편이 어렵다 보니 학비도 네 손으로 마련해야 하고, 공부하는 동안 생활비도 마련해야 하고, 그래서 그걸 해결하기 위해 죽을 둥 살 둥 공부만 해도 모자랄 판에 또 애들을 불러 모아 과외를 해야 하고 그런 거지?"

"……."

"그렇게 되기만 하면 좋고말고지만, 모든 일이 2년 안에 네 생각대로 다 쉽겠는지 생각해봐라."

"……."

"들으니 그걸 무슨 고시라고 부르는 모양이던데 만약 2년 만에 못하면 한 해 더해서 3년 해야 하고, 또 3년으로 안 되면 4년 해야하고. 그렇게 힘든 공부인 것 같은데 3년이나 4년 안에만 한다 해도 퍽이나 다행한 일이겠지. 그만큼 어려운 일이기도 하고."

"……."

"올해는 벌써 5월이니 등록이 어려울 테고 학교는 내년 3월부터 다시 시작하는 거지?"

"예."

"서울에 지금 방을 구해 올라가겠다는 건 당장의 공부보다는 내년에 들어갈 학비를 마련하러 가겠다는 거고."

"예."

"그러면 한번 또 이렇게 생각해보자."

"……."

"어차피 올해는 학교에 들어가지 않으니 서울에 올라가서 벌겠다는 돈을 여기서 버는 건 어떠냐?"

"어떻게요……."

"전에 제일 큰 이모 집 경태도 보니 나하고 뭘 하는 걸 영 싫어하더라만 너는 지금 경태보다 더 찬밥 더운밥 가릴 형편이 아니지 않느냐?"

"……."

"나하고 같이 지내는 게 좀 싫고 불편하더라도 여기 이모 집에 와서 일해라. 구판장에 종묘와 농약, 도배, 벽지, 장판 일까지 더해 규모가 커져서 제대로 배운 사람이 장부관리도 하고 창고관리도 해야 하는데 그걸 지금 더하기 빼기만 겨우 하는 내가 사람 하나를 두고 주먹구구식으로 하고 있다. 그것하고 농기구, 종묘, 잡화까지 네가 재고관리 장부관리를 다 맡아서 하면 된다. 운전은 할 줄 아느냐?"

"예. 그건 군대 가기 전에 땄어요."

"그럼 더 잘 됐다. 두세 달 기장(장부 기입하는 일) 익힌 다음 물건도 절반은 네가 떼러 다니고."

"……."

"들어봐라. 내가 느들처럼 배우지는 않았다만 이런 계산은 할줄 안다. 네가 서울에 올라가서 과외를 해 방세 떼고 생활비 떼고 얼마나 벌지 모르겠다만, 여기서는 우선 그런 데 돈 쓸 일이 없지 않느냐. 올해 남은 일곱 달하고 내년 온전히 1년, 그리고 후년 3월에 다시 학교 올라가기 전 1월 2월, 그렇게 벌면 나중에 서울 가서 공부할 2년 생활비는 충분히 벌 수 있다. 남은 공부 2년 학비도 여기서 네가 아껴 모으면 1년치는 얼추 해결할 수 있고. 그렇게 해서도 부족한 게 있으면 그때는 내가 느 어머니를 봐서라도 모자란 학비 정도는 변통하도록 하마. 그래야 너도 이다음 출세해 우리 용래하고 미옥이를 봐주고 그러지 않겠느냐?"

"……."

"내가 느덜처럼 배우지 않아 조리 있게 말을 잘 못해서 그런데, 그렇게 하면 여기서 일하는 동안도 틈틈이 네가 나중에 봐야 할 시험에 대해서도 미리 공부해나갈 수 있고, 이태 후 서울에 학교 가서도 다른 데 시간 뺏기지 않고 온전히 네가 해야 할 공부만 할 수 있지 않겠느냐는 얘기다."

"……."

"지금 대답하기 어려우면 어머니하고 집에 가서 생각해보고 대답해도 된다. 네가 그렇게 한다면 그때 가서 또 이렇게 저렇게 말할 게 아니라 미리 들어둘 게 몇 가지 더 있다. 방은 여기 있는 동안은 용래 방을 쓰면 된다. 용래가 작년에 여기 대관령에 있는 학교로 가지 않고 강릉에 있는 학교에 가서 그 방이 비어 있다. 방학 때 와도 같이 쓰거나 옆에 그보다 작은 방을 쓰면 된다. 그게 싫으면 밥은 여기서 먹고 잠은 구판장에도 넓은 방이 하나 있으니 거길 공부방 겸해서 살림방으로 써도 된다. 네 성격에, 또 어려운 마당에 공부하면서 물론 그러지 않겠지만 사람 불러 술판 벌이고, 친구들 불러 재우고 그런 것만 하지 않으면 된다. 경태가 잠시 와 있을 때도 그랬다만, 내가 다른 건 다 봐도 그런 건 못 본다."

주호는 그때 인생에서 확실하게 안 것이 하나 있었다. 나이는 그냥 먹지 않는다는 것이었다. 학교 공부로는 도저히 따라갈 수 없는 삶의 어떤 내공 같은 게 이모부에게 있었다. 그게 조금은 배운 아버지와 혼자 맨바닥을 다지며 살아온 이모부의 차이였다. 함께 얘기를 하다 보면 배움과 학식조차 굴욕스럽게 느껴질 때가 있었다.

대관령에 가 있는 동안 연희를 만났다. 그는 공부할 돈을 벌기 위해 이모부가 운영하는 구판장에서 일을 했고, 연희는 대학도 아니고 고등학교에 낼 학비조차 없어 열여섯 살에 구판장 옆 양장점(그러나 말이 좋아 양장점이지 수선을 전문으로 하는 곳)에서 주호보다 먼저 일하고 있었다.

"나를 만나는 게 그냥 오는 건 아닐 테고, 무슨 일인지 물어봐도 될까요?"

주호는 내일 서울로 나오겠다는 유명한에게 물었다.

"자세한 얘기는 만나서 드리겠지만, 한 가지는 제 동생 연희에 관한 일입니다."

"그럼 다른 일도 있는가 보군요."

"예. 또 한 가지 일은…… 기자님도 우리 아버지에 대해 알고 계시지요?"

"예. 조금은요."

"저의 그런…… 아버지에 관한 일입니다."

"지난번에 말씀하던 유강표 선수 말인가요?"

"예."

"예전 연희에 대해서는 조금 알지만, 사실 나는 그분을 잘 모릅니다. 안다는 건 그냥 그때 대관령 사람들로부터 들은 풍문 정도지요."

"그래도 도와주실 일이 있습니다. 저의 아버지가 아니라 기자님이 대관령에 계실 때 보살펴주었던 연희 아버지의 일로 도와주셨으면 합니다."

"어떻게 말인가요?"

"그건 내일 만나서 말씀드리겠습니다."

주호는 유명한에게 내일 그가 찾아올 신문사 부근 카페 한 곳을 알려주었다. 아무래도 집보다는 회사 부근이 편할 것 같았다.

전화를 끊고 나서야 주호는 지금 연희가 일본에서 무슨 일을 하고 있는지조차 묻지 않았다는 것을 알았다. 오래 잊고 있어도 그것은 또 다른 방면으로 순정한 시간들이었다. 잠시 머릿속의 생각을 정리한 다음 다시 현대 물리학으로 알아보는 시간과 우주에 대한 책을 펼쳤지만 조금 전의 순정한 시간들은 다 어디 가고 한 글자도 눈에 들어오지 않았다. 글자 대신 예닐곱 살쯤 되어 보이는, 분홍색 원피스를 입고 양쪽으로 두 갈래 머리를 땋은 여자아이가 저쪽 출입문 쪽에서 이쪽으로 걸어왔다. 아이의 흰 팔목에 파란색 풍선 하나가 줄에 묶여 있었다.

너…….

어느새 아이는 열여섯 살의 어린 숙녀로 훌쩍 자라 그에게로 와 인사했다.

주호 오빠.

…….

나야 연희…….

그 아이 연희

주호가 중학교 때 보았던 일본여자의 딸 연희를 다시 본 것은 군에서 제대하던 해 5월의 일이었다. 연희를 보았던 날이 그의 인생에서 중요한 것은 아니었다. 그러나 그해 5월은 그의 인생에서 대단히 중요하고 의미 있는 시기였다.

대관령 이모네 구판장에서 일을 하기 불과 일주일 전만 해도 그는 서부전선의 한 지오피부대에서 경계병으로 근무했다. 바깥 사람들이 흔히 말하는 최전방 부대였다. 휴가 때 사람들은 그가 근무하는 지오피에서 북한이 보이냐고 물었다. 그는 조금도 과장 하지 않고 멀리 북한의 산과 들은 풍경 그대로 보이지만 북한 병 사들이 근무하는 초소는 아주 흐릿하게 보인다고 말했다.

사람들이 좀 더 자극적인 대답을 원할 때에도 그는 북한 병사를 육안으로 보는 건 임진강 가의 한두 초소 말고는 거의 어느 초소에서나 불가능하고, 성능 좋은 쌍안경으로 보면 초소의 윤곽을 조금 더 잘 파악할 수 있는 정도라고 말했다. 실제로도 그랬지만, 그게 그의 성격이었다. 평소에도 그는 무얼 과장해 말하지 않고 있는 그대로, 자신이 보거나 듣고 경험한 대로 말했다.

제대하던 날 그는 전방 부대에서 민간 구역으로 나와 제일 먼저 버스정류장에서 신문을 샀다. 거기엔 두 가지 의미가 있었다. 하나는 이제 군대에서 완전히 벗어났다는 것이고, 또 하나는 앞으로 열심히 공부해 바라던 언론사에 꼭 들어가겠다는 뜻이었다.

그날 모든 신문에 넬슨 만델라의 사진이 실려 있었다. 만델라는 27년 동안 감옥에 갇혀 있다가 마침내 흑인들의 차별 없는 자유를 얻어내 남아프리카공화국의 첫 흑인 대통령이 되었다. 바깥 세상의 첫 소식으로 그것을 읽고 있는 그는 이제 군인 신분에서 앞으로 학교며 학비며 공부며 생활비 마련을 어떻게 해나갈 것인지에 대한 고민이 또 하나의 감옥처럼 느껴지는 스물세 살의 복학 준비생이 되었다. 신문에는 만델라의 파란만장한 삶과 고비마다 그가 한 명언 같은 말들이 실려 있었다. 다른 좋은 말들도 많았지만 그중에 이 말이 그의 가슴에 가장 크게 와 닿았다.

인생의 가장 큰 영광은 결코 넘어지지 않는 것이 아니라 넘어질 때마다 다시 일어서는 것이다.

정치를 하거나 기업을 하는 사람이 아닌 앞으로 기자를 꿈꾸는 젊은이에게 그 말은 인생에서 새겨들을 말이라면 몰라도 평생 가슴에 새길 좌우명까지는 아니었다. 그런데도 그는 만델라의 다른 많은 말 가운데서도 그 말이 가장 절실하게 가슴에 와 닿을 만큼 제대 후 어떻게 복학 준비를 해야 하는지 그것이 가장 큰 고민이었다. 그러다 부대를 나오자마자 펼쳐든 신문 속의 만델라 앞에서 앞으로 헤쳐 나가야 할 자신의 인생 전체를 놓고 생각하니 지금 자신 앞에 놓여 있는 어려움은 어느 한 시기의 불우일 뿐이지 앞으로 자기의 삶 전체를 가로막는 장애까지는 아니라는 생각이 어떤 자각처럼 들었다.

그는 입대할 때 군대를 자신의 인생에서 거치지 않으면 안 될 2년 반 동안의 감옥으로 생각했듯 지금의 처지 역시 앞으로 새로운 삶을 위해 꼭 헤쳐 나가야 할 2년 반 정도의 감옥으로 여기자고 생각했다. 이 세상에 궁극적으로 나를 돕는 사람은 나뿐이다. 엄살을 부린다고 현실이 나아지는 것도 위로가 되는 것도 아니다. 현재 나의 불우한 처지 또한 과장하여 비감스럽게 생각하지 말자. 그렇게 생각하는 것만으로도 한결 마음이 담담해졌다.

집으로 돌아온 다음 날 서울에 방을 얻을 돈을 빌리기 위해 곧바로 대관령 이모 집을 찾아간 것도, 당장 한 푼이 아쉬운 처지에 따로 돈을 들여 무작정 서울로 올라갈 게 아니라 대관령 구판장에서 일을 하며 학비를 마련하는 게 어떻겠냐는 이모부의 역제안을 감사한 마음으로 받아들인 것도 넬슨 만델라가 준 용기였다.

그는 제대 무렵 마음속으로 생각했던 모든 계획을 수정해 책가
방을 꾸려 대관령으로 올라갔다. 옷가방은 꾸리고 말고 할 것도
없었다. 애초 옷도 많지 않았지만, 군에서 2년 반 동안 있다가 나
오니 전에 입은 옷들은 다 어디 갔는지 군복을 대신해 위에 걸칠
만한 변변한 점퍼도, 당장 신을 신발도 없었다. 그는 이모부로부
터 다음 달 받아야 할 봉급에서 미리 얼마를 가불해 당장 갈아입
을 두 벌의 속옷과 재고상품으로 청바지와 남방, 점퍼, 운동화를
샀다. 그리고 이모한테 이모부가 입지 않는 옷 몇 가지를 얻었다.

이모부는 구판장 말고도 매년 5천 평 정도의 고랭지 채소농사
를 지었다. 그렇게 한 지 5년이 된다고 했다. 구판장에 종묘상을
겸하다 보니 자연 농사일에 관심을 갖게 되기 마련이었다. 서울
에서 내려오는 밭떼기 업자들도 구판장을 중심으로 움직였다. 새
로 농사를 시작하기 바로 전해 여름과 가을, 배추 값이 평년에 비
해 다섯 배는 높았다고 했다. 그러나 그래서 농사를 새로 시작한
것은 아니었다. 이모부는 오히려 그런 것에 휩쓸리지 않는 사람
이었다. 대관령에 터를 잡은 다음 오래 구판장을 해도 애초 농촌
에서 태어나 농사로 뼈가 굵은 사람이었다. 한동안 손을 놓고 있
던 농사일에 새로 재미를 들인 듯했다.

그가 가서 보니 고랭지 채소농사라는 게 벼농사처럼 봄부터 가

을까지 줄곧 일이 있는 게 아니라 온상에서 배추의 싹을 틔워 밭에 모종을 낸 다음 그것을 수확하기까지 품종에 따라 짧으면 두 달, 길어야 세 달 농사였다. 다른 작물들의 생육 기간도 이와 비슷했다. 이모부가 농사짓는 밭은 대관령 휴게소와 가까운 가시머리라는 동네에 있었다.

그곳에 이모네 소유의 농지가 있는 것은 아니었다. 대관령 고랭지 농사의 절반은 그곳 고원지역의 밭들이 워낙 넓고 외지인 소유의 땅들이 많아 그런 땅들을 한 해씩 도지를 내고 빌려서 짓는 것이라고 했다. 농사지을 땅이 없는 농부가 지주에게 땅을 빌리고 소출의 일정 부분을 바치는 소작과는 또 다른 형태의 참 독특한 임차방식의 농사였다.

겨울부터 미리 농사지을 땅을 준비하고, 온상을 만든 다음 씨를 뿌려 그것을 바다처럼 너른 밭에 모종을 내어 가꾸어나가는 손길을 바라보노라면 이 세상의 여러 숭고한 일 가운데서도 가장 숭고한 일은 저렇게 밭에서 농부가 땀을 흘리며 작물에 정성을 다하는 일이 아닐까 싶은 생각이 저절로 들었다. 그것은 또 그에게 대관령의 새로운 풍경 속에서 인생을 배우는 일이기도 했다.

거처는 이제 곧 여름이 다가오고 따로 연탄을 뗄 일도 없으니 가을까지는 이모 집이 아니라 구판장에 딸려 있는 방을 쓰기로 했다. 구판장 한쪽 구석에 놓아둔 철제 책상과 의자를 방에 들여놓으니 제법 공부방의 분위기가 났다. 그것 말고도 또 한 개의 책상이 구판장 안에 있어 일하는 틈틈이 책을 볼 수 있겠다 싶었다.

이불도 이모 집에서 가져오고, 밥도 이모 집과 구판장이 멀지 않으니 오가며 먹기로 했다. 철제 책상 아래 박스 속에 들어 있던 가스버너와 냄비, 그릇, 수저 들은 아예 창고 안으로 치워버렸다. 그런 것들을 한두 번 사용하기 시작하면 점차 집에 가서 하는 식사를 거르게 되고, 밤이면 못된 야식 습관을 들여 한두 잔씩 술을 부르기 마련이었다. 그는 시작부터 단호하게 차단할 것은 미리 차단하는 게 좋겠다고 생각했다.

그가 학교 대신 대관령으로 올라가자 강릉에서도 소문나게 공부를 잘했던 서울 대학생이 가정형편 때문에 앞으로 2년간 친척 집 구판장에 와서 일하며 공부할 거라는 얘기가 금방 온 마을에 돌았다. 이모부가 그런 것 같지는 않고 아마 이모가 소문을 돌린 듯했다. 물건을 사지 않으면서도 일부러 구판장 안을 기웃거리는 사람도 있었다. 학교 다니는 아이를 둔 동네 아주머니들도 그랬고, 대관령 마을에 직장을 둔 젊은 아가씨들도 그랬다. 그런 소문이 학교에까지 퍼졌는지 이웃에 있는 대관령 고등학교 여학생들도 오가는 길에 구판장 안을 힐끔거리다 그와 눈이 마주치면 어쩔 줄 몰라 하는 얼굴로 달아났다. 그만큼 동네가 좁다는 뜻이기도 하고 좁은 동네에서 그가 주목의 대상이라는 뜻이기도 했다.

그가 대관령에 올라가 일을 하자마자 연희를 만난 것도 옷 때문이었다. 새로 사온 청바지를 한 단 반쯤 접어 입어야 했다. 처음엔 그냥 안으로 접어 바늘로 꿰매 입을 생각이었다. 군대에 있는 동안 훈련병 번호를 달고, 계급장과 명찰을 달고, 뜯어진 군장을 고치고, 떨어진 단추를 달며 바느질을 배웠다. 서울도 아니고 대관령에 올라와 멋을 내고 다닐 일도 별로 없을 듯싶었다. 바늘과 실은 구판장에 있었다. 대관령 사람들 삶에 필요한 물건 가운데 밭을 가는 경운기나 트랙터 같은 농기계 빼고는 거의 없는 게 없는 잡화 가게였다.

오후 들어 손님이 좀 뜸한 시간 그가 종묘 진열대 옆 책상에 앉아 바짓단을 꿰매는데 이모가 들어왔다.

"니 시방 뭐하는 기나?"

"바지가 좀 길어서 줄이려고요."

"손바느질로?"

"예."

"아이구, 흉해라. 동네에 그거 맡길 집이 없는 것도 아니고, 이리 줘라."

이모는 바늘이 달린 바지를 빼앗아 들고 도로 가게를 나갔다.

"따라와봐라. 여기는 진수가 있으니 잠시 봐두고."

이모는 옷을 든 채 구판장 바로 맞은편 가게인 '미라노패션'으로 들어갔다. 그도 엉거주춤 안으로 따라 들어섰다. 가게 안엔 요란스레 파마를 한, 이모 연배의 아주머니와 열일고여덟 살도 채 되어 보이지 않는, 얼굴 어딘가에 희미하게 이국적 느낌이 엿보이는 키만 삐죽하게 자란 여자아이가 각자의 재봉틀 앞에 앉아 있었다.

"내가 시방 가게에 와보니 여기 우리 집 서울 대학생이 바짓단을 줄인다고 이러고 있네."

"아이고, 지난번에 얘기하던 조카인가 보네."

"왜 아니래, 맞다."

"그 집 대학생은 생기기만 잘한 게 아니라 공부도 잘하고, 바느질까지 못하는 일이 없네. 그러니 동네 여자애들이 구판장을 기웃거리지."

"누가 아니래."

"그렇지만 새옷을 이렇게 줄여 입고 다니면 사람들이 그거 하나 제대로 못 줄여 입혔다고 이모를 욕하지."

"내 욕먹는 거야 일이 아니지만, 요새 바늘로 옷 줄여 입는 사람이 어디 있다고."

"연희야. 저기 오빠 기장 좀 재봐라."

여자아이가 재봉틀 옆에 걸어둔 줄자를 들고 그한테로 왔다. 그는 여자아이 앞에 조금 어색하게 차렷 자세를 하듯 몸을 곧게 폈다. 여자아이가 무릎을 세우고 앉아 그의 허리에서부터 발끝까지 길이를 쟀다.

"40요. 안 기장도 재요?"

"그건 새로 옷을 지을 때 재는 거지, 지은 옷 안 기장은 재서 뭐하게. 오빠 불알밖에 더 만지나?"

그 말에 여자아이의 얼굴이 금방 빨개졌다. 부끄럽기는 그도 마찬가지였다. 그런 가운데서도 그는 자신의 하체 기장이 운동화 높이까지 포함해 40인치라는 것을 평생 잊지 않을 숫자로 알게 되었다. 이모가 돈을 내밀자 미라노 아주머니가 이웃끼리 왜 이러냐며 그냥 두라고 말했다.

"그건 안 되지. 내가 이웃이라고 내 가게 물건 그냥 주지 않는데."

"거긴 돈 주고 가져온 물건이고 이건 품이니 하는 얘기지. 우리가 가면 늘 에누리를 해주고."

"여기도 장사를 하면서 그러네. 에누리는 장사 이문을 덜 남기는 거지, 물건 값을 안 받는 게 아니지. 미라노가 대관령의 화수분도 아니고 받을 건 딱딱 받아야지."

적은 금액이어도 그런 말로 이모가 이모부를 대신해서 함께 장사하는 이웃들의 인심을 얻는 듯했다. 물건을 팔 때는 팔 때대로 사는 사람들의 기분을 맞춰주었다. 함께 일한 지 며칠 되지 않지만 이모부는 경우만 똑 부러질 뿐 동네 인심을 얻으며 사는 것 같지는 않았다.

"이제 우리 서울 대학생은 가봐라. 옷은 이따가 이모가 가져갈 테니."

이모는 다시 한 번 누구에겐가 자랑하듯 서울 대학생을 강조했다. 그는 가게를 나오며 처마 아래의 간판을 바라보았다. 언제부터 단 간판인지는 모르지만 '미라노'는 아마도 이탈리아의 패션 도시 밀라노를 그렇게 적은 것인 듯했다. 그 옆의 '패션'이라는 말도 좁은 시골 마을에서 남녀 옷 중에 어느 하나만 다루는 것이 아니라 양장과 양복을 겸해 모두 다룬다는 뜻 같았다. 무엇보다 처음 그곳에 들어갔다 나온 주호에게 고개를 갸웃거리게 하는 것은 아직 학교를 다닐 나이에 거기에 앉아 있는 여자아이의 얼굴이었다.

잠시 후 바짓단을 줄인 옷을 가져다준 사람도 이모가 아니라 미라노의 어린 여자아이였다. 여자아이는 아까처럼 부끄러운 얼굴로 훤히 문을 열어둔 구판장에 들어와 카운터 위에 옷을 내려놓았다.

"여기 줄인 바지 가져왔어요."

"고마워요."

"입고 줄인 게 아니라 맞지 않으면 다시 가져오래요."

여자아이는 옷만 내려놓고 금방 돌아갔다. 그러면서 여자아이는 연신 부끄러워했다.

"형은 지금 왔다 간 애가 누군지 모르죠?"

함께 일하는 진수가 출입문 쪽으로 나가 바깥을 살펴본 다음 물었다. 진수는 고등학교를 졸업한 다음 구판장에서 1년 반 동안 일했는데, 6월에 입영통지를 받아 5월 말까지만 나온다고 했다. 일테면 진수가 그의 선임인 셈이었다. 그는 군대에서 새로 들어온 신병이 제대를 앞둔 선임에게 하나하나 일을 배우듯 진수로부터 구판장 안에 있는 모든 물건들의 가격을 익혔다. 따로 품목별로 가격표를 적어두는 노트도 만들었다. 그게 구판장에 들어와 그가 제일 먼저 한 일이었다.

"쟤가 바로 일본여자 딸이래요."

"일본여자?"

하고 되물으며 주호는 중학교 1학년 때 어머니와 함께 처음 대관령을 넘던 날 횡계 버스정류소에서 보았던 서양여자의 얼굴을 닮아 보이던 일본여자와, 술을 마시고 행패를 부리는 아버지를 데리러 온 어린 여자아이를 한 그림 속에 떠올렸다.

"형은 여기 대관령 사람이 아니라 잘 모르겠지만요. 쟤 엄마가 쟤 어릴 때 일본으로 돌아갔거든요."

"언제?"

"그게 아마 쟤가 초등학교에 들어갈까 말까 할 때였을 거예요."

주호는 그때 정류소 바깥에 햇빛을 가리는 모자를 깊숙이 눌러 쓰고 어색하게 서 있던 일본여자의 모습을 다시 떠올려보았다. 오랜 기억 속에도 조금 마른 듯한 몸매와 깡똥한 단발머리만은 어제 본 모습처럼 떠올랐다. 아이가 초등학교에 들어갈까 말까 할 때였다면 그때로부터 얼마 지나지 않아 일본으로 떠났다는 얘기였다.

"쟤 아버지가 여기 대관령에서 개고기 중에서도 상개고기였거든요."

"개고기는 또 뭐냐?"

"술만 마시면 아무한테나 시비를 거니까 여기 어른들이 다 개고기라고 했던 거지요."

"지금은 뭐하는데?"

"지난가을에 죽었어요."

"응?"

"죽은 것도 그냥 죽지 않고 저쪽 칼산 아래 전에 오수도리 산장이 있던 곳에 가서 목을 매고 죽었는데 그걸 동네 사람들이 발견해 장례를 치렀던 거지요."

"왜 그랬는데?"

"그건 모르죠. 정말 막판에는 개고기 정도가 아니었거든요. 여기 구판장에도 사흘이 멀다 하고 와서 행패 부리고. 그러면 아저씨는 뒷문으로 살짝 빠지고, 내가 그거 말리느라고 아주 죽는 줄 알았다니까요. 여기 와서만 그러는 게 아니라 저쪽 아래에서부터 이쪽으로 올라오며 가게마다 들어가 시비를 거는 거예요."

"쌓인 게 많았던가 보네."

그 말을 하며 주호는 어쩔 수 없이 아버지의 모습을 떠올렸다. 아버지는 젊은 시기에 한 번 주저앉은 다음 예전이나 지금이나 따로 하는 일 없이 세상 모든 일들에 불평만 하고 살았다. 아들이 짐을 꾸려 대관령으로 올라갈 때에도 이모부에 대해 그까짓 거

이왕 도와줄 거면 그냥 바로 학비를 대줄 것이지 앞으로 그런 일을 하며 살지도 않을 사람을 왜 이태나 구판장에 불러 아까운 시간만 잡아먹게 하는지 모르겠다는 식으로 투덜거렸다. 오죽하면 어머니가 옆에서 그렇게 잘도 그까짓 거라고 말하는 아버지는 왜 그까짓 거 못해주느냐고 말했다. 그래도 아버지는 그까짓 게 잘 나봤자지, 하고 비아냥거렸다.

"암만 쌓여도 그렇죠. 알코올 중독기도 좀 있고."

"그러게. 암만 쌓여도 말이지."

진수는 연희 아버지에 대해 말하고, 그는 자신의 아버지에 대해 말했다.

"사람들이 다 피하는데 하여간 술만 마시면 주사가 나왔거든요."

그도 그런 모습을 한 번 본 적이 있지만 말하지 않았다. 어린 시절 버스정류소에서 보았던 여자아이의 모습과 방금 전 바지를 가져온 여자아이의 모습은 얼굴이 달라져도 곧바로 연결되는데, 그때 아이의 한마디에 금방 양처럼 순해지던 남자가 그런 딸을 두고 목을 매고 죽었다는 것이 얼른 받아들여지지 않았다.

"그럼 쟤 혼자 사는 거야?"

"아뇨. 할머니하고 여기 고등학교 다니는 오빠가 있어요. 쟤도 올해 고등학교 들어가야 하는데 집안 형편이 그러니 못 가고 지난겨울부터 미라노에 와서 일하는 거죠. 중학교 다닐 때 학교에

서 첫째 둘째 가게 공부를 잘했다는데, 옆에서 보니 그게 좀 그렇
더라고요."

"뭐가?"

"학생들 교복 말고는 저 집에서 옷을 지어 입는 사람은 남자고
여자고 별로 없거든요. 다들 강릉 가서 지어 입지."

"그렇겠지. 30분이면 가는데, 차 없는 시절도 아니고."

"새 옷보다 수선을 전문으로 하는 집인데, 여기 중고등학교 아
이들이 교복 줄이러 많이 가거든요. 형은 지금 와서 잘 모르지만,
지난 3월에 고등학교에 입학한 애들이 남자고 여자고 교복 줄이
러 저 집으로 다 몰려갔는데, 쟤는 학교 다닐 때 공부를 잘해도 아
버지가 그렇게 된 다음 고등학교에 가지 못하고 다른 친구들의
옷을 줄이고 그랬던 거지요."

"그건 좀 그렇네."

"애가 속이 깊어 내색은 안 하는데 옆에서 보는 게 좀 그렇더라
고요."

"내색 안 한다고 마음이 좋을 리 있겠나."

아마 그래서 이후에도 그 아이 연희를 더 눈여겨보았는지 모
른다.

주호가 연희와 처음 얘기를 나눈 것은 입대를 앞둔 진수가 구
판장을 그만둔 다음 이제 혼자 가게를 지키던 때였다. 6월 들어

두 번째 토요일인 그날 일은 엉뚱한 곳에서 생겼다. 대관령에서 강릉에 있는 고등학교로 간 용래가 학교에 오지 않았다고 담임선생이 집으로 전화를 했다. 전화를 받은 사람은 이모였다. 이모부는 그때 채소밭에 나가 있었다.

"이 자식이 학교에 안 가고 어디 갔는지 모르겠네. 삐삐를 쳐도 연락이 없고. 선생님이 펄펄 난리인데."

"하숙집에 전화해보지 그러셨어요."

"해봤지. 거기서는 아침에 나가니 으레 학교 가는 줄 알았다는 거야."

"그럼 중간에 다른 데로 간 모양이네요."

"네가 밭에 가서 이모부한테 좀 알려라. 우선 하숙집에 가보고, 없으면 학교에 가보라고 해. 선생님도 만나보고."

이모는 구판장으로 이모부의 외출복과 구두를 커다란 비닐가방에 넣어왔다. 오토바이를 타고 밭으로 가서 이모부에게 토요일이라 시간도 없고 하니 거기에서 바로 옷을 갈아입고 강릉으로 가보라고 전하라는 것이었다. 그는 배달할 때 쓰는 오토바이에 옷가방을 싣고 이모가 알려준 대로 가시머리 밭으로 갔다.

배추는 모종을 낸 지 보름쯤 지나 모살이를 끝내고 아이들 손바닥 크기만큼 파릇파릇 잎이 자라났다. 배추밭 오른편에 모종을 내지 않고 밭에 직접 씨를 뿌린 무도 새파랗게 자라 곧 솎아주어야 할 것 같았다. 나중에 값이야 어떻게 매겨지든 약간 구릉처럼 경사진 배추밭이 여러 꽃들이 어울려 피어난 꽃밭보다 아름다웠다. 아마 그래서 그걸 바라보는 재미에 늘 밭에 나가 사는 것 같았다. 왜 왔는지 얘기하자 이모부는 밭가 웅덩이의 물을 퍼서 한 번 더 세수를 하고는 옷을 갈아입었다.

"이놈의 자식, 애초 강릉으로 보내는 게 아닌데 말이지."

"그래도 큰 데서 공부하는 게 낫지요."

"처음 보낼 때는 그랬지. 지금 2학년인데 벌써 이러면 3학년 때는 어떻게 하누?"

"지금은 그래도 3학년이 되면 입시가 눈앞이라 달라지죠. 저도 그랬는데요."

"그러면 다행이겠지만, 이 자식은 왠지 그럴 거 같지가 않아. 어려서부터 따르기는 널 더 따라도 하는 걸 보면 영락없는 큰이모네 경태라 너하고 많이 다르다. 내가 예전부터 너희 이모 쪽 형제들이 모이는 자리에 가면 다른 건 다 당당해도 느 아버지한테 늘 꿀리는 게 그거였다."

"아버지도 심사가 많이 뒤틀린 분이죠."

"느 아버지야 그래도 자식이 반듯하니 그게 힘이지."

"얘기해보면 용래가 사촌들 중에서 속이 제일 넓어요."

"속만 넓으면 뭘 하나. 학교를 가지 않고 저러는데……."

이모부는 바로 자동차의 시동을 걸고 강릉으로 떠났다. 우선 하숙집부터 가본다고 하지만 학교에도 가지 않은 용래가 그 시간에 얌전히 하숙집에 돌아와 있을 리 만무했다. 이모부는 하숙집에서 학교로 갔다가 다시 하숙집에 들러 오후 늦게 대관령으로 돌아왔다.

"집에서부터 작정하고 어디로 간 것 같은데, 어딜 갔는지 알 수 있어야지. 결석자가 혼자라니 학교 친구들하고 어디 간 거 같지도 않고."

"집에는 말하지 못하고 어디 가야 할 사정이 있었던가 보지요."

"사정은 무슨, 공부하는 놈이. 너 같으면 그러겠나?"

"집에 오면 제가 한번 데리고 얘기해볼게요."

"이제는 머리가 굵어 어미 아비가 뭐라고 해도 말을 잘 듣지 않아. 나한테는 아직 안 그래도 어미가 뭐라고 하면 오히려 눈을 부라리고 대드는데 뭐."

"그 버릇은 제가 고쳐놓을게요."

그 말에 이모가 옆에서 그게 다 어려서부터 너무 호강스레 키워서 그렇다고 했다.

그날 용래가 학교로 가지 않고 어디로 샜는지 제대로 알려준 사람은 뜻밖에도 연희였다. 집에서 한바탕 소동을 치른 다음 이모부는 화를 삭이러 나가듯 다시 밭으로 나가고, 미옥이가 엄마한테 매달려 영화 테이프를 하나 빌려 구판장으로 왔다. 더 크면 집안의 분위기를 짐작하겠지만 미옥이는 이제 초등학교 5학년이었고, 테이프는 며칠 전 이모가 토요일에 빌려주겠다고 약속한 것이었다. 집에서 혼자 보면 무서울 것 같아 구판장으로 가져왔다고 했다.

구판장에도 텔레비전과 비디오 플레이어가 있었다. 텔레비전은 지난달까지 함께 일하던 진수도 구판장에 나오면 우선 그것부터 틀었고, 이모와 이모부도 구판장에 있는 시간이면 으레 거기에 눈길을 주었다. 비디오 플레이어까지 가게에 두고 있는 건 구판장에서 팔고 있는 각종 채소의 씨앗 때문이었다. 서울 종묘회사들마다 씨앗을 보낼 때 자기 회사에서 판매하는 씨앗들의 생육 과정을 담은 테이프를 같이 보내왔다. 씨앗 봉투에 다 자란 무, 배추, 상추, 당근, 셀러리, 양배추의 사진이 나와 있지만 같은 무와 배추도 조생종과 만생종이 달랐고, 종자에 따라 자라는 모습과 다 자란 모습이 조금씩 달랐다. 대개는 농사를 짓는 사람이 먼저 알고 그냥 씨앗만 사갈 때가 많지만 그해 새로 나온 품종을 선택할 때는 꼭 5분에서 10분 사이의 테이프를 보고 결정하길 권했다.

미옥이가 들고 온 테이프는 지난해 미국에서도 그랬고, 국내에서도 떠들썩하게 개봉한 〈쥬라기 공원〉이었다. 그도 부대에 있는 동안 텔레비전을 통해 영화 소개와 컴퓨터 그래픽에 대한 소문만 무성하게 들었지 영화를 보지 못했다. 휴가를 나오지 않으면, 또 휴가를 나와서도 그것이 상영될 때와 시기가 맞지 않으면 볼 수 없었다.

"이거 작년에 한 건데 안 봤어?"

"강릉 영화관에서 했는데 여기 대관령에서 어떻게 봐? 누가 데려가줘야 보지. 우리 반 애들은 많이 가서 봤는데."

"오빠도 안 봤지만, 이거 꽤 무서운 장면 나오는 거 같던데."

"그러니까 집에서 안 보고 여기로 가져왔지. 조금 있다가 미라노 연희 언니가 올 거야. 혼자 보기 무서워서 아까 아줌마한테 연희 언니하고 같이 보게 해달라고 했거든. 오빠는 같이 있어도 왔다 갔다 하니까."

잠시 후 연희가 구판장으로 왔다. 그는 카운터의 의자와 저쪽 종묘 진열장 앞쪽의 의자를 텔레비전 앞에 나란히 놓아주었다.

"잠시만, 나 화장실 다녀온 다음 틀어."

미옥이가 뒷문으로 돌아나가자 그 사이 연희가 작은 소리로 빠르게 말했다.

"나는 용래 오빠가 어디 갔는지 알아요."

"어디 갔는데?"

그도 소리를 낮춰 자연스럽게 말을 놓으며 물었다.

"오늘 서울에 심은하 사인회 하는 데 갔어요."

"심은하?"

"〈마지막 승부〉 다슬이요."

그가 제대하기 전에 방영되었던 농구 드라마였다. 부대에서도 그 시간 경계근무조가 아니면 "처음부터 알 순 없는 거야. 그 누구

도 본 적 없는 내일~"하고 오프닝 주제가가 흘러나오면 다들 텔
레비전 앞에 모여들어 "기대만큼 두려운 미래지만 너와 함께 달
려가는 거야~"하고 노래를 따라 부르며 그것을 보았다.

"세시에 사인회를 하는데, 여기 횡계 오빠 둘하고 강릉에서 만
나 고속버스 타고 갔어요."

"너는 어떻게 아는데?"

"어제 저녁에 한 오빠가 아줌마 없을 때 와서 거기에 입고 갈 옷
을 찾아갔어요."

"용래하고 같이 간대?"

"예. 어디 가냐니까 거기 간다고 했어요. 오빠, 누구한테도 제가
말했다고 하면 안 돼요. 오빠 믿고 오빠한테만 얘기하는 거예요."

"그래, 얘기하지 않을게."

"꼭요."

그 사이 미옥이가 돌아왔다.

"자, 이제 틀어도 되지?"

그가 리모컨의 플레이 버튼을 눌러주었다. 영화를 보는 동안
미옥이는 지금 미국에 가면 저 공룡들이 사는 쥬라기 공원에 정
말 가볼 수 있느냐고 물었고, 연희는 영화에서처럼 호박에 갇힌
모기의 몸속에 든 공룡의 피에서 DNA를 채취해 그걸로 다시 공
룡을 만들어낼 수 있느냐고 물었다. 그도 영화를 보는 틈틈이 찾
아오는 손님을 맞이하고, 또 두 사람의 질문에 대해서도 아는 만

큼 친절하게 대답해주었다.

영화에 몸집이 가장 큰 브론토사우루스와 티라노사우루스가 같이 나오지만 실제로는 브론토사우루스가 1억 5천만 년 전의 공룡이고 티라노사우루스가 길어야 7천만 년 전의 공룡이라 단순히 시간으로만 비교하면 티라노사우루스는 브론토사우루스보다 사람과 더 가까운 시대에 살았던 공룡이라고 말해주었다.

"정말? 오빠는 그런 거 어떻게 알아?"

"학교보다 더 많은 걸 가르쳐주는 게 책이야. 학교 칠판보다 넓은 세상이 책이고."

미옥이의 말에 그렇게 대답한 것도 옆에 앉은 연희를 위해서였다.

용래는 일요일인 다음 날에도 대관령으로 오지 않았다. 월요일 저녁에 그가 그 일 때문이 아니라 강릉 집에 갔다가 잠시 용래 하숙집에 들르는 것처럼 찾아가서 만났다. 그러나 용래는 그가 어떻게 온지 먼저 알고 있었다.

"아버지가 보내서 온 거 다 알아요."

"그런데도 마치 보내지 않은 것처럼, 또 보내서 온 게 아닌 것처럼 찾아오는 걸 형식이라고 하지. 나름대로 입장을 생각한다는 건데 그게 아버지를 위한 형식일까, 나를 위한 형식일까, 너를 위한 형식일까?"

"그렇게 따지면 아버지 방식의 형식도 아니죠."

"아니면?

"형이 아버지한테 얘기한 형식이죠. 아버지 방식은 이런저런 형식 없이 그냥 아버지가 바로 내려와 죽일 놈 살릴 놈 하면서 등짝을 치는 거구요."

"그래. 그렇지만 그런 아버지가 토요일부터 어제 오늘 참을 만큼 참으며 받아들인 형식이기도 하지."

"형하고 얘기를 하면 내가 형한테 말려들어가요."

"그래서 얘기가 안 돼?"

"아뇨. 말려들어서 나도 저절로 형 같아져요."

"그럼 나쁘게 말려드는 것도 아니니까 형 얘기 들어. 이번 토요일에 수업 끝나거든 아무 소리 말고 대관령으로 올라와서 아버지한테 무조건 잘못했습니다, 해. 어디 갔었느냐고 묻거든 그냥 서울이라는 데를 혼자 한번 가보고 싶어서 갔다고 해. 예전 같으면 다짜고짜 내려와 등짝을 치던 아버지가 직접 오지 않고 나를 여기로 보낸 게 아버지가 너에게 보여준 형식이라면 그게 네가 아버지한테 보여드려야 할 형식이야. 아버지도 잔소리야 몇 마디 하시겠지만, 길게 말씀하지 않을 거다."

"그러면 아버지도 형한테 말려든 거네요. 히히."

"장난치지 말고. 그리고 이건 내가 형으로서 당부하는 건데 앞으로 어머니한테 절대 불끈거리지 마라. 그러면 그때는 내가 널

혼낼 거야."

"같이 얘기하면 답답해서 그래요. 기분 같은 거 전혀 모르고……."

"아무리 답답해도. 그걸 너는 사내다운 행동처럼 여기는지 모르지만 그거야말로 가장 사내답지 못한 행동이야. 차라리 아버지하고 선생님한테 맞서."

"알았어요. 그런데 형, 형은 내가 토요일에 어디 간 줄 알아요?"

"몰라 인마. 강릉에서 서울까지 너 가고 싶은 자리 찾아갈 수 있는 것도 복인 줄 알고, 어른들한테 고분고분 대해."

"저기 책상 앞에 붙여놓은 거, 저거예요."

거기에 엽서 두 장 크기의 종이에 한글로 휘갈겨 쓴 '심은하'라는 이름과 바로 엊그제의 날짜 아래 '열심히 해요'라는 말이 적혀있었다. 사인을 받는 사람이 어른 같아 보이면 '행복하세요'라고 써주고 학생 같으면 '열심히 해요'라고 써주었다고 했다.

"집에서고 학교에서고 이런 거 저런 거 다 감수하고 가서 받아온 거면 너한테는 정말 귀한 거겠지. 앞으로 매일 쳐다보면서 저 말대로 열심히 공부해라."

"형, 형이 우리 학교에 와서 선생님 좀 해요."

"왜?"

"저걸 받으러 갔다 왔다니까 우리 담임이 내일 학교로 가지고 오래요. 자기 손으로 찢어버린다고. 아마 아버지도 보면 그럴걸요."

"그래서 가져갈 생각이냐?"

"총 맞았어요?"

"그래. 귀하게 간직해라. 어떤 물건도 귀한 사람이 귀하게 간직할 때 가장 귀해지는 거니까. 저게 그냥 귀해지는 게 아니라 네가 귀해져야 같이 귀해지는 거야."

"집에 자주 못 가지만요, 나는 형이 우리 집에 와 있는 게 정말 좋아요."

"나, 그만 올라간다. 토요일에 꼭 올라와. 올라와서 형하고 아버지 일하시는 밭에 같이 나가보자. 엊그제 가보니 배추밭이 꽃밭보다 예쁘더라."

"형도 대관령 사람 다 됐어요. 그거 동네 아저씨들이 하는 말이에요."

밤에 대관령으로 올라오니 이모와 이모부가 손님도 없는 구판장에서 그를 기다리고 있었다. 그 옆 미라노에도 한쪽 미싱 위에 전등이 켜져 있었다. 용래의 일만도 아니게 그의 가슴 한쪽이 무거워졌다.

그날 이모와 이모부가 집으로 들어간 다음 그는 문을 닫고 방으로 들어가려다가 다시 밖으로 나와 미라노의 불빛을 오래 바라보았다.

비운의 국가대표 선수

　연희의 오빠 유명한은 일요일 오후 다섯시쯤 신문사 앞 카페로
와서 전화를 했다. 주호는 전날과 그날 들어온 외신과 다음 날 나
갈 기사를 정리해 마감하고 약속 장소로 나갔다. 그는 유명한이
청평까지 돌아갈 시간을 생각해 더 이른 시간에 만나도 괜찮다고
했지만 유명한은 오후 다섯시쯤 만나 얘기를 나누고 저녁이라도
함께했으면 좋겠다고 말했다. 그는 예전에 연희 때문에 서로 알
았다 하더라도 그래서 오히려 처음 만나는 것보다 어색하게 느껴
지는 사람과 식사를 하는 게 부담스러웠지만, 너무 자기 생각만
하는 게 아닌가 싶어 더 이상 청을 거절하지 않았다.
　그가 카페 안으로 들어서자 유명한은 정장 차림으로 출입문에
서 그리 멀지 않은 창가에 앉았다가 자리에서 일어서며 손을 들

어 보였다. 그러지 않더라도 예전 얼굴이 남아 있어 그는 그 사람이 연희 오빠임을 바로 알아보았다. 그건 손을 들어 보인 유명한도 마찬가지였다. 유명한이 몸을 일으키자 창을 통해 비스듬히 들어온 햇빛이 그의 얼굴에서 목과 가슴과 배 쪽으로 스르르 내려오며 마치 몸 전체를 빛으로 훑어 내리는 듯했다. 그래서인지 앉았다가 일어설 때 몸집도 빛의 움직임에 따라 확장되듯 더 크게 보이는 것 같았다.

인사를 나눈 다음 차를 시킬 때 그는 늘 마시는 대로 아메리카노에 시럽을 빼고 샷을 추가했고, 유명한은 카페라테를 주문했다.

"내가 유 선생을 본 게 고3 때였던가요?"

"아마 그럴 겁니다."

"그때도 몸이 이렇게 좋았어요?"

"아닙니다. 키는 대학 가서 더 자랐고, 몸집은 결혼한 다음 관리를 안 하니까 저절로 불었어요."

유명한은 커피잔에 손을 가져가며 싱긋 웃어 보였다.

"얼굴도 좋아 보이고요."

빈말이 아니라 실제로 그의 눈에 그렇게 보였다. 고등학교 시절 몇 번을 봤어도 무엇엔가 눌려 있는 것 같은 모습이었는데 지금은 짧은 시간 보기에도 몸짓에까지 어떤 느긋함이 배어 있었다. 얼굴도 그 시절 연희 오빠에 대해서는 혼혈의 기미를 전혀 느끼지 못했는데 나이를 먹으며 예전 연희에게서 희미하게 느꼈던 이국적 모습이 눈과 코와 이마의 각진 부분에 언뜻 나타나는 것 같았다.

"말 놓으십시오. 예전 대관령에서도 그렇게 하셨는데요."

예의를 차려 하는 말도 한결 여유 있게 들렸다.

"그건 유 선생이 예전 학교 다닐 때의 일이고, 다시 편해지면 그렇게 하지요."

"저는 지금도 예전처럼 대하시는 게 편합니다."

"그래요, 편해지면……."

"기자님은 대관령에 계실 때 스키를 자주 타셨는지요?"

"아뇨. 그때 내 처지가 그러지 못했어요. 어쩌다 방학 때 사촌들이 모이면 보호자처럼 한번 따라가는 정도였지요."

"저도 대학 3학년 때 양쪽 다리를 크게 다쳐서 남보다 일찍 선수생활을 접었습니다."

유명한은 자리에 앉은 채 두 손으로 양쪽 종아리와 왼쪽 허벅지를 짚어 보였다.

"갑자기 기온이 떨어진 날 야간 훈련 중에 눈이 아니라 완전히 빙판 같은 급경사에서 순간적으로 균형을 잃었는데, 그걸로 세 군데나 골절상을 입어 더 이상 어떻게 해볼 수 없게 선수생활이 끝나버리고 말았어요. 그래서 유니버시아드 대회에 한 번 나가 본 걸 끝으로 학교 선수 기숙사에서, 그렇다고 그때 제 처지가 기숙사에서 나올 형편도 못 되니까 다른 친구들 운동 뒷바라지하며 공부만 하는 선수가 되었던 거지요."

"저런⋯⋯."

"아버지가 선수로 한이 많이 남아 저는 정말 잘하고 싶었는데, 저 역시 그렇게 되고 말았던 거죠."

다쳤다는 말에 놀라고 안타까운 표정을 짓기는 했지만, 전날 전화로 먼저 얘기를 나누어서인지 대화가 부드럽게 진행되었다. 먼저 전화를 할 때에도 그랬지만, 이렇게 마주 앉아서 보니 그는 연희의 오빠가 지금 직업이 꼭 선생이어서만이 아니라 예전 대관령에서 보았을 때 조금은 우울하고 그늘져 보이던 모습과는 다르게 아주 반듯하고 예절 바르게 성장한 것 같은 느낌을 받았다. 어쩌면 그게 바른 성장의 반면교사 같은 역할을 했는지 모르지만 그가 어린 시절 횡계 버스정류소에서 보았던 유강표의 모습과는 딴판이어서 전혀 그이 아들 같지가 않았다.

"나는 아버님을 중학교 1학년 때 딱 한 번 버스정류소에서 봤어요. 유 선생은 보지 못하고 아버님과 어머니 연희를 함께 봤는데, 그때는 누군지 모르다가 나중에 그때 본 아이가 연희라는 걸 알게 되었어요."

"어머니가 옆에 있는 걸 봤으면 우리가 아직 어릴 때인데, 아버지는 그 시절 참 힘들게 살았습니다. 아버지가 그러니까 우리도 힘들게 자라고요."

얘기가 자연스럽게 그쪽으로 흘러갔다. 아직 듣지 않았지만 유명한이 그를 찾아온 이유도, 그와 유명한 사이에 공통 대화도 연희와 아버지에 대한 얘기 말고는 없을 듯싶었다. 지금은 근무하는 학교에 카누부가 있어서 밖으로는 체육 선생과 카누 감독을 겸하고 있지만(선수들의 기량 향상을 위한 코치는 따로 있고) 박사과정에 들어가 있는 대학원에서는 계속 스키 동작과 골절상에 대해 연구하고 있다고 했다. 유명한은 어쩌면 그때 다친 덕분에 공부를 계속하는 것인지도 모르고, 스키에 대한 미련도 그래서 더 크게 남는 것 같다고 말했다.

"아무래도 그렇겠죠."

그는 유명한의 말에 가볍게 고개를 끄덕였다.

"공부를 하다 보니 스키에 얽힌 재미있는 얘기들이 많습니다. 기자님 신문사와 관계된 얘기도 있고요."

"어떤 거 말인가요?"

그는 앞으로 조금 얼굴을 내밀며 물었다.

"일제강점기에 우리나라에 처음 스키단체가 만들어질 때 동아일보의 이길용이라는 기자가 한국인으로는 유일하게 이사로 참가했는데, 이분이 나중에 손기정 선수 사진에 일장기를 지웠던 분이랍니다."

"아, 그래요? 워낙 전설적인 분이라 회사에 들어온 다음 이름만 알고 있었지 스키에까지 관여한 것은 몰랐는데요."

"지금은 스키 하면 당연히 대관령이지만, 해방 후 초기엔 지리

산과 울릉도, 서울 워커힐 뒤에서 스키대회를 열었다고 합니다. 그러다 대관령에 눈이 많이 내린다는 걸 알고 4회 대회부터 대관령에서 열고요."

"그것도 재미있는데요. 워커힐 뒤에 스키 탈 데가 어디 있다고."

"그때는 나라 전체로 따져도 손에 꼽을 정도로만 스키를 탔으니까요. 코스 길이를 따질 형편도 안 되고요. 그런데 지금 대관령에 가면 가장 흔한 물건이 스키와 폴입니다. 이게 대나무나 널빤지보다 흔하다 보니 스키로 담장을 두른 곳도 많고, 텃밭에 폴로 고춧대를 세운 곳도 많습니다."

"나도 얼마 전에 우연히 지나다가 그런 모습을 보고 어리둥절했어요. 물론 중고품이겠지만 저게 돈이 얼마짜리들인데 얼마나 흔하면 저럴까 싶기도 하고."

"나올 때는 비싸도 더 좋은 게 계속 쏟아져 나오니까요. 시설과 장비도 나날이 발전하지만, 그래도 최고의 스키 코치는 리프트지요."

"리프트라면 스키장 슬로프로 타고 올라가는 거 말인가요?"

"예. 스키는 누구에게 배우든 한 번이라도 더 타본 사람이 잘 타기 마련이거든요. 리프트가 있으면 하루에 스무 번도 더 올라가 탈 수 있는데 리프트가 없으면 꼭대기까지 스키를 메고 걸어 올라가야 하거든요. 훈련할 때 기합으로 가끔 그러기도 하는데, 한 번 올라가는데 진이 다 빠져버리니 옛날엔 연습도 제대로 할 수 없었던 거지요."

"유 선생 때도 그랬나요?"

"아닙니다. 우리는 어릴 때부터 새로 생긴 용평스키장에 가서 연습했지만, 아버지 때는 천연 스키장이라 그런 리프트가 없었거든요. 그렇지만 시설과 장비가 아무리 좋아져도 한국 스키계의 전설은 사람도 사건도 다 용평스키장 이전 자연설 시대에 있었던 거지요."

"어재식 고태복 같은 사람들 말인가요?"

스키계의 전설이라는 말에 금방 생각나는 이름을 말했어도 그는 대관령에 있는 동안 그 사람들의 얼굴을 본 적이 없었다. 두 사람 다 이미 그때 현역 선수의 나이를 훨씬 넘어선 다음인데도 그는 자주 두 사람의 이름을 들었다. 봄이든 여름이든, 밭에서든 구판장에서든 어쩌다 누구 입에선가 스키 얘기만 나오면 대관령 사람들 모두 지나간 시절의 어재식과 고태복 얘기를 했다.

무와 배추를 수확하는 밭에서 저쪽 멀리 있는 무와 배추를 자동차가 있는 밭머리까지 운반할 때 누가 자루를 메고 가다가 힘에 부쳐 중간에 주저앉기라도 하면 고작 그걸 메고 그러냐고, 예전에 지르메산에 남들은 하루 서너 번 겨우 올라가 스키를 탈 때 어재식은 스키와 폴을 한데 묶어 어깨에 메고 제일 앞에서 생눈을 파고 올라가면서도 중간에 한 번 쉬지 않고 꼭대기까지 올라가 한나절에만 네 번 스키를 탔고, 그보다 덩치가 작은 고태복은 몸이 날쌔 눈 속의 표범같이 좁은 기문 사이를 통과했다고 말했다. 오죽하면 '어재식의 다릿심', '고태복의 몸놀림'이라는 말까지 있었다. 두 사람의 스키 실력도 출중했겠지만, 그게 한여름 무밭이나 감자밭에서도 겨울 스키 얘기를 하는 우리나라 눈고장 사람들의 정서 같은 것이었다. 언제요? 하고 물으면 천연 스키장의 자연설 위에서 스키를 타던 시절, 눈이 적게 내린 해는 대관령 인근 부대 군인들이 판초우의로 다른 골짜기의 눈을 퍼와 그걸 산 위로 올려 슬로프를 만들고 대회를 치르던 때의 얘기라고 했다.

"그분들이야말로 한국 스키계의 전설과도 같은 사람들이죠."

"아버님도 그 시절 선수를 했던 거죠?"

"예. 몇 년 국가대표도 하고요."

그러나 그 말이 그로서는 어린 시절 횡계 버스정류소에서 보았던 연희 아버지의 모습과 잘 연결되지 않았다. 그때 연희 아버지가 술에 취한 채 나도 국가대표였고, 일본 올림픽에 나갔다 온 사람이라고 했는데도 그랬다. 국가대표가 어떤 사람의 삶에 아주 특별한 이력을 갖는 것은 아니겠지만, 어린 시절 그의 기억에 그때 이미 연희 아버지는 왕년의 국가대표와는 너무도 거리가 멀게 사람이 망가져 있었다.

"기자님도 아시는 어재식 고태복 선수는 아버지와 같은 시절, 아버지 앞뒤로 10년 넘게 국가대표를 지냈던 분들인데 아버지에겐 넘을 수 없는 벽과도 같은 존재였던 거죠."

"원래 큰 선수 뒤의 그늘이 그렇죠. 축구도 그렇고, 야구도 그렇고."

"어재식 선수는 아버지보다 한 학년 위고, 고태복 선수는 아버지하고 같은 해에 태어난 친구입니다. 그때 스키 장학생 제도가 처음 생겨서 고등학교 선수들이 대학부나 일반부보다 기록이 좋았던 때인데, 고태복 선수는 중학교 3학년 때 이미 고등부, 대학부를 물리치고 어재식 선수와 함께 국가대표로 뽑혔던 거지요."

"거의 신동이었군요."

"지금도 한국 스키계의 전설과도 같은 선수들이죠. 그런데 이런 선수들도 국제대회에 나가면 제일 꼴찌를 하거나 경기 시작과 동시에 줄줄이 기권할 수밖에 없었던 거예요."

"아니, 그건 또 왜요?"

전에도 대관령에 있을 때 언뜻 그런 얘기를 들은 적이 있어 그도 진심으로 그게 어떻게 된 것인지 궁금하다는 얼굴로 물었다.

"기자님도 용평스키장이 생기기 전 대관령 지르메산에 있던 제1스키장을 아시는지요?"

"알죠. 거기 산 위에 있는 목장도 알고, 아래 감자밭과 옥수수밭도 알고요."

"봄부터 가을까지는 농사를 짓고 겨울에 눈이 내리면 그 위에서 스키를 탔는데 밭이라는 게 경사가 심해봐야 얼마나 되겠습니까? 코스 길이도 그렇지요. 그런데 해외 경기장들은 그 위에 서면 저 아래 끝도 안 보이는 벼랑 끝에 선 것 같거든요. 이제까지 감자밭 옥수수밭 고랑에서 스키를 타다가 그런 국제 규모의 경기장 꼭대기에 올라가면 저절로 오금이 저려 도저히 스틱을 앞으로 밀고 나갈 수가 없는 거예요."

"차이가 그 정도인가요?"

"경기장 규모 차이도 있지만 결국 경험의 차이이죠. 대회를 나가도 이제까지 그런 데서는 한 번도 스키를 못 타봤으니까요. 그래서 기권하거나 출발과 동시에 일부러 옆으로 쓰러져 실격되면 함께 취재 온 기자들이 왜 제대로 해보지도 않고 기권하느냐고 한국 남아의 투혼이 부족하다는 식으로 기사를 쓰고, 그걸 보거나 들은 아버지 같은 사람들은 그럴 거면 다른 사람들 제치고 거기에 무엇하러 갔느냐는 식으로 말하는 거지요."

"그렇게 말하는 심정도 이해는 가죠. 그냥 견학을 간 것도 아니고, 국내 다른 선수들 다 떨어뜨리고 나간 건데."

"그렇지만 그 안에 어쩔 수 없이 꼬인 마음이 있는 거죠. 제가 어릴 때 아버지가 운동선수로 존경했던 사람은 딱 두 사람이었어요. 한 사람은 아버지의 마음속에 영웅과 같은 사람으로 아버지가 처음 스키를 타던 시절 동계올림픽 3관왕을 했던 프랑스 킬리 선수였고, 또 한 사람은 아버지가 술로 마음의 병이 깊었을 때였는데 링 위에서 싸우다 죽은 권투선수 김득구를 늘 말했어요."

그는 프랑스 킬리가 스키선수로 어떤 선수이고 얼마나 유명한 선수인지는 모르지만, 연희 아버지가 어떤 마음으로 권투선수 김득구를 말했는지는 방금 전 유명한의 말로 충분히 짐작할 수 있을 것 같았다. 그건 시작부터 아픈 자리에 서 있는 사람들의 얘기였다.

그쯤에서 그는 화제를 바꾸어 어제 전화로 자신에게 부탁할 게 있다고 한 것이 뭐냐고 물었다. 유명한은 흠흠 두 번 잔기침을 했다.

"아버지에 대한 자료를 좀 찾으려고 합니다."

"무슨 자료인지 모르지만, 스키를 연구하는 아들이 찾지 못하는 자료를 내가 어떻게 도울 수 있겠어요?"

그는 거듭 탐색하듯 물었다.

"사실 처음부터 아버지에 대한 자료를 정리할 생각을 했던 것은 아닙니다. 기자님도 아시지만, 우리 아버지는 저나 연희한테 아버지로서 자랑스러웠던 적이 한 번도 없었습니다. 오히려 늘 벗어나고 싶은 존재였지요. 어릴 때 아버지에 대한 제 꿈은 아버지가 밖에서 제발 그런 모습을 보이지 않는 것이었습니다. 그런데 그게 어느 때부턴가 아버지가 없는 세상에 살고 싶은 것으로 바뀌어져버렸습니다."

그는 아주 예전에 보았어도 다시 처음 만나는 것과 마찬가지인 사람에게 그런 말을 듣는 게 조금 어색하긴 했지만, 마음으로는 충분히 이해할 수 있을 것 같았다. 자신도 어린 시절부터 청년기까지 가지고 있던 아버지에 대한 생각이 유명한과 크게 다르지 않았다. 아버지가 없는 세상에 살고 싶은 마음까지는 아니어도 대관령에서 다시 학교로 돌아와 복학하고, 나중에 신문사에 입사한 다음 아버지가 세상을 떠날 때까지도 그는 아버지가 제발 저런 모습으로 살지 않았으면 하고 바랐다. 옆에서 지켜본 적은 없지만, 연희 아버지는 그런 아버지와 비교했을 때에도 또 다른 세계의 사람이었다.

"어머니가 있을 때에도, 어머니가 일본으로 떠난 다음에도 우리는 어머니 때문에라도 늘 사람들의 시선을 받고 자랐어요."

"알지요. 그랬다는 거."

"거기에 아버지까지 우리를 힘들게 하고요."

유명한이 고등학교 2학년이고 연희가 중학교 3학년이던 해 가을, 아버지한테서 벗어나는 꿈이 이루어졌다기보다는 어느 날 갑자기 그게 현실이 되어버렸다. 가뜩이나 움츠려 있는 남매의 마음을 더욱 어두운 곳으로 움츠러들게 하고, 거리에 나가는 것조차 부끄럽게 했던 아버지가 세상으로부터 사라진 것이었다.

"할머니와 연희는 많이 울었지만, 저는 슬픈 감정도 다른 감정도 없었어요. 이게 정말 그동안 내가 바라던 현실인가 하는 생각만 했습니다. 아버지가 세상을 떠나 우리가 살기가 더 힘들어진 것도 없었습니다. 어쩌면 아버지가 돌아간 다음 매일 슬퍼하면서도 할머니도 연희도 오히려 그때부터 조금씩 안정되어갔던 것인지 모릅니다. 어머니하고도 다시 연락이 되고요."

"그럼 그전에는 연락이 안 되었던 겁니까?"

이건 그도 생각하지 못한 일이었다. 예전에 연희가 그런 얘기를 하지 않았나, 그것조차 오랜 기억 속에 가물가물했다.

"매년 어머니가 제 생일이나 연희 생일에 카드 같은 것을 보내와 연락할 수는 있었지만, 아버지가 알면 난리가 나니까 우리는 연락을 하고 싶어도 하지 못하고 살았어요."

"그랬군요. 그것도 참 가슴 아픈 일인데. 어디에 있는지 알아도 서로 부르지 못한다는 게……."

그는 마치 그 일에 대해 지난 위로처럼 말했다.

"그런 중에 오빠로서 연희한테 정말 미안하고 안타까운 게 그때 저는 스키부 장학생으로 계속 학교에 다니고, 연희는 학교를 다니지 못하는 거였어요. 제 처지에 대해 변명하는 것이 아니라…… 우리는 스스로 무얼 헤쳐 나가기에 아직 어렸고, 또 우리 형편이라는 게 아버지가 살아 있을 때나 없을 때나 할머니 혼자 힘으로 연희의 학교에 대해 더 이상 어떻게 할 수 있는 방법이 없었습니다."

"학교를 계속 다녔다면 그때 연희가 일본으로 가기도 쉽지 않았겠지요."

"가려들면 그래도 갈 수 있었겠지만, 연희가 계속 학교를 다녔다면 제가 일본으로 가지 못하게 했을 겁니다. 가더라도 학교를 졸업한 다음 가라고 했지, 그런 식으로 학교도 그만두고 아주 여길 떠나 어머니한테 살러 가게 하지 않았을 겁니다."

그 부분은 그도 충분히 이해할 수 있었다. 그가 대관령에 가 있던 시절의 일이었다.

"연희는 학교도 다니지 못하고 대관령에서 양복점도 양장점도 아닌 옷 수선가게에서 일했어요. 그런데도 오빠인 제가 무얼 해 줄 수 있는 게 아무것도 없었습니다. 오빠로서 그게 답답해 어머니에게 연희를 그곳에 데려가 공부를 시키면 안 되겠느냐고 제가 먼저 연희를 떼어 보내듯 얘기했어요. 그냥 붙잡고 있을 수가 없었습니다."

"오빠 마음은 그랬겠지요."

"한번 가면 다시 못 돌아올 거라는 걸 알지만, 그래도 거기에 가야 연희의 삶이 달라질 수 있을 것 같았어요."

그는 진심으로 유명한의 마음을 이해한다는 표정으로 얼굴을 마주 바라보았다. 유명한의 눈에 언뜻 투명하면서도 묵직한 물기 같은 것이 감돌았다.

그때부터 유명한은 일부러도 마음속에 아버지라는 존재를 지워버리고 살았다고 했다. 결혼하고 아이들이 자라면서 할아버지 할머니 얘기를 할 때 할머니는 지금 일본에 사신다고 얘기했지만, 할아버지에 대해서는 거의 얘기하지 않았다. 결혼할 때 아내에게도 아버지가 일찍 돌아가 할머니와 함께 살았다고만 얘기했다.

"그러다가 지난여름 삿포로에 갔을 때 연희가 그런 제 모습을 보고 오빠, 우리 아버지는 마음이 아팠던 사람이야, 우리, 아버지의 아픔까지 잊어버리고 살지는 말자, 그래요."

"……"

"다른 사람이 아니라 연희가 그 말을 하는데 와락 눈물이 났습니다. 아버지가 살아 있는 동안엔 아버지 때문에 참 많이 울기도 했지만, 아버지가 돌아간 다음엔 한 번도 눈물을 흘리지 않았는데 아버지 때문에 가장 힘들 게 산 연희가 그 말을 하니까 눈물이 막 나는 거예요."

그 말을 할 때에도 유명한은 다시 눈가에 물기를 담았다. 그는 누군가의 손을 잡아 위로하듯 두 손으로 가만히 커피잔을 감싸 쥐었다.

"연희와 함께 아버지가 살아 있을 때의 대관령 얘기도 하고, 돌아간 다음 얘기도 하고 그러다 기자님 얘기가 나왔습니다. 그때 연희가 대학생이었던 기자님에게 많이 의지하고 도움 받았다고 해서 제가 저녁 시간 삿포로에서 대관령에 있는 용래에게 그때 그 형님은 지금 어디에서 무얼 하시냐고 전화를 했던 겁니다."

"그랬군요."

"돌아와 어느 날 학교 선수 아이들이 카누 훈련을 하는 강가에 나가 물 위로 지는 해를 바라보다가 문득 그런 생각을 했습니다. 그래도 한때는 국가대표 선수였던 아버지의 삶을 잘 정리해 연희에게 주면 좋은 선물이 되지 않을까 하고요. 그래서 지난번에 신문사로 전화하게 되었습니다."

"그럼 내가 뭘 도와줘야 할지요?"

"아버지가 어머니를 처음 만났던 시절, 또 아까 얘기한 어재식 고태복 선수보다는 짧지만 아버지가 국가대표로 지냈던 시절들의 일과 모습을 앨범으로 잘 정리해서 연희에게 주려고 합니다."

"그러면 좋지요. 의미도 있고."

유명한은 그쯤에서 마음을 정리하듯 잠시 얘기를 멈추었다.

꽤 오랜 침묵 끝에 유명한은 앞의 얘기들과는 전혀 상관이 없을 것 같은 〈산장의 여인〉이라는 노래를 아느냐고 물었다. 조금 느닷없기는 하지만 주호는 잘 안다고 대답했다.

"잘 부르지는 못하지만요."

"저도 노래는 잘 부르지 못하는데 찾아보니 그 노래가 1950년대 말에 나왔답니다. 산장이라는 게 그때나 지금이나 산속에 특별하게 지은 별장 같은 건데, 기자님 생각에 그때 우리나라에 그런 산장이 몇 개나 있었을까요?"

"글쎄요, 그것까지는 생각해보지 않았는데요."

"아마 노래 속의 산장 말고는 거의 없었을 겁니다. 있다고 해도 설악산이나 지리산 쪽에 등산 산장 한두 개 있었겠지요."

"그런데 산장은 왜요?"

"그 노래가 나오던 시절 서울에 사는 어떤 분이 마을에서 뚝 떨어진 대관령 칼산 옆에 통나무로 아주 멋지게 알프스풍의 고급 스키 산장을 지었답니다. 거기에 제3스키장이 있었거든요."

"오수도리 산장 말인가요?"

그 얘기를 하려고 산장 얘기를 꺼냈나 싶어 주호는 바로 퀴즈의 정답을 대듯 말했다.

"아니, 기자님이 어떻게 아세요?"

오히려 유명한이 놀란 얼굴을 했다.

"그 산장은 우리가 어릴 때 불이 나 없어졌는데, 기자님이 그전에 가본 적이 있으신지요?"

그는 가본 적은 없지만 대관령에 가 있는 동안 그런 산장이 있었다는 걸 대관령 사람들한테서도 듣고 연희한테도 들은 것 같다고 말했다.

"오수도리라는 이름이 특이해 오래 기억하는 것도 있고요."

"연희는 어떻게 얘기했는지 모르지만, 그 산장이 아버지 인생에선 학교 이상으로 중요한 곳이었습니다."

"그런가요? 어릴 때 자주 갔었다는 얘기는 들었어요."

"그 산장에 아버지에겐 은인 같은 분이 계셨거든요. 저나 연희가 이 세상에 온 것도 어쩌면 그분 때문이었는지 모릅니다."

자리를 옮겨 저녁을 먹은 다음 연희 오빠 유명한은 자신이 듣고 지켜보았던 아버지 유강표의 삶에 대해 얘기했다.

오수도리 산장의 남자

　매년 겨울마다 대관령에서 스키대회를 열어도 유강표가 어린 시절엔 아직 마을에 초등학교가 없었다. 그럴 만큼 대관령 꼭대기의 횡계마을엔 사람도 많이 살지 않았다. 그는 이웃 동네 차항리에 있는 학교를 다녔다. 차항리 안쪽에 제2스키장이 있었다. 대회는 주로 횡계마을 지르메산 아래 제1스키장에서 열렸지만, 제1스키장에 눈이 부족할 때에도 응달진 곳에 자리 잡은 안차항 스키장은 노루귀와 얼레지 꽃이 피도록 늦게까지 눈이 남아 있었다. 지르메스키장의 보조경기장이자 대체경기장인 셈이었다.

　어떤 해는 지르메스키장의 눈이 부족해 안차항 응달 쪽의 제2스키장에 회전경기를 위한 기문의 깃발까지 다 꽂아놓고 대회를 준비하다가, 전날 밤 꼭 필요한 만큼 눈이 내려 새벽에 소달구지를 끌고 가 깃발이며 대회 준비물들을 도로 다 뽑아와 그걸 지르메스키장에 다시 설치한 때도 있었다. 눈 속에 횃불을 밝혀 들고 밤새 소동을 벌여야 하는 그런 궂은일들이 바로 유강표 아버지 같은 사람들의 몫이었다.

그의 아버지는 대관령에서 소문난 썰매꾼이었다. 겨울에 눈만 내리면 마을 사람들과 고루포기산과 황병산에 썰매를 타고 멧돼지나 노루 사냥을 다녔다. 봄여름에도 약초를 둘러보러 자주 산에 올랐다. 유난히 수염이 짙어 한겨울 산에서 썰매를 타고 내려올 때 보면 영락없는 산적 같은 모습이었다. 그의 아버지가 타는 대관령의 썰매는 아이들이 엉덩이를 깔고 앉아 타는 다른 지역의 썰매들과 달랐다. 대관령의 썰매는 눈이 많이 내린 산에 창을 들고 멧돼지와 노루를 사냥할 때 타고 다니는 것이어서 모양이 스키 두 짝과 비슷했다. 폭이 조금 더 넓은 대신 길이가 짧았다. 그래야 스키처럼 발에 신고 나무 사이를 요리조리 빠져 다닐 수 있었다.

마을 사람들에겐 서울 사람들이 와서 펼치는 스키대회보다 대관령 사람들끼리 썰매를 신고 정상까지 누가 빨리 올라갔다가 빨리 내려와 멧돼지처럼 만든 목표물을 창으로 정확하게 찌르는가를 가리는 썰매대회가 더 축제 같았다. 썰매대회가 열리는 날이면 동네별로 마을 사람들 모두 응원을 나왔다. 대회 때마다 아버지는 늘 상으로 광목 두세 필을 받아왔다. 그것을 인연으로 스키대회 기간 동안 자신의 일처럼 스키협회의 허드렛일을 도왔다.

아무리 힘들고 성가신 일이어도 아버지에게 그것은 스키협회 사람들이 아무에게나 맡기지 않고 꼭 자신과 같은 사람들에게만 맡기는 일등 썰매꾼에 대한 훈장과 같은 일이기 때문이었다.

한겨울 스키대회 때 서울에서 사람들이 많이 내려왔지만, 그들은 단지 며칠 동안만 대관령에 머물다가 떠났다. 스키선수단을 상대로 하는 길갓집 하숙도 반짝 며칠이었다. 일반 스키 손님도 눈이 내린 다음 길어야 한 달이었다. 그들이 떠나고 나면 다음 해 겨울까지 다시 대관령을 찾는 손님이 없었다.

유강표가 정말 많은 사람들을 한 번에 본 것은 초등학교 4학년 초여름 감자꽃이 필 때였다. 어느 날 학교 운동장에 줄줄이 트럭이 들어오고, 트럭에서 사람들이 내렸다. 서울에서 수백 명의 사람들이 한꺼번에 대관령으로 왔다. 군인들처럼 학교 운동장을 가득 채우며 줄을 선 저 사람들이 이제 대관령의 황무지를 개간하여 밭을 만들고, 그곳에 감자와 무, 배추, 약초를 심고 버려진 산비탈을 개척하여 소와 양을 키우는 목축지로 만들 것이라고 했다.

사람들은 서울에서 거지왕 김춘삼이 이끄는 자활개척단이 대관령의 황무지를 개척하기 위해 온 것이라고 말했다. 또 다른 개척단은 사회 부랑자 집단으로 한번 들어가면 쉽게 빠져나올 수 없는 제주도로 갈 것이라고 했다. 마을 사람들은 당연히 겁을 먹을 수밖에 없었다. 우선 사람들의 숫자에 놀라지 않을 수 없었다.

일진으로 온 사람들만 350명이었고, 추가로 그만큼 더 올 것이라고 했다. 산골 동네 전체가 긴장하고도 남을 일이었다.

그들은 윗사람의 명령에 군인처럼 행동하며 마을에서 뚝 떨어진 곳에 천막을 쳤다. 그들의 책임자는 개척단 사람들이 절대 마을로 내려오지 않을 거라고 약속했다. 그래도 이따금 공동으로 필요한 물건을 사러 간부들이 인솔자를 따라 마을로 내려왔다. 그때마다 동네 사람들은 나이 들고 어리고 가릴 것 없이 부녀자를 단속했다. 유강표의 아버지도 아내와 딸들을 조심시켰다. 훗날 사람들은 대관령이 오늘날의 모습을 갖추게 된 것이 그때 개척단이 와서 첫 삽을 뜬 황무지 개간사업 덕분이라고 했다.

그해 겨울 유강표는 반에서 스키를 제일 잘 타는 고태복과 함께 새로 스키부에 들어갔다. 이제까지는 주로 서울 사람들과 서울 선수들이 내려와 스키대회를 열었지만 앞으로 대관령 아이들도 스키만 잘 타면 강릉에 있는 중학교와 고등학교 들이 학교 대표선수로 서로 데려간다고 했다. 스키부 주장인 6학년의 어재식은 지난해 겨울 대회가 끝나자마자 이미 강릉에 있는 중학교에 특기장학생으로 입학하기로 결정되어 있었다. 겨울이면 눈밭에서 사는 대관령 아이들로선 누구라도 희망을 가져볼 만한 일이었다. 말하자면 이들이 대관령 출신 스키선수 1세대 꿈나무들인 셈이었다.

스키부에 들어가면 우선 스키부터 장만해야 했다. 아이들이 타는 스키를 쌀 몇 가마니 값을 들여 서울 체육사에서 파는 것을 살 수 없었다. 그의 스키도 고태복의 스키도 썰매를 만들 듯 고로쇠나무로 깎아 만든 것이었다. 저마다 아버지들이 산에서 나무를 베어와 톱과 자귀와 대패로 아들의 스키를 만들어주었다. 스키 앞머리는 불에 바짝 달구어 힘을 주어 휘었다. 스키에 신발을 끼우는 앞 바인딩은 깡통을 오려서 만들고 뒤축을 고정시키는 뒤 바인딩은 철사를 꼬아 앞뒤로 끈을 묶어 신발을 고정시켰다. 스키화는 눈 위에서 신는 고무장화를 사용했다. 검정운동화보다 장화가 뒤축이 높고 든든해 나무스키를 발에 묶기가 좋았다. 양말도 두툼하게 신을 수 있었고, 신발 속에서 발목을 놀리기도 편했다. 스키폴도 대나무로 만들었다.

연습할 때 밤늦도록 고로쇠나무 스키 뒷면에 양초를 먹였다. 그래야 스키 바닥에 눈이 달라붙지 않고 앞으로 잘 미끄러졌다. 집에서 만든 스키가 아니라 서울 체육사에서 산 스키처럼 모양을 내려고 양초와 빨간색 크레용을 한 깡통에 녹여 왁스를 먹이기도 했다. 그렇게 정성을 들여도 애초에 부풀었던 희망과는 달리, 또 아버지의 기대와는 달리 유강표는 4학년 때부터 6학년 때까지 대회에 나가 한 번도 우승한 적이 없었다. 4, 5학년 때는 제일 앞에 당연히 어재식이 있었고, 6학년 때는 늘 고태복이 있었다. 고태복 뒤에는 용산리의 어느 아이가 있었다.

초등학교 때부터 스키를 잘 탔던 고태복과 용산리 아이는 어재식의 뒤를 이어 강릉에 있는 중학교에 스키 장학생으로 뽑혀 가고, 그는 그냥 일반 진학생으로 진부에 있는 중학교에 들어갔다. 대관령에서는 강릉이나 진부나 집을 떠나 하숙하거나 자취를 해야 했다. 그냥 집에서 학교를 다니는 것이 아니어서 누나들은 초등학교를 졸업한 다음 중학교에 가지 못했다. 학비 말고도 들어가는 돈이 많아 누나 친구들도 돈이 많은 부잣집 딸 한두 명을 제외하고는 대부분 중학교에 가지 못했다.

그는 이왕이면 고태복이 들어간 강릉의 중학교로 가고 싶었다. 같은 반의 스키부가 아닌 다른 친구들도 몇 명 일반 진학으로 그 학교에 갔다. 어느 학교로 가든 월사금은 같다 하더라도 그러나 강릉으로 가면 다달이 내는 방세며 주말마다 집으로 오가는 차비며 이런저런 경비가 진부보다 많이 든다고 아버지가 이쪽 학교로 가라고 했다. 어쩔 수 없는 일이었다.

중학교에 가서도 겨울마다 스키를 타고 대회에 나갔다. 언제나 맡아놓은 듯 어재식과 고태복이 1, 2등을 하고 그는 늘 등수 바깥으로 밀려났다. 3학년 때 처음 3등 안에 들었지만 그것은 앞에 그보다 더 잘 타는 선수가 활강 중에 부상을 입었고, 또 운이 좋아 학교의 낡은 스키가 아니라 그야말로 미끄럼이 놀라운 서울 선수의 스키를 빌려 탔기 때문이었다. 그해 대회는 지르메스키장에 눈이 부족해 오수도리 산장 옆 제3스키장에서 열렸다. 그 대회에서 고태복은 고등부와 일반부를 모두 제치고 어재식과 함께 국가대표 상비군으로 뽑혔다. 스키도 어느 정도 체격과 체력이 있어야 힘도 붙고 가속도가 붙는데 유강표는 중학교 3년 내내 다른 선수들보다 몸이 작았다.

중학교에 들어가면서부터 혼자 자취를 하며 제대로 챙겨 먹지 못해 더욱 그랬을 것이다. 강릉에서는 연탄으로 밥을 했지만, 진부는 어느 집도 연탄아궁이가 없었다. 강릉에서 대관령을 넘는 연탄 트럭도 없었고, 바로 옆에 있는 산에서 해 오면 거저인 나무를 두고 비싼 연탄을 땔 집도 없었다. 학교 부근에 방을 얻은 다음 바짝 마른 장작으로 1년 땔감을 아버지가 대관령 집에서부터 달구지로 실어다 주었다. 새벽같이 일어나 빈 아궁이에 나무로 불을 피워 밥을 하고, 그걸로 도시락도 싸고, 오후 늦게 학교에서 돌아와서도 혼자 먹을 밥을 아궁이에 불을 피워서 하는 일이 매일 하는 일이고 해야 할 일인데도 늘 절반은 거르고 말았다.

"야가 뭘 먹나 마나. 쌀이 왜 그대로고 방은 또 왜 이렇게 냉골이나. 밥을 안 해먹으니 불도 안 때고 사는 게지."

한 달에 한 번 쌀과 부식거리를 챙겨 아들의 방에 와보는 어머니도 늘 같은 잔소리를 하고 돌아갔다.

고태복은 중학교 3학년 때 이미 국가대표 상비군으로 뽑힐 정도였으니까 고등학교도 자연히 강릉에 있는 학교들이 서로 데려가려고 하고, 그러지 못한 그는 진부에서 중학교를 졸업한 다음 고등학교로 가지 못하고 다시 대관령 집으로 돌아왔다. 실력으로 스키를 아주 잘 탔던 것도 아니고, 집안 형편이 넉넉한 것도 아니어서 더 이상 집을 떠나 자취하거나 하숙하며 학교를 다니기가 어려웠다. 그도 진부에서 다시 3년간 자취하며 고등학교를 다닐 마음이 없었다. 학업에 대한 아쉬움이나 미련도 없었다. 다만 스키를 잘 타 돈도 들이지 않고 중학교에 가고 고등학교에 간 선배와 친구의 재능이 부러울 뿐이었다.

그가 중학교 시절 단 한 번 1등을 한 적이 있다면 그건 스키대회가 아니라 교내 체육대회 때 장거리 달리기에서였다. 학교 운동장에서 출발해 월정삼거리까지 가서 팔뚝에 도장을 받고 돌아오는 10킬로미터 단축마라톤에서 그는 같은 울타리 안의 고등학교 선수들까지 제치고 전체에서 2등, 중학교에선 1등을 했다. 그때 우쭐한 마음에 앞으로 스키 말고 장거리 육상선수로 전향해볼까 하는 생각을 잠시 했었다.

그가 하루가 다르게 키가 부쩍부쩍 자란 건 고등학교 진학을 포기하고 진부에서 대관령으로 돌아온 다음이었다. 그때부터 그는 어른들을 따라 우리 밭 남의 밭 가리지 않고 배추밭이고 무밭이고 당근밭이며 감자밭으로 일을 다니기 시작했다. 아버지도 다니고 어머니도 다니고 누나들도 다녔다. 그때가 바로 몸이 클 때였는지 집에서고 들에서고 먹는 것이 모두 살로 가 금방 몸이 불어나고 키가 자라기 시작했다. 한 해를 대관령 집에서 보내자 몸이 같은 또래의 운동선수들만큼 커졌다. 거기에 매일 들에 나가 일을 하니 몸이 단단해지며 계속 키가 자랐다.

바로 그때쯤 그는 전에 한 번 보았던 오수도리 산장 주인을 다시 만났다. 학교를 다녔다면 고등학교 2학년 가을이었다.

어느 날 아버지가 그에게 말했다.

"너 나하고 오수도리 산장에 나무하러 가지 않을 테냐?"

오수도리 산장은 칼산 옆 제3스키장 아래에 있었다. 아무리 봐도 그 산장이 거기에 있는 것은 대관령 마을 전체로 봐도 뜻밖의 모습이었다. 대관령에 스키장이 있고 겨울마다 스키대회가 열린다 해도 전국의 스키 인구가 1,000명도 되지 않던 시절이었다. 겨울이 되면 강원도 대관령에 눈이 내리길 기다려 직접 스키를 타며 즐기는 사람의 숫자가 그 정도인 것이 아니라 스키에 대해 남보다 좀 더 관심을 가지고 있는 사람까지 더한 숫자가 그 정도였다.

초등부에서부터 대학 일반부까지 동계 체육대회에 나오는 남녀 스키선수 전부 따져도 100명이 안 되었다. 대회에 참가하겠다고 협회에 신청만 하면 예전의 기록 같은 것을 따지지 않고 모두 받아주어도 그랬다. 같은 동계 종목이어도 스케이트는 예선을 거쳐도 스키는 모든 대회 일정이 눈이 온 다음에 이루어지는지라 대회 전에 미리 예선을 치를 수도 없었다. 큰 눈이 내리면 그때부터 슬로프를 만들어 남녀 초등부, 중등부, 고등부, 대학부, 일반부 결선대회를 치르기에도 바빴다.

스키대회가 열리는 며칠 동안 선수들의 밥을 해주는 반짝 하숙집은 있어도 대관령 마을 전체에 아직 스키 손님을 위한 여관 하나 없던 시절, 서울에서 내려온 누군가 마을에서 뚝 떨어진 칼산 옆 제3스키장 아래에 외국 영화에서나 봄직한 알프스풍의 멋진 통나무 산장을 지었다. 모양만 예쁜 것이 아니라 단체 손님 50명은 너끈히 받을 수 있을 만큼 큰 산장이었다. 식당을 빼고 아래 위층으로 객실만 열다섯 개라고 했다. 겨울에는 물론 봄이나 여름에 보아도 그 옆의 칼산과 어울려 첫눈에 산과 스키를 동시에 연상시키는 산장이었다.

마을에서도 산장 주인에 대한 소문이 무성했다. 예전에 일본에서 공부를 하고 일본에서 생활하다가 해방이 되어 돌아온 중년의 신사라고 했다. 더 그럴듯하게 동경 음악대학 출신으로 한국인 최초로 일본 오페라좌에서 명성을 날리던 성악가라는 말도 있었고, 안주인은 무용을 하고 바깥주인은 성악을 했다는 얘기도 있었다. 산장 이름이 '오수도리'인 것도 그랬다. 일본에서 활동할 때에도 스키를 즐겨 탔고, 공연차 한 번 가본 오스트리아 티롤 지역의 눈 덮인 산과 숲을 잊을 수 없어 산장 이름까지 '오스트리아'라고 정했다가 그걸 예전에 일본에서 공부하며 배운 한자음 '오수도리'로 바꿔 쓴 것이라고 했다. 서로 조금씩 비슷한 소문 가운데 어느 소문이 맞든 오스트리아의 숲과 알프스를 동경하고 스키를 좋아하는 사람인 것만은 틀림없었다.

봄부터 가을까지는 마을의 관리인이 빈 산장을 관리하고, 찬 바람이 불고 눈이 내리면 산장 주인과 스키를 좋아하는 그 집 아들딸들이 내려와 겨울을 나고 올라갔다. 딸도 아들도 매년 대회에 나오는 스키선수들이었다. 여자들은 아직 스키를 타는 사람이 거의 없던 시절 큰딸이 여고부에서 우승해 스키 산장을 운영하는 아버지와 함께 신문에도 나고 아들들도 초등부 시절부터 차례로 선수로 출전했다. 산장 주인이 아들딸들의 스키를 직접 지도했다. 스키협회의 어떤 직책을 맡고 있는 것도 아니었고, 예전에는 성악을 공부하고 오페라를 했던 사람이었지만 그런 전공과 관계없이 한국 스키 발전의 한 축을 맡고 있는 사람 중의 하나였다. 그 시절 민가 하나 없는 대관령 칼산 옆에 스키산장을 지은 것 역시 그런 열정 없이는 할 수 없는 일이었다.

대관령 마을에 사는 관리인도 그냥 비철에 약간의 보수만 받고 산장의 시설만 관리하지 구체적으로 주인이 서울에서 무얼 하는 사람인지 잘 모른다고 했다. 그의 서울 집에 가면 오페라 가수로서 그에 대해 기사가 난 일본 신문과 한국 신문이 나란히 액자 속에 들어 있다고 했지만 마을 사람들에게는 노래 속 '산장의 여인' 만큼이나 비밀에 싸인 산장의 신사였다.

그건 산장 주인뿐 아니라 산장 자체도 그랬다. 마을 사람들에게 산장에 오지 말라고 한 적은 없지만 대관령 마을 사람 누구도 선뜻 오수도리 산장으로 가지 않았다. 아이들만 매일 지르메스키장으로 가는 것이 지겨워 때로 칼산 옆에 있는 제3스키장으로 갈 때 슬쩍 산장 옆을 지나가보는 정도였다.

관리인 부부 말고 마을 사람들은 산장 내부를 들여다본 적이 없었다. 산장은 멀리서 바라보는 것만으로도 마을의 일상적인 삶과 어울리지 않게 너무 고급스럽고 이국적이어서 마을 사람들에겐 그곳이 마치 스스로 금을 그어두어야 할 접근금지구역처럼 여겨졌다. 실제로 겨울에 그곳에 드나드는 사람들도 거의 외국 사람들이거나 외국 사람들과 함께 온 한국사람들이었다. 더러 영화배우와 감독 등 영화를 찍는 사람들이 찾아와 여러 날 눈 속에서 촬영하며 묵기도 했다.

오수도리 산장 주인은 또 매년 겨울마다 어느 신문사와 연합하여 서울 청소년들과 대학생들을 상대로 일주일씩 스키캠프를 열었다. 캠프 모집 공고도 신문에 나고 캠프 활동도 틈틈이 신문에 소개되었다. 멋지게 산장을 짓고 군인들의 혁명정부가 들어서던 해 겨울부터 열기 시작한 스키캠프가 한 해도 빠지지 않고 계속 이어졌다. 거기에 대한 기사들은 차곡차곡 사진 액자에 넣어 산장 안에 걸어두었다.

그런 오수도리 산장으로 아버지가 함께 나무를 하러 가자고 했다. 그의 아버지는 꽤 여러 해 전부터 오수도리 산장의 겨울 화목을 해주었다. 산장 주인이 직접 부탁한 것이 아니라 산장 관리인이 아버지에게 일을 맡겼다. 그건 아버지가 큰산에 가서 한꺼번에 많은 나무를 해올 수 있는 소달구지를 가지고 있어서였다. 또 아버지가 오수도리 산장에 겨우내 쓸 나무를 해주며 관리인 집에도 적잖은 나무를 그냥 해주기 때문이었다.

"거기는 나무를 하면 며칠 하는데요?"

"워낙 많이 때니 한 보름은 해야 할걸."

"저하고 같이 하면요?"

"그래도 열흘은 해야지."

산장 내부에 밤낮으로 나무가 무한정으로 들어가는 커다란 벽난로가 있고(유강표도 이때 처음 페치카라는 것을 보았다), 식당과 홀에도 따로 대형 무쇠난로가 두 개 있었다. 식당 주방에서 음식을 만들 때에도 나무를 때거나 나무를 때서 만든 숯을 사용했다.

"아버지는 거기 산장 주인 봤어요?"

"그 사람은 늦가을에 한 번 둘러본 다음 겨울에 눈이 내려야 식구들 데리고 오는데 뭐. 예전에 한 번 썰매 대회장에 구경 온 걸 먼 자리에서 봤다. 니는 봤더냐?"

"예. 재작년에 오수도리 산장 옆 제3스키장에서 대회를 열 때요. 그 집 아들도 중등부 선수로 나왔는데, 그때 제 스키 바인딩이 고장 나서 그 집 아들 스키를 빌려 탔거든요."

"같이 겨루는 선수끼리 스키도 빌려줘?"

"원래는 절대 안 빌려주죠. 그 집 아버지가 아들이 대회 나온 거 구경 나왔다가 빌려주라고 하니까요. 산장 주인이요."

그때 산장 주인 아들은 중학교 1학년이었고 그는 3학년이었다. 스키를 빌리며 가죽 스키화까지 빌렸다. 다행히, 그러나 조금도 다행스러운 일 아니게 그는 3학년이어도 몸집이 작아 1학년 선수의 신발도 작거나 끼이지 않고 제 것처럼 딱 맞았다.

그는 그때까지 아버지에 대해 어떤 불만도 없이 살아왔다. 한 번 섭섭한 때가 있었다면 중학교에 진학할 때 고태복이 들어간 강릉의 중학교로 보내주지 않고 진부의 학교로 가라고 했을 때였다. 조금 섭섭한 마음이 들긴 했지만 위에 누나들은 가지 못한 중학교를 간다는 것과 또 내가 스키를 좀 더 잘 탔더라면 강릉에 있는 학교들이 저절로 나를 불렀겠지, 하는 생각에 아쉬움은 있어도 그다지 불만은 없었다. 그러나 오수도리 산장집 아들의 스키를 빌려 신을 때, 더구나 그 스키를 아들의 경기를 지켜보러 나온 오수도리 산장 주인이 아들에게 빌려주라고 말해서 빌려 신을 때 저절로 고마운 마음만이 아니라 저렇게 말하는 저 사람이 서울 아이의 아버지가 아니라 나의 아버지였으면 하는 생각이 들었다. 멀쑥한 차림이어도 아버지보다 10년은 더 나이 든 사람이었다.

나무는 나흘 동안은 주인 없는 큰산에 들어가 참나무와 아카시아나무와 자작나무와 오리나무들을 베어 오고, 닷새 동안은 베어 온 나무를 일정한 크기로 자르고 도끼로 갈랐다. 나무를 할 때 큰산에서 나무를 베어 오는 일이 더 큰일이기는 하지만 여러 날 일손이 더 많이 가는 것은 그것을 일정한 크기로 토막을 내고 도끼로 패는 일이었다. 웬만한 크기의 통나무는 그냥 잘라서 페치카와 난로에 넣지만 너무 굵은 것은 두 쪽이나 네 쪽으로 쪼개야 하고, 부엌에서 쓰는 나무는 더 잘게 쪼갰다.

주로 그가 톱질을 하고 아버지가 도끼질을 했다. 아버지가 힘들면 그가 도끼를 잡았다. 도끼는 원래 능숙한 사람이 잡는 법이었다. 아버지는 대장간에서 금방 벼려 와 날이 선듯하게 선 도끼 구멍에 나무 중 가장 탄력 좋은 물푸레나무를 자루로 박았다.

몇 번의 도끼질에 참나무가 반으로 갈라질 때면 참나무 특유의 술밥 냄새가 코를 찔렀다. 소나무가 갈라질 때는 마치 자기가 살아온 산의 온 향기를 전하듯 향긋한 송진 냄새를 뿜었다. 아카시아나무도 자작나무도 제 나름의 향기와 제 몸의 빛깔을 전했다. 속살 붉은 오리나무는 늦가을과 한겨울에도 잎이 무성했던 여름 숲 속의 향기를 전했다. 그러면 나중에 나무들도 아궁이와 난로 속에서 저마다 조금씩 서로 다른 불빛으로 경연하듯 제 몸의 기운을 뿜어냈다.

여기 산장뿐 아니라 대관령 마을의 집집마다 마당 한 귀퉁이거나 헛간 뒷벽에 가지런히 쌓아놓은 장작을 보면 그 장작들이 영락없이 그 집 아버지의 모습을 닮았다. 장작을 패 쌓아놓은 솜씨 하나에도 고태복의 집에는 고태복 아버지의 무늬가 있고, 그의 집엔 그의 아버지가 살아온 삶의 무늬가 배어 있었다. 장작 하나에도 그 나무와 그것을 팬 사람의 내력과 인품이 나타나고 삶의 결 같은 것이 드러났다.

그는 아버지가 산적처럼 생긴 겉모습과는 다르게 저 장작들처럼 너무 반듯하고 온순하게 세상을 살아간다고 생각했다. 그래서 같은 마을에 사는 산장 관리인 김 씨에게조차 이용당하고 사는 것이라 여겼다. 아버지는 그날 팬 장작을 쌓을 때 다른 나무들은 한데 섞어놓아도 그리 많지 않은 오리나무는 따로 한군데에 모아 쌓았다.

"그건 왜 따로 빼요?"

"나는 예전에 먼 자리서 한 번 봤다만, 그래도 이 집 주인이 나무를 알아보는 사람이다."

"어떻게요?"

"이 집 주인이 나무 중에 오리나무를 제일 좋아한다더라."

"에이, 자작나무가 제일 좋지 않나요? 장작 모양도 불도."

"오래 타고 숯이 좋은 건 참나무지만, 그래도 때면서 바라보기는 오리나무가 최고 낫지."

"왜요?"

"저 봐라. 오리나무가 불땀은 그리 세지 않아도 장작을 패놓으면 속살이 송어를 잡아 갈라놓은 것처럼 붉지 않은? 불꽃도 붉은 색과 푸른색이 같이 어울려 한 번 들여다보면 시간 가는 줄 모르지. 나무가 탈 때 탁탁, 하고 나는 소리도 다른 나무들보다 귀에 좋고."

"아버지는 나무들의 그런 소리도 구분해요?"

"너도 나이 들면 알지. 산에 다니면 새마다 우는 소리가 다르듯 나무들도 바람 불 때 우는 소리가 다르지. 잎이 많은 갈나무 다르고 소나무 다르고. 불 속에 들어가 타는 소리도 그렇고."

"아버지는 늘 때니 알지만, 그런 걸 서울 사는 사람이 어떻게 알아요?"

"그래도 여러 해 때봤으니 알고 좋아하겠지. 불을 모르고서야 좋아하겠나."

"산장 관리인 아저씨가 그래요?"

"그래. 그건 해마다 한쪽에 따로 쌓아놓고 그 양반이 난로를 지킬 때만 땐다더라."

유강표는 나무를 해주러 간 마지막 날, 눈도 오지 않은 산장에 미리 겨울 점검을 나온 산장 주인을 만났다. 아버지가 담배를 피우며 잠시 쉬는 동안 그가 굵은 참나무 토막을 모로 세워놓고 러닝셔츠 차림으로 힘껏 도끼질을 해 그것을 가를 때 자동차 한 대가 마을에 들러 관리인을 태우고 산장 안으로 들어왔다. 예전에 스키를 빌려주었던 일도 있어 유강표는 오랜만에 보는 산장 주인이 낯설다기보다 우선 반가운 마음부터 들었다.

"안녕하세요?"

그는 도끼질을 멈추고 자동차에서 내린 산장 주인에게 꾸벅 인사를 했다.

"오, 그래."

인사를 받고 산장 안으로 들어가려던 주인이 다시 몸을 돌려 그를 불렀다.

"너, 나를 알고 인사하는 거지?"

"예."

"맞아. 네가 우리 막내 스키를 빌려 탔던 친구 맞지?"

"예."

"그때보다 많이 큰 것 같구나. 그래, 요즘은 뭐하니?"

"여기서 나무합니다."

"가만. 일요일도 아닌데, 학교는?"

"안 다니고요."

"이런, 그래서 머리를 길렀구나. 그럼 스키는 계속하냐?"

"눈이 와야 하죠."

"아니, 학교를 안 다녀도 스키선수를 계속하느냐고?"

그 말엔 대답하지 못했다. 중학교를 졸업한 다음 지난해엔 어디에도 소속되어 있지 않아 처음으로 대회에 나가지 않았다. 아버지도 협회 일을 거들지 않았다. 이번 겨울도 아직 오지 않았지만 지금 같아서는 당장 내일 눈이 내려도 마찬가지일 것이다.

"도끼질도 힘차게 하고 아주 많이 컸어. 이따가 너 그냥 가지 말고, 나하고 얘기 좀 하고 가거라."

그날 산장 주인이 유강표를 다시 부른 것은 한 해 반 만에 부쩍 자란 체격과 도끼질을 할 때 어린 나이임에도 이미 균형이 딱 잡혀 보이는 그의 단단한 몸 때문이었다. 산장 주인은 오래 비워둔 산장 내부를 관리인과 함께 꼼꼼하게 둘러본 다음 마당으로 나와 톱으로 나무를 자르는 그를 불렀다.

"그래, 몇 살이냐?"

"열여덟 살입니다."

"몸이 아주 훌륭하구나. 일하는 걸 보니 힘도 좋아 보이고. 그런데 너 학교를 다니지 않으면 앞으로 뭘 할 거냐? 스키도 안 타고."

"……."

"네 마음속에 하고 싶은 게 있으면 말해봐라."

"저는……."

"그래, 너는?"

"우리나라 스키 국가대표 선수가 되고 싶습니다."

"그래?"

"예."

"이렇게 아무것도 안 하면서?"

그게 유강표와 오수도리 산장 주인과의 두 번째 만남이었다. 유강표는 예전에 산장 주인 아들의 스키를 빌려 탔던 얘기를 다시 하던 중 진부중학교 3학년 때 고등학생들까지 제치고 10킬로미터 단축마라톤에서 1등 한 얘기를 했고, 그 얘기를 들은 산장 주인이 그렇다면 알파인에서 노르딕으로 종목을 전환해보는 것은 어떻겠느냐고 말했다. 단축마라톤의 체력과 지구력을 스키 쪽으로 적용하면 당연히 노르딕이었다. 그건 알파인과 스키부터 달랐다. 폭이 더 좁고 길고 가벼웠다.

"지금 우리나라 스키는 알파인도 외국과 많이 차이 나지만, 노르딕은 더구나 불모지나 다름없지. 대회에 나와도 군대 구보 식으로 눈 위에서 뛰는 군인 선수들뿐이지 노르딕을 제대로 훈련한 선수가 거의 없어. 너는 중학교 때도 선수를 했으니 스키 기본기도 가지고 있고, 장거리 육상을 할 만큼 체력도 좋고, 이번 겨울부터 여기서 나하고 같이 한번 훈련해보겠느냐?"

학교를 다니면 고등학교 2학년이던 해 겨울, 그는 오수도리 산장 주인의 권고에 따라 지르메산 경사면 아래로 속도를 경쟁하는 알파인 스키에서 15, 30킬로미터 장거리 지구력과 체력으로 승부하는 노르딕 스키로 전환했다. 계속 알파인을 고집하기엔 이미 국가 상비군을 하고 있는 한 해 위의 어재식과 초등학교 동창 고태복의 존재가 너무 컸다. 이들은 고등학생이어도 대학부와 일반부보다(당시 대학부와 일반부는 성장기에 따로 스키 훈련을 받지 않은 순수 아마추어 선수들이긴 하지만) 성적이 더 좋았다. 유강표가 예전보다 몸이 훨씬 좋아졌다 해도 도저히 그 사이를 알파인으로는 비집고 나올 수 없었다.

그해 겨울부터 그는 오수도리 산장의 여러 일손을 거들면서 그곳에서 산장 주인이 시키는 방법대로 장거리 스키에 대한 체력

훈련과 지구력 훈련을 했다. 스키도 연습용과 경기용 두 개를 오수도리 산장 주인이 마련해주었다.

그리고 다음 해 겨울, 그는 스키를 배우고 나서 처음으로 전국 스키대회에서 다른 고등부 선수들과 일반부의 육군과 해병대, 대학부 선수들까지 다 제치고 크로스컨트리 15킬로미터와 30킬로미터 경기 모두 1등을 휩쓸어버렸다. 그는 고등학교 3학년 나이에 일반부 선수로 출전하며 재킷 넘버 밑에 자기 손으로 검은색 페인트로 '오수도리 산장'이라고 썼다. 고등부, 대학부, 일반부 노르딕 선수 모두 합쳐 2위와의 차이에서도 15킬로미터에서는 5분, 30킬로미터에서는 13분 이상 차이 나는 성적이었다. 그의 나이 열아홉에서 스무 살로 넘어갈 때였다.

대회가 끝나고 고태복은 지난해 어재식이 들어간 대학에 그대로 스키 장학생으로 입학했다. 대관령 마을에서 스키로 대학을 간 사람도 어재식이 처음이었고, 고태복이 두 번째였다. 이제 대관령 아이들도 스키만 잘 타면 중학교 고등학교뿐 아니라 대학교도 갈 수 있게 된 것이었다.

그러나 선수로 어린 시절의 부진과 집안 사정 때문에 고등학교를 다니지 못한 유강표는 노르딕 부문의 전관왕을 하였지만 어디에서도 오라는 데 없이 그의 생애 처음으로 국가대표 상비군이 되었다. 다른 종목에서 그 나이에 국가대표가 된 것이면 신문에 날 만큼 빠른 발탁이라고 할 수 있었지만 중, 고등학교 때 국가대표가 되었던 어재식과 고태복의 존재가 말해주듯 그게 대관령 마을 선수들로 한정되어 있는 스키 종목이고 보면 그다지 빠르거나 놀랄 만한 성장도 아니었다.

후일 유강표는 횡계 버스정류소나 면사무소 휴게실 같은 데서 누구와 시비를 붙을 때마다 "나도 일본 올림픽에 나갔던 선수"라고 말했지만, 사실 정확하게 '일본 올림픽에 나갔던 선수'는 아니었다. 일본 삿포로에서 동계올림픽이 열린 것은 1972년이었고, 그가 참가한 것은 같은 경기장에서 열리긴 했지만 올림픽이 개최되기 1년 전에 경기장 시설과 운영을 올림픽과 똑같은 방식으로 점검해보는 프레올림픽 대회였다. 그는 이 대회에 크로스컨트리 부문 대한민국 대표선수로 참가했다.

대회는 2월에 열렸지만 한국에는 천연스키장밖에 없어 스키선수들은 그 전해 12월에 미리 전지훈련을 하러 삿포로로 갔다. 한국 선수들로서는 최소한 한두 달 인공 스키장 적응이 필요했다. 이 대회에서 유강표는 대회 자원봉사자로 나온 시라키 레이를 만났다. 일본의 대회운영협회 역시 프레올림픽이라는 이름 그대로 대회 자원봉사 체제를 다음 해에 있을 올림픽을 염두에 두고 똑같은 시스템으로 시범 운영했다.

"대회 전 전지훈련 기간까지 합치면 아버지가 두 달 정도 삿포로에 가 있었고, 그때 고등학교를 졸업한 어머니가 봉사를 맡은 팀이 한국 스키팀의 훈련장과 경기장 안내였답니다. 그러니 두 분이 만나 정을 붙일 시간이 충분했던 거지요. 더구나 그때 어머니의 아버지가 예전에 일본 루지팀 코치를 하셨던 분이었거든요."

유명한의 설명이었다.

"루지라면……."

"동계올림픽에서 청룡열차 같은 얼음 통로에 썰매를 뒤로 누워 타는 경기 아시죠? 그게 루지인데, 속도도 장난이 아니고 위험도 장난이 아닙니다. 헬멧 말고는 거의 맨몸으로 타는데 빠를 땐 시속 150킬로미터까지 나가다 보니 전에 어떤 올림픽 대회에서 선수가 빙벽 통로에 튕겨 사망한 사고도 있었고요."

그 말을 듣자 그도 예전 어느 해인가 동계올림픽에서 그런 사고가 있었던 걸 뉴스로 본 기억이 났다. 화면으로 보기에도 스릴과 속도감이 느껴지는 경기였다.

"아, 기억납니다. 그랬던 거……."

"암튼 일본의 외할아버지가 예전에 동계올림픽 종목 코치였던 분이다 보니 어머니에게도 대회 봉사가 남다른 부분이 있었던 거지요. 이건 지난번에 제가 삿포로에 갔을 때 어머니가 저하고 연희에게 반 농담처럼 한 얘긴데 나중에 어머니와 아버지가 결혼할 때 외할아버지가 엄청 반대를 했는데, 사실 어머니가 아버지를 좋아하게 된 데는 외할아버지 책임도 얼마간 있다는 거지요."

"어떻게요?"

하고 주호가 물었다.

"외할아버지가 어머니한테 늘 일본 동계올림픽 선수들 중에 제일 불쌍한 선수가 루지선수라고 말했답니다. 루지 썰매 무게가 쌀 한 포대보다 무거운 23킬로그램인데 예전에 리프트가 없던 시절(유명한의 외할아버지가 일본 루지팀의 코치를 하던 시절) 이걸 한 시간 동안 어깨에 메고 꼭대기 출발선까지 눈길을 걸어 올라가서 거기서 다시 한 시간가량 추위에 떨며 차례를 기다렸다가 이 세상에서 가장 위험한 속도로 타고 내려온다는 거지요. 어떤 경기나 인기 종목이 있고 비인기 종목이 있는데 외할아버지 말씀은 그때 일본 선수들 입장에서 보면 루지가 제일 힘들고 위험한 데다 몸무게도 많이 나가지 않는 동양인 체격 조건으로 메달 가능성도 제일 희박한 비인기 종목이라는 거지요."

"그것과 스키와 관계가 있나요?"

"직접 관계야 없지만 같은 스키에서도 알파인보다는 노르딕이 인기가 없거든요. 구경하기도 지루하고요. 어머니가 자원봉사 나갈 때 외할아버지가 한국은 아직 인공 스키장도 없는 데다 알파인보다 노르딕은 더 인기가 없을 테니 한국 노르딕 선수들 잘 챙겨줘라, 그랬답니다. 그렇게 두 분이 만났으니까 외할아버지 책임도 아주 없는 건 아니라는 거지요."

뒤늦게 농담처럼, 또 변명처럼 한 말일지라도 예전 일본 국가대표 루지팀 코치의 딸 시라키 레이로서는 처음부터 남다른 관심으로 유강표를 만난 셈이었다.

"그런데 저한테 부탁할 것은 무엇인지요?"

다시 그가 물었다.

"아버지가 출전한 유일한 국제대회이자 어머니를 만난 대회가 삿포로 프레올림픽인데, 이때 선수 파견에서부터 대회를 마치고 돌아올 때까지 한국 스키팀과 아버지에 대한 신문기사를 그냥 내용만 아니라 그때 신문에 난 것 그대로 복사를 해주셨으면 하고 부탁드립니다. 그걸 앨범으로 만들어 연희에게 주려고 합니다."

그가 조금만 수고를 하면 충분히 해줄 수 있는 일이었다.

"알겠습니다. 그거라면 내가 우리 신문사 자료실에 올라가 하나하나 찾아서 해드리지요."

"감사합니다."

그날 유강표의 아들 유명한은 저녁 여덟시쯤 청평으로 돌아갔다.

정말 아버지와는 다르게 반듯하게 성장한 사람이었다.

주호와 연희의 〈마음산책〉

주호가 대관령에 있을 때 가장 먼저 문을 닫는 곳은 대관령 농협과 신협, 제일의원이었다. 농협과 신협은 한여름에도 다섯시 반이면 안으로 문을 잠갔고, 제일의원도 여섯시면 진료를 마쳤다. 잔무가 있는 날도 여섯시 반이나 일곱시면 어김없이 셔터를 내렸다. 그 시간 사람들은 바깥을 내다보며 말했다.

"신협 박 양이 퇴근하는 걸 보니 오늘도 시간이 다 된 모양이네."

"쟤(제일의원 최 간호사)는 집에 가면 혼자 뭘 하는지 한번 들어가면 도통 나오질 않아."

동네 사람들이 몸도 약해 보이고 얼굴도 흰 최 간호사를 두더지라고 부르는 것도 그래서였다. 농협의 김 양과 신협의 박 양은 대관령 사람이었고, 최 간호사는 2년 전 제일의원 의사가 춘천에서 이곳으로 병원을 옮길 때 따라온 사람이었다.

제일의원엔 최 간호사 말고도 마을 사람들이 '정선 처녀'라고 부르는 또 한 명의 간호사가 있었다. 정선 처녀는 퇴근 후에도 자주 거리에 나와 구판장에도 들르고 제과점에도 들르고 찻집에도 들르고 옷집에도 들렀다. 구판장에 오면 항상 거울을 보았고, 그걸 사갈까 말까 고민했다. 그러곤 또 올게요, 하고 나갔다.

최 간호사는 어쩌다 병원 사람들끼리 회식하는 날 말고는 퇴근 후 절대 거리로 나오지 않았다. 필요한 물건도 퇴근 후에 사는 게 아니라 점심시간에 미리 사두었다가 들고 갔다. 이따금 주말에 춘천으로 가거나 서울로 가기 위해 시외버스정류소로 나오는 게 전부였다. 동네 사람들이 두더지라고 외모와는 전혀 어울리지 않는 별명을 붙인 것도 무리가 아니었다.

또 한 군데 다섯시 반만 되면 칼처럼 퇴근하는 곳이 있었다. 시외버스정류소 건너편에 나란히 붙어 있는 지서와 예비군 중대에 근무하는 방위병들이었다. 주호보다 먼저 구판장에서 일했던 진수는 4주간 훈련을 받고 온 다음 7월 초부터 지서에 근무했다. 주로 하는 일은 지서 정문과 무기고를 다른 방위병들과 함께 교대로 지키는 일이었다.

퇴근 시간이 되면 진수는 뒤에 도시락을 매단 자전거를 타고 구판장 앞을 지나가며 인사했다. 더운데 시원한 물이라도 한 잔 마시고 가라고 해도 이따가 올게요, 하고 그냥 지나쳤다. 근무시간 중엔 지서 순경들 심부름으로 물건을 대신 사러 와도 퇴근 후엔 방위복을 입은 채 구판장에 들르는 법이 없었다. 와도 집에 가서 꼭 사복으로 갈아입은 다음에 왔다.

장사를 하는 곳으로 그다음 일찍 문을 닫는 곳이 으뜸정육점, 서울미용실, 미라노패션, 구판장 순이었다. 구판장의 경우 해가 긴 여름에도 대략 여덟시면(겨울엔 더 일찍) 일이 끝났다. 바늘부터 장판과 씨앗과 농약까지 대관령 사람들의 일상생활과 농경생활에 필요한 물건 중에 없는 것 없이 팔아도 해가 떨어지고 어두워지면 손님이 끊겼다. 술과 과자와 다른 먹거리를 팔지 않기 때문이었다. 작업용 커터와 풀 외엔 문구용품도 팔지 않아 시도 때도 없이 들어오는 아이들 손님도 없었다. 그 밖엔 물건이 광범위해도 이웃 가게들과 충돌이 없는 것도 그런 이유 때문이었다.

미라노는 해가 떨어지고 어둑해지면 주인아주머니가 먼저 안채에 있는 집으로 들어갔다. 드물게 맞추거나 고쳐놓은 옷을 찾으러 저녁 늦게도 손님이 올 때가 있지만, 대개는 아주머니가 가게에 있을 때 왔다. 연희는 아주머니가 들어간 다음에도 혼자 오래 가게에 남아 있었다. 연희 혼자 있을 때는 천장 등을 끄고 한쪽 구석에 놓여 있는 자기 미싱 위의 불만 켜두어 밖에서 보면 조금 어두컴컴하게 보였다. 사람들은 그걸로 미라노의 하루 일이 끝났다는 걸 알았다.

그건 구판장도 마찬가지였다. 주호도 여덟시만 되면 출입문 앞에 달아놓은 외등과 천장의 형광등을 끄고, 자신이 앉아 있는 카운터 책상 위의 갓등만 밝혀두었다. 뒤에 딸려 있는 방에 들어가 공부를 해도 되지만 그곳은 천장이 낮아 한밤까지는 구판장보다 실내가 더웠다. 밖에서 보면 구판장과 미라노 모두 여덟시쯤 반 등을 켰다. 주호는 구판장은 그렇더라도 미라노가 어두운 것은 왠지 그 불빛 속에 앉아 있는 연희의 지금 처지가 그런 것처럼 보여 늘 보다 환했으면 좋겠다고 생각했다.

그가 보기에 가게마다 문을 닫는 시간이 업종따라 다르기도 하지만 주인의 성격따라 다르기도 했다. 같은 업종이어도 동네 아주머니들이 많이 가는 서울미용실은 일찍 문을 닫았고, 젊은 여자들이 많이 가는 수미용실은 늦게까지 환하게 불을 켰다. 아마도 구판장 역시 평소 아홉시 열시까지 문을 열었다면 그때까지도 손님이 있을 것이다.

이모부가 여름이든 겨울이든 해가 진 다음 바로 문을 닫아 동네 사람들이 거기에 익숙해진 면도 있었다. 손님도 주인을 길들이지만 주인도 손님을 길들였다. 늦게 가면 문을 닫은 가게와 늦게 가도 문을 여는 가게의 차이였다. 이모부의 말은 집안에 필요한 물건이 있으면 해가 있을 때 얼른 사가지고 가지, 무얼 하다 해 떨어진 다음에 오느냐는 것이었다. 그렇게 할 수 있는 게 구판장에서 파는 물건 대부분을 경쟁자 없이 독점 공급하는 탓도 있었지만, 이모부의 성격 탓도 컸다.

미라노에 밝은 등을 끄면 연희의 중학교 여자 동창 아이들 몇이 과자를 사 들고 와 늦게까지 잡담하며 놀다 가기도 했다. 미라노 아주머니도 아이들이 와서 그러는 걸 싫어했지만, 그 아이들이 학교를 휘어잡고, 수시로 옷을 고치러 오는 손님들이어서 함부로 대하지 못했다.

"그냥 일 때문에 오는 건 괜찮지만, 저녁에 떼로 몰려와 진을 치는 건 못하게 해야 되는데……. 동네 사람들 보기에도 그렇고."

미라노 아주머니가 구판장으로 건너와 이모에게 말했다.

"잘 타일러."

"내가 장사하면서 그러기 쉽지 않으니 그러지. 타이른다고 들을 것 같지도 않고."

"그럼 연희보고 얘기하던가."

"걔도 말하기 쉽지 않지. 그냥 막무가내로 오는 걸."

본인이 그러겠다고 나선 건 아니지만 그걸 평정해준 사람이 주호였다. 그 역시 저녁마다 여자아이들이 거기에 몰려오는 걸 좋지 않게 바라보았다. 아이들이 미라노에 와 진을 친다고 해서 그가 방해를 받는 것은 없었다. 그러나 연희가 거기에 휩쓸리지는 않는다 하더라도 아까운 시간을 아이들의 잡담 속에 흘려보내는 게 옆에서 보기에도 늘 못마땅했다. 아주머니가 안으로 들어간 다음 차분한 마음으로 뭔가 혼자 공부를 하려는데 찾아오는 아이들 때문에 늘 방해받는 모습이었다. 그는 연희에게 너도 저녁에 아이들이 몰려오는 게 좋으냐고 물었다.

"아뇨. 걔들은 학교 가고 나는 못 갔는데, 와서 학교 얘기하는 것도 싫고 내 시간 방해하는 것도 싫어요."

"그런데 왜 자꾸 모여들어?"

"오지 말라고 할 수 없어서 그래요. 오빠 때문인 것도 있고요."

"내가 왜?"

"애들이 우리 가게에 오빠 때문에 더 와요."

"그게 무슨 얘긴데?"

"와서 다른 할 얘기 없으니 오빠 얘기할 때도 많고, 오빠 뭐하나 하고 구판장 기웃거리기도 하고요. 직접 가서 기웃거릴 수 없으니 우리 가게서 바라보며 오빠가 뭘 한다, 뭘 한다, 얘기하는 거예요."

"그런 게 재미있어?"

"애들한테는요. 그러니 오죠. 가만히 보면 그런 걸 오빠만 모르는 거 같아요. 여기 동네 언니들도 다 안 그런 척하면서 오빠 신경 쓰는데."

"쓸데없는 소리 말고."

"쓸데없는 소리가 아니라 실제로 그래요. 동네 언니들도 우리 집에 와서 묻는 게 오빠 얘긴데. 애들도 그렇고요."

"그러면 내가 그 아이들 몰려오지 못하게 해도 되는 거지?"

"어떻게요?"

"그건 내가 알아서 할 테니 그러더라도 너는 놀라지 말고."

그렇게 말하고 이틀이 지나서였다. 그날도 저녁에 아이들 몇이 미라노에 왔고, 잠시 밖에 나와 있던 그의 눈에 언뜻 미라노 안에서 작은 불빛이 반짝이는 것이 보였다. 늘 그랬던 것 같지는 않고 누군가 한번 그러고 싶었거나 무리 중에 다른 모습을 보이고 싶은 호기심에서 낸 불빛이었을 것이다. 그는 지금이 기회다, 하고 바로 미라노의 출입문을 밀고 들어섰다.

"누구냐?"

목소리는 크지 않았지만, 그 자리에 있는 누가 들어도 심장이 얼어붙을 만큼 단숨에 분위기를 제압하는 목소리였다. 지난번 주호의 말로 언젠가 한번은 이와 비슷한 상황이 있을 거라고 짐작하고 있던 연희 역시 자기 미싱 앞에 석고처럼 굳은 얼굴로 앉아 있었다. 다들 하얗게 얼굴이 질려 있는 사이 한 아이가 담배를 발밑에 떨어뜨렸다. 연희 말대로 아이들도 지금 자신들을 일거에 제압하고 있는 그가 누군지, 왜 학교가 있는 서울로 가지 않고 이곳 대관령 구판장에 와 있는지 얘기를 들어 잘 알고 있었다. 여럿이 모이면 더 대담해지고 시끄러워도 등하굣길 길에서나 미라노 앞에서 하나씩 마주치면 부끄러워 먼저 얼굴을 붉히던 아이들이었다.

"내가 오늘 한 번 본 게 아니다."

담배를 떨어뜨린 아이가 바르르 떨리는 목소리로 "아니에요. 어떤가 하고 오늘 처음 한번 해봤어요." 하고 말했다.

"내가 내일 학교에 가서 말하면 이 자리에 있는 너희들 모두 바로 처벌받겠지. 그러면 동네에서도 소문나 지금보다 편하게 이럴 수 있어 더 좋겠지?"

"아니에요, 오빠. 잘못했어요. 앞으로 다시 안 그럴게요."

"그건 내일 학교에 가서 말하고, 아무튼 나는 너희들이 여기에 몰려와 이러는 걸 봐줄 수가 없다."

그는 아이들을 상대로 너희들이 지금 이러면 안 되는 이유를 들어 잠시 야단치다가 마지막으로 한마디 호통치듯 말했다.

"내가 너희들 여기에 일 때문에 오는 걸 뭐라는 게 아니야. 그렇지만 앞으로 너희들 여기에 모여 또 이러면 아니, 여기 모여드는 것만 내 눈에 띄어도 오늘 있은 일 바로 학교에 가서 알릴 거다. 그래도 좋다는 사람만 남고, 다시 여기 모이지 않을 사람들은 모두 집으로 돌아가!"

그날 이후 아이들은 옷을 짓거나 고칠 때 말고는 다시 미라노로 오지 않았다. 등하굣길 구판장 앞을 지날 때에도 뭔가 더 조심스러워진 모습이었다.

주호 혼자 구판장에서 공부를 하고 있을 때 이따금 사촌동생 미옥이가 숙제를 들고 왔다. 미옥이는 숙제는 조금 하고, 건너편 미라노에 가서 인형옷 만들기를 하며 놀았다. 그는 그것도 자주 그러지 못하게 했다. 연희가 미라노에 혼자 있을 때는 책과 워크맨으로 일본어 공부를 한다는 걸 알려준 사람도 미옥이었다. 늦은 밤 연희 오빠나 할머니가 연희를 데리러 오기도 했다. 그런 날이면 가로등 아래 긴 그림자를 뒤로 드리우고 걸어가는 할머니와 손녀의 모습도 남매의 모습도 오래 그의 눈 속에 남았다. 그래도 여름이어서 다행이지 겨울이면 할머니가 가게 앞까지 나오기가 쉽지 않을 터였다.

대관령의 여름은 확실히 서울의 여름과도 다르고 강릉의 여름과도 달랐다. 한낮엔 따끈하게 덥고 후텁지근할 때가 있어도 해만 떨어지면 이내 서늘한 느낌이 들었다. 다른 곳보다 7, 8도쯤 낮은 기온 차이만이 아니었다. 여름이면 어느 곳이든 다 푸르겠지만, 비 온 다음 날 대관령 목장의 목초지를 바라보거나 한여름에도 햇볕에 녹아내리지 않고 바다처럼 더욱 새파랗게 자라는 고랭지 채소밭을 둘러볼 때면 한 번도 가보지 않은 백두산 아래의 개마고원 어느 동네가 이런 모습이 아닐까 싶게 싱그러운 느낌이 들었다. 그곳에서 마을로 불어오는 바람도 도시의 바람과 다르게 풀 기운 같은 게 묻어났다.

그해 여름 구판장의 물건 구입도 이모부보다 주호가 스스로 나설 때가 많았다. 물건은 강릉보다 서울이 가까운 원주 도매점에서 주로 떼어왔다. 서울에 가서 직접 떼어오면 더 싸겠지만, 취급하는 품목이 워낙 많아 서울 도매상 입장에서 보면 자잘한 소매

정도밖에 되지 않아 내 돈 주고 물건을 사오면서도 오히려 구박받기 십상이었다. 그건 직접 물건을 떼어오며 얻는 이익을 위해 감수할 부분이라 해도 문제는 또 있어 보였다.

서울에서 물건을 떼어와도 빠진 품목이 있기 마련이어서 다시 원주에 가서 채워 와야 하는데, 원주 도매점 입장에서 볼 때 그건 그리 좋은 거래 관계가 아니었다. 전에는 1년에 한두 번쯤 물건을 많이 구입할 때 이모부가 진수를 데리고 서울에 가서 직접 물건을 떼어오기도 한 모양인데, 늘 그럴 게 아니라면 자칫 작은 이익을 챙기다가 오히려 도소매점 간의 신의만 잃을 수 있었다. 물건 값이야 속이지 않겠지만, 그쪽에서 처리하기 어려운 재고 상품을 속여서 가져온다거나 하는 식이었다.

지난 5월 구판장의 일을 시작하며 원주에 물건을 떼어올 때 따라가 보니 아마 지난번에 그랬던 듯 원주 도매상에서 새로운 샘플은 보여주지 않고 그쪽에서 떨어내야 할 것들만 자꾸 새것처럼 보여주었다. 특히 벽지와 장판이 그랬다. 그는 이모부와 함께 원주에 다녀온 다음 바로 그 점을 말했다. 작은 것도 큰 것처럼 따지기 좋아하는 이모부도 먼저 당한 일이 있어선지 선선히 그걸 인정했다.

그는 여름이 되어 구판장 일이 익숙해지며 이모부에게 서울로 물건을 하러 가지 않는 대신 그보다 이득 될 일로 장판과 벽지를 그냥 파는 게 아니라 도배까지 끼워서 파는 건 어떻겠느냐고 말했다.

"어떻게 말이냐?"

"강릉과 원주에서는 전부터 이미 그렇게 하는 것 같은데, 집 평수에 따라 들어가는 장판과 도배지가 미리 계산돼 나오니까 거기에 그걸 도배하는 품삯까지 얹어서 물건을 파는 거예요."

"여기 대관령에 도배하고 장판 깔아주는 사람이 어디 있어서? 우리가 직접 시공해줄 수도 없는 거고."

"제가 와서 돌아가는 걸 보니 그걸 우리가 할 수 있겠더라고요."

"어떻게? 아무것도 없이."

"그걸 강릉 지물포들과 연결해서 하는 거죠. 강릉 지물포마다 그런 사람들을 몇 명씩 데리고 있으니까 장판과 벽지는 우리 걸 쓰고 품만 저쪽 걸 빌리는 방식으로 하면 될 것 같아요."

"강릉 지물포들이 저들 물건도 아닌데 일할 사람을 붙여주겠나? 이득도 없이."

"아뇨. 그 사람들도 아무것도 안 하는 것보다는 일할 사람이라도 붙여주는 게 이득이 되게 우리가 하는 거죠. 저쪽에서 일꾼을 붙여줄 땐 품삯의 1할을 떼어주는 거예요. 그러다 보면 차츰 우리와 일할 사람도 생기는 거고요."

"이제까지 안 하던 일인데, 쉽게 되겠나?"

"지금까지는 그래서 여기 대관령 사람들도 새로 도배를 하거나 장판을 할 때면 강릉에 가서 물건하고 일을 같이 부탁했는데, 그러다 보니 우리 구판장의 벽지하고 장판 판매도 그리 많지 않고요. 이제 그걸 우리가 하면 장판과 벽지 판매도 같이 늘어날 거예요. 복도 카펫도 샘플만 준비하고 있다가 그렇게 깔아주면 되고요."

"말은 그렇기는 하다만 그게 니 말처럼 쉬울지 모르겠다."

"그러니까 한번 해보는 거죠. 안 되면 그때 접어도 손해나는 건 아니니까요."

그는 전화로 강릉 지물포에 돌아가며 인력 사정을 알아본 다음 바로 '장판·도배 해드립니다'를 문 앞에 크게 써 붙였다. '장판'은 붉은 글씨, '도배'는 푸른 글씨, '해드립니다'는 검은 글씨로 길 건너에서도 눈에 띄게 했다.

며칠 지나지 않아 대관령 민박집들과 크고 작은 숙박업소들로부터 하나둘 문의전화가 왔다. 손님들이 방을 험하게 써서 그런 집들은 일반 가정집들보다 자주 장판을 갈고 도배를 했다. 마치 도미노와 같아서 동네의 한 집이 새로 단장하면 이웃 숙박업소들도 질세라 따라 하기 마련이었다.

"내가 보니 너는 공부를 안 하고 장사를 해도 성공하겠다."

이모부도 갑자기 오른 벽지와 장판 매출고를 흡족하게 여겼다.

"제가 옆에서 보는 것하고 이모부님이 직접 하시는 것하고 다르죠. 이게 다 미리 이뤄놓은 바탕이 있으니까 가능한 거죠."

그는 언제나 적당한 선에서 금을 그었다. 그런 태도도 이모부의 신뢰를 더하게 했다. 사촌동생 용래에 대한 일들도 그랬다.

물건을 원주에서 떼어오다 보니 강릉엔 자주 갈 일이 없었다. 어쩌다 필요한 책을 사러 갈 때와 2주일에 한 번 정도 일요일 저 녁에 용래를 강릉 하숙집에 데려다줄 때 대관령을 넘었다. 그건 이모와 이모부도 좋아하고 용래도 좋아했다.

"그냥 버스 태워 보내도 되지만, 네가 오가며 좋은 말을 많이 해줘라. 저놈이 어미 아비 말은 안 들어도 네 말은 잘 듣는다. 니가 지난번에 뭐라고 했는지 어미한테 하는 태도가 달라. 공부 얘기 도 해주고."

구판장이 바쁠 때에도 그 일이 우선이었다. 그러나 그는 강릉 에 가도 집에는 들르지 않았다. 가면 아버지는 늘 자신의 인생을 불평하듯 이모부를 욕했고, 옆에서 어머니는 안절부절못했다. 여 름 막바지에 그는 다음 날 개학하는 용래를 데려다주는 길에 강 릉 서점에 들러 자신에게 필요한 책 두 권을 사고, 소설 한 권과 두 툼한 노트 한 권을 따로 샀다. 그건 지난번 미라노에서 아이들과 일도 있고 해서 연희에게 줄 선물이었다. 구판장에 돌아와 그는 노트 표지에 굵은 글씨로 〈마음산책〉이라고 쓰고, 첫 장을 열어 이렇게 적었다.

시간은 네가 가진 유일한 자산이고, 그걸 어디에 쓸지는 너만 결정 할 수 있다. 네 대신 다른 사람이 그걸 써버리지 않도록 유의해라.
—칼 샌드버그

책을 읽는다는 것은 자신의 미래를 만든다는 것과 같은 뜻이다.

—랄프 왈도 에머슨

습관은 나무 줄기에 새겨놓은 문자와 같아서 나무가 자랄수록 점점 커진다.

—새뮤얼 스마일스

그가 가지고 있는 명언집에서 뽑은 시간과 책과 좋은 습관에 관한 말이었다. 연희가 집안 형편 때문에 학교를 그만두었더라도 앞으로 책을 많이 읽으면 그게 미래의 자산이 된다는 뜻이었다. 그중 첫 번째 말과 세 번째 말은 대관령에 처음 올라왔을 때 자신의 〈마음산책〉 노트 두 번째 장에 적어놓은 것이었다.

구판장 뒤에 딸려 있는 빈방을 공부방으로 정리하며 거기에 있던 가스버너와 냄비, 그릇, 수저 같은 것들을 아예 창고 안으로 치워버리고 나서 앞으로 2년 이곳에 있는 동안 시작부터 생활의 바른 버릇을 들이자고 쓴 말이었다. 제일 앞 장엔 군에서 제대해 나오던 날의 결심 그대로 '인생의 가장 큰 영광은 결코 넘어지지 않는 것이 아니라 넘어질 때마다 다시 일어서는 것이다.'라는 넬슨 만델라의 말을 적어놓았다.

다음 날은 미옥이가 숙제를 들고 왔고, 그다음 날 저녁 그는 미라노 주인아주머니가 집으로 들어간 것을 확인한 다음 전화를 걸었다.

"여보세요."

순간적이긴 하지만 전화를 걸면 당연히 연희가 받는데도 그는 연희가 전화를 받는 게 오히려 신기하게 느껴졌다. 그러고 보니 이제까지 옆 가게에 있으면서 짧게 몇 마디 지나가는 말만 주고받았지 전화를 건 것은 처음이었다.

"구판장이야."

"어, 오빠……."

"내가 전화를 해서 놀랐어?"

"아뇨. 놀라지는 않았지만, 오빠가 전화를 하니 신기해서요."

"너한테 할 얘기가 있는데, 바쁘지 않으면 잠시 이쪽으로 올 수 있겠니?"

전화를 끊고 그는 외등과 실내등을 환하게 밝히고 책상 왼편에 의자 하나를 미리 가져다 놓았다. 연희가 금방 무슨 일인가 하는 얼굴로 문을 밀고 들어왔다.

"이러니까 구판장이 밤에도 장사하는 것 같아요."

"밝으니 이상해?"

"아뇨. 좋아요."

"그럼 거기 앉아봐."

그가 조금 정색하고 말하자 연희도 조금은 긴장한 얼굴로 의자에 앉았다. 그럴 때면 횡계 버스정류소에서 처음 보았던, 어딘가 아련하게 서양 인형을 닮아 보이던 어린 시절의 모습이 커서도 여전히 이마와 눈과 코언저리에 남아 있는 듯 보였다. 그의 기억 속에 딱 한 번 보았던 연희 어머니는 좀 더 서양여자를 닮은 모습 이었다. 아마도 일본에서 온 어머니 쪽 가계에 서양 혼혈이 섞인 듯했다.

"일본어 공부는 잘하고 있어?"

"어, 오빠가 그걸 어떻게 알아요?" 하고 놀라다가 연희는 "미옥 이가 말했죠?" 하고 되물었다.

"그래. 나한테는 걔가 여기 대관령 소식꾼이다."

"혼자 하니까 어떻게 해야 하는 줄 몰라 잘 안 돼요. 히라가나 로 읽는 것하고 인사 같은 것만 겨우 알아요."

"어머니가 아버지가 돌아가신 다음 한국에 오신 적이 있니?"

"예. 지난 1월 제일 추울 때 이틀 왔다 갔어요."

"할머니가 반가워하셔?"

"예. 할머니도 엄마가 아빠 때문에 간 걸 아시니까요."

"오셔도 금방 가셨네. 일본어 공부 얘긴데……."

그도 예전 고등학교 시절 1학년 때와 2학년 때 제2외국어로 일 본어를 공부했다. 강릉의 다른 학교들은 독일어를 제2외국어로 선택했지만, 그가 다니던 학교는 교장 선생이 지금 당장도 그렇 고 앞으로도 일본과 더 많이 교류하게 될 거라며 일본어를 선택

했다. 그는 연희에게 그 얘기를 했다.

"그럼 오빠는 잘하겠네요."

"그때는 매달 시험도 보고 하니 열심히 하느라고 했는데, 그게 벌써 6년 전이니까 다 잊어버렸지."

"그래도 2년 했으면 저보다 잘하죠. 저는 이제 몇 달인데."

"다시 하면 모를까, 그때 하고는 손을 놔서 지금은 히라가나도 더듬거릴걸."

"책 가져와볼까요? 있는데……."

"아니, 그 책은 놔두고."

그는 책상 이쪽에 올려놓았던 〈마음산책〉 노트와 두 권의 책을 연희 앞쪽으로 옮겨놓았다. 한 권은 엊그제 강릉에 가서 산 헤르만 헤세의 『데미안』이었고, 또 한 권은 어디에서 났는지도 모른 채 강릉 집 책상에 오래 꽂혀 있던 『세계명언 2000집』이었다. 그 책은 지난 5월 강릉에서 대관령으로 올 때 다른 책들과 함께 가져왔다.

"뭐예요?"

그는 책상 서랍을 열어 자신의 〈마음산책〉 노트를 꺼냈다.

"나도 이런 걸 하나 가지고 있거든. 하루하루 생각나는 걸 적는 거야. 즐거운 일도 적고, 슬프거나 기분 나쁜 일도 적고, 또 어디에서 좋은 말을 보거나 들으면 그런 것도 적고."

"일기인가요?"

"마음 일기일 수도 있지. 그렇지만 일기처럼 쓰지 않아도 돼. 제일 앞 장을 열어봐."

연희는 그가 준 노트의 첫 장을 열었다.

"여기 제일 앞에 쓰여 있는 건 내가 지금 너에게 해주고 싶은 말을 적은 거야. 그다음 장부터는 여기 명언집에서 네가 너에게 해주고 싶은 말을 매일 하루 하나씩 찾아 쓰는 거야. 그건 귀찮고 바쁘더라도 꼭 아침에 해야 돼. 그게 1년 365일 모이면 365개의 좋은 말이 매일 너하고 함께하는 거야. 그리고 저녁에 그 아래에 나처럼 잘 외워지지 않는 영어 단어를 써도 되고, 그날 한 공부의 요점 같은 것을 적어도 되고, 아침에 명언을 찾아 적으며 떠오른 생각을 적어도 되고, 또 아무것도 쓰고 싶지 않은 날은 안 써도 돼."

"그럼 일기와 비슷한 거네요."

"꼭 일기라고 생각하지 말고 네 마음대로 아무거나 쓰고 싶은 걸 쓰는 거야. 글로 쓰는 게 싫으면 네가 좋아하는 꽃과 동물을 그려도 좋고, 이다음 네가 살고 싶은 집과 동네 같은 걸 그려도 좋고, 사람 얼굴을 그려도 좋고. 그냥 형식 없이 매일 네 자신을 찾아가는 마음여행을 이 노트에 적는 거야."

"오빠는 많이 했어요?"

"나는 여기 올라오던 날부터 공부 중심으로 썼는데, 벌써 한 권을 다 써서 또 사러 가야 해. 나중에 펼쳐 봐도 내가 그때 무슨 생각을 했는지, 어떤 공부를 했는지 알 수 있으니 그것도 마음산책이지. 그리고 이 책은 잘 알지?"

그는 명언집 아래에 놓여 있는 책을 명언집 위에 올려놓았다.

"데미안. 읽지는 않고 제목만 들었어요."

"나는 이 책을 고등학교 2학년 여름방학 때 여기 말고 큰이모 집에 갔다가 처음 읽었어. 그리고 군대 가기 전에 기회가 돼서 한 번 더 읽고, 엊그제 사 와서 또 한 번 읽었는데, 주인공이 남자이긴 하지만 지금쯤 네가 읽으면 좋겠다고 생각했거든."

"오빠……."

연희는 한 손을 가슴 쪽으로 올리고 금방 울 듯한 얼굴로 그를 쳐다보았다.

"너 읽으라고 사온 거지, 그런 얼굴 하라고 사온 거 아니야."

"그래도 오빠……."

"이거 읽고 여기에 독후감을 써도 좋고. 이 책만 읽으라는 게 아니라 이거 다 읽고 나서 다른 책도 부지런히 읽으라고 주는 거야."

"그렇지만 오빠……. 나는 이거 다 읽고 나서도 여기서 책을 빌려 읽을 데가 없어요."

"왜?"

"학교도 다니지 않는데 학교 가서 빌릴 수도 없고, 친구들보고 대신 빌려달랄 수도 없고요."

"연희야."

"예."

"어떤 일이든 그 일을 하기 전에 할 수 없다고 생각하는 건 처음부터 그 일을 하지 않겠다고 미리 다짐하는 것과 똑같아."

그건 그가 머릿속으로 생각해낸 말이 아니라 며칠 전 자신의 〈마음산책〉에 옮겨 적은 스피노자의 말이었다.

"……."

"찾으면 방법은 다 있어. 너, 여기 살면서 면사무소에 한 번도 안 가봤지?"

"예."

"거기 가면 사람들 일 보는 데 말고, 사무실 안쪽에 마을문고라고 있어. 며칠 전 가봤는데 책이 학교만큼은 많지 않지만 그래도 네가 읽을 만큼은 있어."

"오빠는 언제 가봤어요?"

"여기 올라와서 얼마 있다가. 그리고 며칠 전에도 가보고."

왜 갔는지는 말하지 않았다. 그는 지난달 강릉 집에서 대관령 이모 집으로 주소를 옮겼다. 언제 예비군 훈련이나 개인적 통지 같은 게 나올지도 모르고, 자주 들르지 않는 강릉 집보다는 이쪽으로 주소를 옮겨놓는 게 여러 가지로 편할 것 같은 생각이 들어서였다.

연희는 한 시간쯤 구판장에 있다가 그가 준 책과 노트를 가슴에 안고 돌아갔다. 연희가 돌아갈 때 그는 문밖까지 따라 나와 인사했다.

"키오츠케테네."

"어, 오빠. 무슨 말이에요?"

연희가 깜짝 놀란 얼굴로 되돌아서서 물었다.

"응. 조심해서 들어가라고. 편히 쉬라고 할 땐 '오야스미나사이' 이러고."

"와, 오빠. 오빠가 저 일본어 가르쳐줬으면 좋겠어요."

"그때 우리 선생님이 자주 쓰던 말이야. 다 잊어버리고 그냥 그런 인사말 몇 가지만 머릿속에 남아 있다. 그러니 네가 열심히 공부해서 나중에 날 가르쳐주면 되지."

연희가 간 다음 그는 구판장으로 들어와 외등을 끄고 천장 형광등의 스위치를 내렸다. 그리고 갓등 아래 자신의 〈마음산책〉 노트에 이렇게 적었다.

웨스트민스터 법령에 이런 조항이 있다고 한다.

지금 당장 침몰할 위기에 놓인 선박일지라도 날개를 다친 바닷새가 배의 돛대에 앉아 있다면 선장은 절대 배를 포기해서는 안된다.

선장으로 상징되는 리더의 책임에 대한 얘기이기도 하겠지만, 자신보다 처지가 못한 세상 이웃들에 대한 연민과 선의에 대한 얘기이기도 할 것이다. 비유하였을 때 내가 어떤 배의 선장인 것도 아니고, 연희가 내가 항해하는 배의 돛대에 날아와 앉은 날개를 다친

새인 것도 아니다. 그렇게 따진다면 지금 이 시간 학교에 가지 않고 대관령에 와 있는 나 역시 어떻게 보면 항해 중에 묶여 있는 배이고, 어느 배의 돛대에 날아와 날개를 쉬고 있는 작은 새 한 마리와 같은 처지이다.

그러나 그건 중요하지 않다. 중요한 것은 지금 내가 그렇듯 연희도 언제까지 대관령에만 있지 않을 거란 것이다. 바다가 어떻게 생겼는지도 모르는 깊은 산골짜기의 시냇물이 끝내 바다로 흘러가듯 언젠가는 더 넓은 세상으로 나갈 것이다. 시냇물은 높은 곳에서 낮은 곳으로 자기 의지와 상관없이 자연히 흘러가지만 새와 배는 저절로 날아가거나 저절로 항해하지 않는다. 언젠가 그 시기가 왔을 때 연희가 더 잘 날아갈 수 있고 더 잘 항해할 수 있도록 힘든 이 시기 역시 미리 준비를 잘해나갔으면 좋겠다. 언제까지 너를 지켜볼 수 없겠지만, 꼭 그러길 바란다.

지금의 나 또한 그러하다.

노트에 적은 말 그대로 그건 연희에 대한 바람이기도 하고 자신에 대한 바람이기도 했다. 그날도 연희는 늦게 집으로 돌아갔다. 연희는 미라노의 불을 끄고 밖으로 나와 이쪽 구판장 불빛을 한참 동안 바라보다가 돌아섰다. 그는 구판장 안에서 창문 너머로 그 모습을 지켜보았다. 그녀가 저만치 거리 끝까지 걸어갔다고 생각될 때 그도 책상 위의 불을 끄고 공부하던 책을 챙겨 구판장 안쪽에 딸려 있는 방으로 들어갔다.

아직 여름이 가지 않아도 밤에 부는 바람이 한결 시원해졌다.

연어와 마가목

　지난가을 유명한이 전화를 걸어와 예전에 대관령에서 생활하
지 않았느냐고 물을 때만 해도 주호는 그곳을 오래도록 잊고 살
았다. 그곳에서 사람 사귀는 일도 거의 하지 않아 나중에 사회에
나와서도 그곳에서의 인연을 말하는 사람을 다시 만나지 못했다.
그가 일부러 사람을 밀어냈던 적은 없지만, 왠지 같은 처지인 듯
싶은 연희에게 말고는 누구에게도 먼저 다가갔던 적이 없었다.
　그러나 돌아보면 먼저 다가가지는 않았어도 마음으로 승복했
던 곧은 어른과 이웃들이 있었다. 남에게 절대 피해를 주지 않으
면서도 자기 방식대로 세상을 살아가는 이모부가 그런 쪽으로 좋
은 본보기와 같은 사람이었다.
　많이 배우지는 않았어도 이모부에게는 장사를 하는 사람으로

서는 지키기 쉽지 않은, 자기만의 철학이라고 하면 너무 거창하겠지만 이모부만이 지켜온 자기 삶의 어떤 내공 같은 게 있었다. 때로 그게 다른 사람들과 마찰을 일으키기도 하지만, 그때조차도 절대 휘지 않는 나무만 뿜어낼 수 있는 삶의 고집스러운 향기 같은 게 있었다. 그는 그게 바로 맨날 뒤에서 자신의 불운을 세상 탓으로 돌리며 이모부를 욕하는 아버지와 같은 사람들이 가질 수도 없고 따라갈 수 없는 자기 생의 존엄이라 여겼다.

또 그곳에 있는 동안 아주 사람을 사귀지 않은 것도 아니었다. 대관령에 있을 때 그가 인생의 선배처럼 마음으로 따르며 그만의 독특한 방식의 삶을 매우 귀하게 바라보던 사람이 있었다. 장판과 도배 일로 알게 된 길 아저씨가 바로 그런 사람이었다. 원래 이름이 조은길이어서 몇 번 일하며 지내는 사이 자연스럽게 길 아저씨라고 부르게 되었다. 한 번 그렇게 부르자 세상 사람들이 걸어가는 길과 인생길의 좋은 의미까지 포함된 듯이 들려, 부르는 쪽도 듣는 쪽도 다정하게 느껴졌다.

반 농담 속에 길 아저씨도 그 호칭을 좋아했다. 애초 길 아저씨는 강릉 창해지업사의 도배장이었다. 거기 점원이거나 매일 출근하는 사람이 아니니까 소속이라고 하기엔 무엇하지만, 창해지업사를 통해 도배 일을 다니던 사람이었다. 아니, 길 아저씨는 이 세상 어디에도 무엇에도 소속되어 있지 않은 자유인이었다. 단지 길 아저씨가 하는 여러 가지 일 중의 하나이 도배를 창해지업사의 연락을 통해 할 뿐이었다.

주호의 구상대로 구판장이 장판과 벽지만 파는 것이 아니라 장판을 깔아주고 도배를 대신해주는 시공까지 영업을 확장했을 때 제일 먼저 일을 맡겨온 곳이 차항리 눈꽃마을에 있는 들꽃민박이었다. 들꽃민박은 5평짜리 방 세 개와 8평짜리 가족방 한 개의 도배와 장판 작업을 의뢰해왔다.

그는 지난번 장판과 도배작업에 대해 강릉에 있는 지업사에 알아볼 때 그래도 가장 친절하게 대답해주던 창해지업사에 전화를 걸었다. 이렇게 한 다리 건너 인부를 소개받으면 작업비의 1할을 떼어 지업사에 주어야 했다. 보통은 소개를 부탁하는 쪽에서 절반, 소개하여 일을 나오는 쪽에서 절반 부담했다.

이런 일을 처음 하는 대관령 구판장으로서는 1할 전체를 이쪽에서 부담한다 해도 그게 문제가 아니었다. 더구나 그것을 자신의 생각으로 처음 추진하는 그로서는 실수가 없는 정도가 아니라 그야말로 구판장에 맡기길 잘했다는 소리가 나오도록 일을 처리해야만 했다. 그는 전화로 이곳에 와줄 인부의 일솜씨를 여러 차례 강조했다. 그렇게 해서 강릉 지업사들 사이에서도 솜씨 하나만은 어디에 내놔도 빠지지 않는다는 한 남자를 소개받았다.

"그 사람 따방인데, 일은 시원시원하게 잘해요. 한번 일해보면 알겠지만 장판이든 도배든 일한 자리는 나무랄 데가 없어요."

칭찬인 듯하면서도 약간 뒤끝이 있는 말이었지만, 그로서도 일 말고는 더 따질 게 없는 입장이었다.

"그런데 따방은 무언가요?"

"아, 그 사람, 어디에도 묶여 있지 않고 일하는 사람이라고요. 그런 사람을 따방이라고 불러요. 전화번호하고 삐삐번호 알려줄 테니 그 사람한테 전화해봐요. 연락이 되면 누가 주든 우리한테 소개료 절반만 주면 되고, 저녁까지 연락 안 되면 다시 전화해요. 그러면 소개료 1할짜리로 확실한 팀 붙여줄 테니까."

다행히 바로 연락이 되어 그는 처음 들어온 주문 일에 대해 설명했다. 남자도 시원시원하게 대답하고 약속했다. 그쪽은 벽지와 장판만 준비하고, 그 밖에 현장에서 작업을 하는데 필요한 풀이라든가 방습지, 테이프 같은 것은 실비로 자기가 준비하겠다고 했다. 구판장으로서도 오히려 그렇게 하는 게 번거롭지 않아 좋았다.

이틀 후 아침에 구판장 문을 열자마자 봉고차 한 대가 기다렸다는 듯이 문 앞에 와 멈춰 섰다. 그가 저 사람이구나 싶어 문을 열고 나가자 한 남자가 운전석 문을 열고 점프를 하듯 훌쩍 뛰어내렸다. 아직 여름 같은 9월인데도 남자는 헐렁한 면바지 아래에 종아리 중간까지 올라오는 부츠를 신고 있었다. 위에 역시 헐렁한 갈색 체크무늬 남방의 소매를 둘둘 말아 올려 입고, 군인 모자 비슷한 얼룩무늬 모자를 썼다. 키가 그보다 주먹 하나쯤 더 큰, 마흔

가량 되어 보이는 남자였다.

"여기서 장판하고 도배할 사람을 불렀습니까?"

얼굴도 우선 눈에 들어오는 게 코와 눈썹일 만큼 콧날이 날카롭지 않은데도 우뚝하고 눈썹이 손가락 두 개는 붙여야 가려질 만큼 굵고 짙었다.

"예. 어서 오십시오."

주호는 예의 바른 모습으로 고개를 숙이며 다가가 인사했다.

"그럼 바로 온 모양이군요. 장판하고 벽지는 어디 있습니까?"

"창고에 준비해놓았습니다."

"다른 준비는 내가 다 해가지고 왔으니까 바로 싣고 가죠."

"누가 또 오나요?"

남자 혼자 왔기에 더 올 사람은 현장으로 바로 오느냐는 뜻으로 물었다.

"아뇨."

남자는 뭐 문제 있습니까? 하는 얼굴로 그를 바라보았다.

"같이 일할 사람은요?"

다시 조금은 불안한 얼굴로 그가 물었다. 창해지업사와 통화할 때 연고 없이 일하는 사람이라는 소리를 듣기는 했지만, 어느 지업사에도 묶여 있지 않은 독립된 작업팀으로 생각했지 설마 두루마리에서 풀어낸 길고 긴 벽지에 풀칠까지 해 누가 받쳐주는 사람도 없이 그걸 혼자 작업하리라고는 생각하지 못했다.

"아, 나 혼자 합니다."

주호는 그게 가능합니까? 하고 묻고 싶었지만, 장판과 도배 일을 구판장에서 처음 맡아서 하는 날이라 이모와 이모부까지 나와 있어 차마 따지듯 물을 수 없었다. 소리 내어 물으면 자신이 추진하는 첫 번째 일을 시작도 하기 전 낭패의 전조를 이모와 이모부에게 알리는 꼴이나 마찬가지였다. 이쪽의 그런 불안을 알고 있다는 듯 다시 남자가 말했다.

"방이 5평짜리 세 개에 8평짜리 하나라고 했죠?"

"예."

"그 정도 일거리면 좁아빠진 곳에서 두셋이 풀 바른 벽지를 들고 우왕좌왕하는 것보다 혼자 작업하는 게 편합니다. 엊그제 얘기한 대로 내일까지 깨끗하게 마쳐놓죠. 일해놓은 게 엉터리 같아 마음에 들지 않으면 시공비 안 줘도 됩니다."

그 말에 이모와 이모부의 얼굴이 동시에 펴졌다. 남자는 다시 자동차에 올라 자동차 꽁무니를 창고 쪽으로 대고 며칠 전 민박집 주인이 와서 고른 장판과 벽지를 실었다. 아파트 하나를 도배할 때는 32평 기준으로 100평 정도의 벽지가 들어가고, 출입문 한 개에 창문 하나인 숙박업소 객실들은 천장까지 포함해 전체 방 평수 곱하기 4 하면 크게 남지도 모자라지도 않게 딱 맞았다.

짐을 실으면서 보니 봉고차의 운전석과 조수석만 남기고 뒤쪽은 거의 캠핑카 수준으로 개조해 작업에 필요한 도구들과 일상생활에 필요한 도구들을(버너와 쿠펠 등 취사도구를 포함한 온갖 잡동사니 물건들과 바퀴를 포개어 접은 자전거, 낚싯대, 골프가방, 암벽등반에 필요한 자일과 스쿠버 장비까지) 한꺼번에 싣고 다녔다. 그중에 그의 눈에 가장 인상적으로 들어온 것은 자동차 안에 있는 아마추어 무선 햄(HAM) 전원장치였다. 그래서 봉고차 지붕 위에 뒤에서 앞쪽으로 바짝 휘어붙인 무선 햄 안테나가 달려 있는 것이었다. 처음 봤을 때 봉고차에 어울리지도 않게 저 안테나는 무언가 했는데 그게 바로 그런 데 필요한 장비였다. 표 나게 내색하지 않았지만, 그가 놀란 걸 남자도 느끼는 모양이었다.

"보기에 좀 어지러운가요?"

"조금이 아니라 많이 그런데요."

그는 속내를 들킨 게 차라리 편하다는 듯이 웃어 보였다.

"별로 복잡할 것도 없어요. 그래야 내가 사는 게 단순해지거든요."

그러면서 남자는 장판과 벽지를 실은 다음 뒤쪽 문을 닫고 훌쩍 뛰어오르듯 운전석에 올랐다. 그가 조수석 쪽으로 타려고 하자 다시 남자가 말했다.

"작업하는 곳이 어딘지 모르지만 이 차는 한 번 들어가면 오늘 작업 끝날 때까지 못 나옵니다. 점심때도 안 나올 거니까 길을 알려주러 가는 거면 다른 차를 타고 안내하는 게 편할 겁니다."

그는 반쯤 열었던 조수석의 문을 닫고, 다시 구판장 안으로 들어가 헬멧을 찾아 쓰고 문간에 세워둔 오토바이의 시동을 걸었다.

"다녀올게요."

인사를 하자 이모부가 바삐 다가와 말했다.

"오늘은 내가 여길 지킬 테니까 너는 저 사람이 일을 제대로 하는지 잘 지켜보고 와라. 도울 거 있으면 돕고, 점심도 거기서 시켜 먹고. 뭐 더 필요한 게 있으면 전화하고."

이모부는 먼저 차에 오른 남자의 기색을 살피며 주머니에서 점심값을 꺼내주었다.

남자는 들꽃민박에 도착해 본격적으로 작업을 하기 전 도구부터 문간에 펼쳐놓았다. 자동차에서 꺼내 하나하나 펼쳐놓는 도구들도 자동차에 실려 있는 물건만큼이나 다양했다. 줄자와 거의 흉기에 가까워 보이는 여러 형태의 크고 작은 칼들과 벽면의 돌출부를 긁어내는 스크레이퍼와 벽지에 풀칠을 할 때 쓰는 솔과 풀칠한 벽지를 벽에 바를 때 쓰는 마른 정배솔과 롤러와 벌어진 창틀의 이음새를 메우는 실리콘 총 같은 것들이 검은 작업 가방 안에서 한없이 밖으로 나왔다.

다른 방들과 멀찍이 떨어져 있는 8평짜리 가족방은 벽에 금이 가 먼저 바른 벽지가 찢어지고 구석에 곰팡이가 핀 듯 얼룩이 졌다. 남자는 다른 방의 작업보다 그 방의 기초작업부터 했다. 벽에 금이 간 곳을 수축테이프로 꼼꼼하게 때워 붙이고(그렇게 해야 그 위에 벽지를 붙여도 찢어지지 않는다), 곰팡이가 핀 자리도 먼저 발랐던 벽지를 말끔히 긁어내고 곰팡이 제거 작업과 약물 작업을 한 다음 주인을 불러 자신이 따로 준비해온 방습지의 사용 여부를 물었다. 주인이야 당연히 사용하겠다고 말하고, 그는 그 자리에서 그다지 비싸지 않은 추가 비용의 견적을 뽑아주었다.

그다음 바로 도배작업에 들어갔다. 남자가 사용하는 물건 대개가 구판장에서 팔기도 하고 일상생활에 쓰기도 하는 물건들이었다. 그날 주호는 평소엔 그저 하나의 평범한 물건에 지나지 않던 장비들이 그걸 사용하는 남자에 의해 새로운 품격을 부여받듯 하나하나 절대 도구로서의 위엄이 느껴지는 광경을 목격했다. 저것들이 원래 저렇게 현란한 기능을 가진 장비였나 싶게 구판장에 있는 것과 똑같은 솔과 똑같은 칼과 똑같은 스크레이퍼인데도 일단 남자의 손안에 들어가면 장비의 기본 용도와 효율은 마치 그걸로 매직 쇼를 하듯 확장되고, 작업은 보다 엄격하고 정확하게 이루어졌다. 달리 따방이 아니었다.

그날 그는 종일 남자 옆에 붙어 있었다. 그러나 남자는 한 번도 옆에 있는 그에게 어떤 물건을 집어달라거나 가져다달라는 소리를 하지 않았다. 길쭉하게 생긴 작업 발판에 올라 천장 이쪽 끝에서 저쪽 끝으로 길게 도배지를 붙여나가다가 허리에 찬 공구 주머니에서 작업에 필요한 무엇을 떨어뜨렸을 때조차도 그냥 옆에 있는 사람에게 주워달라고 하면 편할 텐데 남자는 중간쯤 붙여오던 도배지를 떼어내 처음부터 다시 작업할망정 누구의 손도 빌리지 않고 고집스럽게 혼자 그 일을 해냈다.

혼자 작업을 하든 둘이 작업을 하든 평수에 따라 미리 정해진 시공비는 같았다. 민박 주인도 처음엔 남자 혼자 온 걸 미심쩍은 눈으로 바라보다가 점심때가 되자 부인을 시켜 자신이 점심을 준비하겠다고 했다. 원래는 점심값도 시공비에 다 포함되어 있었다. 둘이든 셋이든 보통은 현장에서 음식을 시켜 먹지만 남자는 자기가 먹을 점심을 싸 왔다고 말했다. 작업 중간에 한 잔씩 마시는 커피도 보온병에 준비해왔다. 어디에 작업을 나가더라도 늘 그렇게 하는 것 같았다.

"정말 무섭게 사는가 보우. 일하러 다니는 사람이 점심에 커피까지 싸 가지고 다니는 걸 보면."

"꼭 그래서 그러는 건 아닙니다. 여러 군데 일을 다니다 보면 식당 사정이 안 좋은 데도 있고, 또 일하면서 한 사람 먹을 음식만 배달시키기가 뭐하니까 싸가지고 다니는 거죠."

"왜 한 사람 먹을 음식도 배달해주지 않나요? 전화하면."

"배달이야 해주지요. 사람살이에 밥이 하늘인데 한 사람 것만 시키면 좋은 얼굴로 배달해주지 않으니까 그러지요."

꼭 돈을 아껴서만이 아니라, 아무리 밥이 하늘이어도 좋지 않은 얼굴로 가져다주는 음식이 뭐 귀할 게 있으며 그걸 먹고 일하는 기분인들 뭐가 좋겠느냐고 말했다.

"그럼 점심 싸 온 건 저녁에 드시고, 오늘 점심은 우리 집에서 한 밥 드슈."

민박집 주인도 남자의 작업을 믿는다는 뜻이었다.

"저한테 필요한 거 시키십시오. 일은 돕지 못해도 심부름은 하니까요."

민박집에서 마련한 점심을 함께 먹으며 주호가 말했다.

"내가 왜 안 시키는지 모르지요?"

"제가 할 줄 몰라서 그런가요?"

"아닙니다. 심부름이야 시키면 누구나 다 하죠. 저기 스프레이 집어달라, 롤러 가져다달라, 한 번 시키기 시작하면 이게 꼭 마약 같아서 다음엔 조수를 데리고 다녀야 합니다. 예전에 누가 일 배우고 싶다고 해서 한번 조수를 데리고 다녀봤는데, 확실히 일한 자리가 달라요."

"어떻게 말인가요?"

"조수가 일한 자리만 다른 게 아니라 내가 일한 자리도 나 혼자 할 때와 다릅니다. 그리고 아무리 작은 방이라 하더라도 하루에 다 작업해서는 안 되고, 초벌작업을 한 다음 하루나 이틀 지난 다음 나머지 작업을 해야 할 것도 있습니다. 그건 내일에 일 다 마치고 나서 얘기하지요."

구판장에 왔을 때 첫인상도 그랬지만, 확실히 독특한 사람이었다. 밥이 하늘이라고 한 말도 주호는 듣기가 좋았다. 오후 작업도 남자는 긴 도배지에 혼자 풀칠하고 혼자 그것을 천장과 벽에 붙여나갔다.

첫날엔 5평짜리 방 세 개와 8평짜리 방 천장 도배를 하고, 다음 날에 남은 8평짜리 방의 벽면 도배와 전체 방의 장판 작업을 했다. 그의 일솜씨를 누구보다 들꽃민박 주인이 마음에 들어 했다.

"어제 혼자 일하러 왔을 땐 이게 일이 되나 싶었는데, 암튼 왜 혼자 다니는지 알겠구려."

"이제 일을 마쳤으니 어제 하지 않은 얘기를 해야겠군요."

풀 묻은 작업복을 갈아입은 다음 남자가 민박집 주인과 그에게 말했다.

"내가 만약 두세 사람 팀을 끌고 다닌다면 이런 정도 일은 어제 하루에 다 마쳤겠지요. 그러면 곰팡이 제거작업을 하고 방습지를 붙인 자리에 그게 다 마르기도 전에 다시 풀칠한 도배지를 붙였 겠지요. 그렇게 되면 그 자리, 암만 방습지를 붙였어도 다시 누렇 게 뜹니다. 이런 방들, 조금 번거롭기는 해도 하루에 다 끝내지 않 고 혼자 다니며 이틀 나누어 일하는 게 좋은 이유가 바로 그런 겁 니다."

남자는 바닥에 깔고 남은 장판지를 적당한 크기로 잘라 바깥마 당에 비를 맞아 버려진 듯 놓여 있는 평상을 새것처럼 말끔하게 수리해주었다.

"이것도 다시 만들자면 다 돈이죠. 손님들이 앉아도 좋고 아저씨하고 아주머니가 앉아서 여기서 점심을 드셔도 좋고, 저녁때 해 지는 모습을 보셔도 좋고요."

그렇게 도배 일로 만난 사람이 그보다 나이가 열여섯 살이나 많은 길 아저씨였다. 처음 왔던 모습 그대로 그는 서른아홉 살인데도 아직 미혼이고, 함께 얘기를 나눠보면 인문, 천문, 지리, 동식물, 스포츠, 레저를 포함해 이 세상에 모르는 것이 거의 없는 박학다식자이자 관계 안 하는 것이 거의 없는, 그러면서도 어디 한 군데 붙들려 있거나 머물러 있지 않은, 강릉과 대관령 일대의 집시 같은 존재이자 보헤미안 같은 존재였다.

가을이 지나갈 때쯤 구판장의 장판과 도배 대행이 자리를 잡아갔다. 겨울 스키 시즌을 앞두고 일도 많이 몰려들었다. 대관령 사람들은 아니지만 강릉 사람들로 구성된 시공 팀도 몇 팀 확보했다. 주호 혼자 구판장 트럭을 몰고 몇 번이나 원주 도매 지업사에 다녀왔다. 일을 하다 보니 장판과 도배뿐 아니라 구들 보일러 시공 팀도 확보했다.

길 아저씨도 그해 가을 여러 차례 대관령 구판장과 손을 잡고 일했다. 주호도 단독작업으로 가능한 일은 길 아저씨에게 먼저 연락했다. 솜씨는 나무랄 데가 없지만, 일을 할수록 강릉 지업사들이 길 아저씨를 왜 탐탁잖게 여기고 일을 잘 연결해주지 않았는지 알 수 있었다. 한 달쯤 일하자 당장 이모부부터 그 사람은 일은 잘하지만 신용이 없어 안 되겠다고 했다. 이모부에게는 근면과 성실이야말로 신용의 으뜸 가치인데, 길 아저씨는 일주일에 사흘 이상 일을 하는 법이 없었다. 날짜를 잡는 것도 일을 맡기는 쪽의 사정을 따라가는 게 아니라, 아주 어쩌다 그럴 때도 있기는 했지만 우선 본인의 일정을 더 중요하게 여겼다. 사흘 일을 하고 받은 돈을 나흘 동안 쓰고, 그게 떨어지면 다시 이틀이나 사흘 일을 하러 나오는 식이었다.

호출기에 응답을 남겨도 때로는 3~4일, 길게는 1주일 가까이 연락이 끊기기도 했다.

"이건 연락이 닿아야 일을 시키지."

그러나 그 시간 길 아저씨는 우주의 한 작은 방송국과도 같은 자신의 무선 햄으로 1초에 지구 일곱 바퀴 반을 도는 단파 통신을 통해 누구에겐가 끊임없이 자신의 위치와 근황을 알릴 것이다. 어쩌면 그것은 같은 지구 위의 사람이 아니라 어느 먼 별에 사는 사람과 그들만의 감각과 그들만의 언어로 교신하는 느낌일지 모른다. 아프리카의 나팔꽃 과학자라도 좋고, 쌍안경 하나에 의지해 새벽 하늘을 지키는 안데스 산맥 아래의 아마추어 천문가라도 좋고, 우주 공간을 떠도는 누군가의 실낱같고도 절실한 단파 신호를 붙잡기 위해, 또 그런 자신의 신호를 지구 절벽 끝 누구에겐가 보내기 위해 낯선 별들의 안부 같은 우주의 들꽃통신을 나누고 있을 것이다.

"이 사람은 수중에 돈이 떨어져야 연락이 되는구먼. 돈 있으면 어디 놀러 가고."

그건 길 아저씨와 삶의 규범이 완전히 다른 이모부의 어법이었다. 꼭 그런 것은 아니어도 이모부가 한 달 정도 일해본 것만으로도 그렇게 말할 만큼 길 아저씨는 어떤 일도 자신이 하고 싶은 것을 하며 자신이 원하는 방식대로 세상을 살아가야 직성이 풀리는 사람이었다. 길 아저씨에게 신용은 약속한 일에 대한 차질 없는 이행까지였고, 이모부에게는 그 너머 아직 약속하지 않았지만 계속적으로 일어날 일까지도 포함해서였다. 주호는 앞으로도 자신은 절대 따라갈 수 없는 방식으로 세상을 살아가는 길 아저씨의 생활 태도가 조금도 나쁘게 생각되지 않았다. 오히려 그렇게 사는 사람이 귀해 이모부 앞에서도 은근히 역성들어 응원하는 쪽이었다.

길 아저씨가 하는 일은 도배만이 아니었다. 허공에 매단 다리 없는 의자와 밧줄 하나에 의지해 강릉의 10층 이상 되는 건물들의 외벽 유리창 청소도 단독으로 다니고, 봄부터 가을까지 틈틈이 초보 스쿠버들을 상대로 교육도 하고 그들이 잠수할 때 안전요원으로 따라다니기도 했다. 강릉 지역 어느 방송국이 자체적으로 동해 바닷속 사계를 1년 동안 시간을 두고 틈틈이 제작할 때 실제 수중장비를 갖추고 바닷속으로 들어가 카메라를 들이댔던 사람도 방송국 촬영 팀이 아니라 길 아저씨였다고 했다. 길 아저씨가 스스로 자신을 높이거나 공치사하기 위해 한 말이 아니라 몇 번 일을 하며 길 아저씨가 대관령 마을에 자주 얼굴을 보이자 그를 아는 사람들이 다방이고 구판장에 와서 한 말이었다.

길 아저씨가 대관령에 있는 민박집들과 숙박업소에 일을 나갈 때마다 꼭 부탁하며 주인에게 주고 오는 명함이 있었다.

"겨울에 손님 중에 누가 개인이든 단체든 스키강사를 찾으면 주십시오."

스키강사 연맹에서 발급한 자격증까지 적혀 있는 명함이었다. 생각이 자유로워 그런 제도 같은 걸 무시하며 살 줄 알았는데 뜻밖의 모습이어서 그가 물었다.

"지도자 자격증도 땄네요."

"나만 잘하고 잘 가르치면 되지 그런 자격증이 무슨 필요가 있을까 싶지만 어느 바닥도 기본이 허물어지면 사고가 나는 거지. 사람 안전과 관계된 것일수록 기본에 더욱 엄격해야 하는데, 형식적으로라도 그 선을 지켜주는 게 자격증이지. 다녀보면 스키, 스쿠버 다 마찬가지야. 무자격자들이 무자격조차 특화인 것처럼 더 전문가같이 설치지."

일 나간 민박집과 숙박업소마다 서너 장쯤 명함을 주고 왔다. 이태 전 그는 무주스키장에서 알게 된 부산과 마산과 진주 쪽의 한량 여섯 명을 인솔해 그야말로 7인의 국제건달들처럼 11박

12일 오로지 스키여행으로만 캐나다를 다녀왔다고 했다. 돈도 많이 들었겠다고 하자 이렇게 코스와 일정을 짜고 팀을 인솔하면 자신의 경비부담은 없다고 했다.

"이봐 지식인."

주호가 그를 길 아저씨라고 부르자 길 아저씨도 열여섯 살이나 어린 주호를 장난 삼아 꼭 지식인이라고 불렀다.

"거기는 우리처럼 대관령에 하나, 횡성에 하나 이런 식으로 스키장이 여기저기 뚝뚝 떨어져 있는 게 아니야. 스키장이 거의 연결되어 있어서 닷새는 먹고 자며 끊임없이 동쪽으로 스키를 타고 넘어가고, 다시 닷새를 끊임없이 서쪽으로 타고 넘어오는 건데, 그렇게 타고 나면 내 인생에 원 없이 한번 스키를 탄 것 같은 생각이 들지. 함께 간 사람들에게도 평생 자랑과도 같은 추억이겠지만, 그들을 인솔해서 간 내게도 그렇지."

그것 말고도 길 아저씨가 하는 것은 또 있었다. 자기 장비 없이도 포항과 부산으로 다니며 그곳의 윈드서핑 팀과 어울리고 요트 팀들과 어울렸다. 본인 말로 그것은 아직 입문 단계라고 했다. 일주일의 사흘은 일하고 나흘은 그 돈으로 자기가 하고 싶은 것을 하는 길 아저씨의 지론은 간단했다.

"열심히 일만 하며 지나가는 시간이나 인생을 즐기며 지나가는 시간이나 다 똑같이 귀한 '그때의 시간'이지. 열심히 일하고 나중에 폼 나게 즐기려 하면 '그때의 시간'은 이미 사라져버리고 없는 거야. 그건 청춘의 시간도 마찬가지고 장년과 노년의 시간도 마찬가지야. 그래서 인생은 그때의 시간으로 즐겁고 의미 있게 살아야 하는 거라고. 인생에서 다음이란 미래의 시간이 아니라 언제나 현재 접근할 수 없는 과거나 마찬가지의 시간이지. 지금 할 수 없는 것을 다음이라고 할 수 있을 것 같은가? 다음에 가면 그건 또다시 그때의 시간으로 접근할 수 없는 다음이 되는 거지."

"그럼 뭘 즐길 여건만 되면 계속 일 안 하고 놀기만 할 건가요?"

"이봐 지식인. 아무것도 안 하고 계속 밥만 먹으면 그건 또 무슨 맛이겠어. 즐기며 노는 것은 그것을 가능하게 해주는 일을 의미 있게 해주고, 일은 또 자기가 하고 싶은 걸 할 수 있는 여건을 만들어주고, 그 시간을 기쁘게 기다리게 하고 설레게 하지."

길 아저씨의 일과 놀이에 대한 생각은 그랬다.

"이번 일을 마치면 그것과 똑같은 다음번 일이 기다리고 있는 것과 이번 일을 마치면 내가 좋아하는 다른 무엇을 할 수 있는 것의 차이지. 어른들은 일할 수 있을 때 많이 일해놓고 나중에 즐겁게 살면 된다고 하는데, 우리가 보기에 제법 잘 살아왔다고 여겨지는 어른들의 삶을 봐도 하나같이 이런 일 저런 일 속에 그냥 인생 전체가 지나가버린 거지. 그러다 보니 나이 들어서도 떼쓰는 거 말고는 자기를 위해 무엇 하나 스스로 할 줄 아는 게 없고 말이지."

"그래서 그때그때 사흘 일하고 나흘 노는 거예요?"

"사흘이든 나흘이든 그건 자기 스타일대로 하는 거지. 나중에는 그게 여건에 따라 닷새 일하고 이틀 노는 것이 될 수도 있고, 나는 지금 당장 내 인생의 권리로 내가 하고 싶은 것을 하면서 살고 싶은 사람인데, 다행히 남들이 말하는 세속적 성공에 그다지 관심이 없는 사람이기도 하지. 그러나 이것 역시 그냥 나한테 편한 내 방식이라 누구한테 억지로 권하지는 않아. 그런데 일 속에 세월을 보낸 어른들은 나이 들어서도 혼자 식사 한 끼 해결할 줄 모르면서(길 아저씨는 자기 식사를 전적으로 남에게 의존해야 하는 것이야말로 인생의 치명적인 섭식장애라고 했다) 그게 성공적 삶인 것처럼 왜 자기처럼 살지 않느냐고 야단치지. 지식인이 모르는 사람이지만 예를 한번 들어볼까. 얼마 전 일흔다섯 생신 기념으로 가족과 함께 일본에 여행 가서도 식당에서 사 먹는 밥이 아니라 꼭 집 밥을 찾는 우리 아버지 같은 사람이 그렇다네."

"여러 날 여행을 하셨던 모양이죠?"

"당신 말로는 더 나이를 먹기 전 젊은 시절 공부하면서 여행하던 데를 둘러보고 싶다고 하셨지만, 식민지 시절 일본에서 공부한 사람들에게는 알게 모르게 그 시절 향수 같은 게 있는 것 같아. 독재 시절에 혜택 받은 사람들은 또 독재 시절에 대한 향수 같은 게 있고. 그때 아버지 식사 때문에 할 수 없이 절반은 펜션을 이용했다네."

길 아저씨의 말은 들으면 개인의 권리로도 그렇고, 삶의 방식으로도 다 맞는 말 같아도 선뜻 다가가거나 따라 하기는 쉽지 않은 일이었다. 그래도 그는 길 아저씨의 그런 삶이 멋있고 좋아 보였다. 절대로 남에게 폐를 끼치지 않으면서도 스스로를 소우주로 여기고 이 세상조차 개체로 여기는 자유로운 영혼의 소유자였다.

10월 초 그와 연희를 양양으로 연어 낚시를 데려가 준 사람도 길 아저씨였다. 공부도 적당히 머리 식히며 하는 거라면서 하루 공치는 셈치고 이제까지 경험해보지 못한, 어쩌면 평생 다시 경험하지 못할 특별한 낚시를 떠나보지 않겠느냐 했다. 이모부도 모처럼 만의 휴가라 선뜻 그러라고 했다. 대관령에 올라온 다음 용래 문제나 예비군 훈련을 갈 때 말고는 처음 일을 거른 날이었다. 길 아저씨가 연어 낚시 얘기를 했을 때 그는 지금은 연어 채포 금지기간이 아니냐고 물었다.

"일단 강으로 올라온 연어는 잡을 수가 없지."

"그럼 어디서 잡아요?"

"바다에서 잡는 거지. 소상하기 전 플라이낚시로."

"소상이오?"

"아, 연어나 송어가 바다에서 강으로 거슬러 올라오는 걸 그렇게 말한다네."

그는 그때 소상, 소강, 소류라는 일상생활에서는 거의 쓰지 않고 먼 바다에서 자기가 태어난 어머니의 강으로 알을 낳으러 돌아오는 연어에게나 딱 어울릴 그런 말을 길 아저씨로부터 들어

배웠다.

"바다에서 연어 낚시가 가능해요? 배도 없이."

"그러니 책만 보는 우리 지식인에겐 평생 다시 경험할 수 없는 기회라는 거지."

처음엔 둘이 가기로 했다. 자동차 자리도 운전석과 조수석 둘뿐이었다. 그런데 출발하기 직전 연희가 자신도 이게 쉽게 놓칠 수 없는 기회라고 여겼는지 다소 상기된 얼굴로 함께 따라가면 안 되냐고 물었다.

"저는 아직 바다에 가본 적이 없어요."

"뭐야?"

"대관령 휴게소에서 내려다만 보고요."

그 말에 주호도 놀라고 길 아저씨도 놀랐다. 천 리 밖에 있는 것도 아니고, 대관령에서 직선거리로 20킬로미터도 안 되는 곳에 바다가 있었다. 그런 곳을 연희는 아직 가보지 못했다고 했다. 아무리 가까이 있어도 어른이 되기 전까지는 누군가 데려가지 않으면 갈 수 없는 곳이 바다와 섬이었다.

"그럼 강릉엔 가본 적이 있냐?"

길 아저씨가 물었다.

"예, 거긴요. 작년 크리스마스 때 오빠하고 버스 타고요."

"그럼 이제까지 대관령에만 있었던 거야?"

"예."

"중학교 때 수학여행은?"

"안 갔어요. 아뇨, 못 갔어요."

"너, 몇 살이냐?"

"열여섯 살요."

다시 길 아저씨가 묻고 연희가 대답했다.

"그런데 벌써 중학교를 졸업했어?"

"일곱 살에 초등학교를 갔거든요."

"너는 얼굴을 보면 아주 먼 곳에서 온 아이 같은데, 아무래도 안 되겠다. 낚시가 문제가 아니라 대관령에 살면서 열여섯 살이 되도록 바다 구경 못한 사람 바다 구경 시키는 게 더 큰일이지."

길 아저씨는 연희에게도 함께 가자고 했다. 미라노 아주머니도 그러라고 했다. 연희나 길 아저씨보다는 주호를 믿고 내린 허락이었다. 문제는 자리였다. 주호는 자신이 이런저런 장비와 잡동사니를 넣어둔 뒤 칸에 타겠다고 했다.

"아니에요. 아저씨하고 오빠가 앞에 타세요. 제가 뒤에 탈게요."

"뒤에는 옆이 막혀서 가는 동안 바다가 안 보여. 너 편하게 가라고 앞에 타라는 게 아니라 바다 보라고 그러는 거야."

"그럼 올 때는 제가 뒤에 탈게요."

대관령에서 강릉으로 가서 그곳에서 다시 7번 해안 국도를 따라 양양까지 가는 동안 길 아저씨는 옆에 앉은 연희를 위해 친절하게 연어에 대해 설명해주었다.

"우리가 잡으러 가는 연어라는 고기는 말이지. 바다에서 자라 지금처럼 가을에 강으로 와서 알을 낳아. 그리고 알에서 깨어난 새끼가 내년 봄에 강에서 바다로 나오는데 거기가 바로 오늘 우리가 가는 곳이야. 거기에서부터 북태평양을 지나 알래스카까지 가서 살다가 5~6년이 지나면 사람 팔보다 더 크게 자라 다시 알을 낳으러 돌아오는 거야."

"신기해요."

"손가락만 한 새끼가 5~6년이 지나서 자기가 태어난 곳으로 돌아오자면 예전의 물 냄새를 기가 막히게 잘 맡아야겠지?"

"예."

"그게 어느 정도냐면 아주 커다란 수영장에 다른 곳에서 가져온 물 한 방울 떨어뜨리고 그걸 냄새로 구분해낼 정도가 돼야 먼 바다에서 자기가 태어난 강을 찾아올 수 있어."

"지금 우리가 그런 바다로 가는 거 맞죠?"

연희는 운전석 옆자리에 앉아 창밖으로 손만 내밀면 닿을 듯이 보이는 바다를 보며 어쩔 줄 몰라 했다.

"이렇게 좋아하는 걸, 대관령 사람들이 그동안 너무했네. 누구라도 진작 데려왔어야 하는 걸."

"아니에요. 저는 지금도 너무너무 좋아요."

길 아저씨는 양양 읍내에 들어선 다음 남대천 제방을 따라 바다와 강물이 만나는 낙산 하구까지 내려갔다. 강에서는 10월 초부터 11월 말까지 낚시가 금지되어 있었다. 그래도 사람들은 몰래 하거나 막무가내로 했다. 길 아저씨는 하구둑 제일 아래에 자동차를 세우고 두 개의 낚싯대와 뜰채와 들통, 미끼를 챙겨 모래톱으로 나아갔다. 낚싯대 하나와 들통은 주호가 들고 연희가 뒤를 따랐다. 낚싯대도 일반 낚싯대보다 튼튼하고, 낚싯줄도 대관령 구판장에서 파는 송어낚싯줄보다 훨씬 굵은 걸 사용했다. 다행히 파도가 세지 않았다.

"날씨는 일단 하늘이 도와주는군."

길 아저씨는 해변에 방풍막과 그늘막 텐트를 쳤다.

"몇 마리를 잡을 건데요?"

"나왔으니 들통 가득 잡으면 좋겠지. 그건 욕심이고, 실제로는 하루에 두세 마리 끌어올리면 복 받은 거지. 아니, 한 마리라도 올리면 우리 지식인에겐 영원히 잊을 수 없는 날이 되는 거지."

"생산성 없네요."

"배에서 업으로 하는 주낙 말고는 낚시를 생산성으로 하는 건 아니지. 그렇다고 우리가 누구처럼 세월 낚는 것도 아니고."

"그럼 뭐예요?"

"하지 말라는 강에서보다 이렇게 바다에서 낚시하는 게 더 멋지지 않나? 이따가 보라고. 빈 낚시를 당겨도 마음은 바다를 끌어당기는 기분일 테니까. 그게 또 강이 아니라 바다에서 하는 연어낚시의 묘미이기도 하고."

"그래도 많이 잡았으면 좋겠어요."

"이놈들은 일단 바닷물과 민물이 섞이는 기수역에 들어서면 더 이상 먹이를 먹지 않아. 오로지 알을 낳으러 소상하는 일에만 힘을 쓰지. 그런데도 강에서 미끼낚시를 하는 건 열 마리 중에 한 마리든 백 마리 중에 한 마리든 그래도 미끼를 무는 놈들이 있기 때문이지."

"바다에서는요?"

"미끼를 못 봐서 그렇지 보면 다 물지. 강으로 오르기 직전까지 무엇이든 먹어 몸을 든든하게 해야 하거든. 그게 배 속에 알을 가진 어미의 본능이기도 하고. 그런데 이놈들이 제일 좋아하는 미끼가 뭔지 아나?"

"작은 고기 새끼들인가요?"

"그것도 좋아하지. 그런데 그거보다 더 좋아하는 게 자기들 알이야."

"예?"

"연어알 말이야."

"미끼치고는 잔인한데요."

"연어도 그렇고 봄에 낚시하는 송어도 그래. 지난해 가을에 채란한 걸 1년쯤 소금과 설탕에 절여놓으면 이게 젤리처럼 굳어버려. 그걸 미끼로 쓰는 거지."

"암만 그래도 바다에서 연어 낚시를 하는 건 처음 들어봐요. 다

큐멘터리나 영화를 봐도 다들 연어가 올라오는 강에서 하죠."

다시 그가 말했다.

"강으로 몰려 올라오기 전 바다에서 연어를 잡는 거라 그야말로 수영장에서 냄새 다른 물 한 방울 잡아채 올리기처럼 무모해 보일 수 있지. 그렇지만 그게 또 낚시인 거지. 참, 연희는 어머니가 홋카이도에서 오셨다고 했나?"

"예. 삿포로에서요."

"내게 바다 연어 낚시를 가르쳐준 사람이 홋카이도 사람이야. 거기 동쪽에 도카치 강이라고 있는데, 자기 아버지는 친구들과 어렸을 때부터 연어가 강에 오르기 전에 바다에서 연어를 잡았다는 거야. 그 사람 말로는 한국에서는 연어 철이 되면 죄다 강에서만 낚시를 하지 바다낚시를 하는 사람이 없어서 이런 방법이 있는 줄조차 모른다는 거지. 모르니까 안 잡고 못 잡는 거지 이것도 강 낚시만큼 많이 잡히지는 않지만 강에서는 볼 수 없는 좋은 연어를 잡을 수 있는 장점이 있지."

"어떤 차이인데요?"

하고 다시 그가 물었다.

"우선 연어의 몸 색깔이 달라. 강에서 잡은 건 지금 막 기수역을 통과한 것도 벌겋게 혼인색을 띠는데, 바다에서 잡은 건 말 그대로 원형의 은색이지. 80센티미터 이상 나가는 대물 같은 걸 보면 바다에서 고기를 건져 올린 느낌이 아니라 바다에서 또 하나의 바다를 끌어 올린 느낌이 들 정도지. 황홀 그 자체라고."

길 아저씨는 장화바지를 입고 바다와 강이 만나는 모래톱 끝에서 연어알 미끼와 추를 달아 바다를 향해 거의 50미터 가까이 그것을 날렸다. 고기를 잡는 것도 실력이겠지만(어쩌면 그것도 수영장에서 냄새 다른 물방울 하나 건져내는 운일지 모르지만), 주호의 눈엔 길지도 않은 낚싯대로 추와 미끼를 해변에서 50미터 바깥 바다 한가운데로 날리는 것 자체가 신기에 가까웠다. 주호가 또 하나의 낚싯대로 아무리 따라 하려고 해도 길 아저씨가 던지는 거리 절반 이상 추가 날아가지 않았다.

"저는 잘 안 되는데요."

"이렇게 낚시를 던지는 걸 캐스팅이라고 해. 바다 연어 낚시와 같은 원거리 투척 낚시는 추를 얼마나 멀리 던지냐에 따라 잘 잡히고 덜 잡히고가 결정되는데 자네처럼 힘으로 던지는 게 아니라 낚싯대의 탄성과 반동을 이용하는 거야. 그래서 플라이낚시를 제대로 하자면 낚시를 멀리 던지는 캐스팅 연습부터 하는 거지."

점심시간쯤 도착해 싸 온 김밥으로 점심을 먹고 세 시간 가까이 길 아저씨가 말한 대로 빈 낚싯대로 바다를 끌어 올렸다. 그렇게 쉼 없는 캐스팅과 미끼 교체 속에 네시가 훨씬 넘은 다음 사람이 고기를 낚는 게 아니라 고기가 사람을 낚듯이 한순간 길 아저씨의 몸을 바다 쪽으로 채가는 커다란 연어가 아저씨의 낚싯대에 걸려들었다. 길 아저씨 혼자 낚싯대가 부러지도록 승강이를 하다가, 마지막엔 주호가 낚싯대를 잡고 길 아저씨가 장갑 낀 손으로 줄을 당겨 쉴 새 없이 몸부림치는 연어를 모래톱으로 끌어올렸다. 길이가 70센티미터는 되어 보이는, 저 멀리 은비령 너머로 기우는 햇빛 아래 머리에서부터 꼬리 끝까지 검은 정수리와 등지느러미 말고는 온몸이 은색으로 빛나는 암놈 대물 연어였다. 정말 바다에서 연어를 끌어낸 게 아니라 연어와 함께 바다를 끌어낸 기분이었다.

"정말 멋져요."

"놀랐어?"

"예."

처음 따라와 봤지만, 그의 눈에 아저씨가 하는 것은 모든 게 신화와도 같은 느낌이었다. 이곳까지 오는 중에도 봤지만, 남들은 좁은 강에서 몰이를 하듯 낚시를 하는데 바다에서 이런 연어를 잡는 것도 생각 밖이었다.

"정말 신화와도 같아요."

"이봐 지식인. 신화라는 말, 아무 데나 그렇게 함부로 쓰는 거 아니야."

"저도 함부로 쓰지 않아요."

"정말 신화는 알래스카에서 오호츠크 해를 지나 여기까지 5천 킬로미터를 어머니의 강이라고 단숨에 달려오는 저 친구들이 신화지."

"그거야 말할 것도 없고요."

"해가 기우니 물기 시작하네. 파도도 알맞고."

길 아저씨의 말과는 달리 다섯시 넘도록 고기는 더 잡히지 않았다. 10월 초여도 해가 서쪽으로 기운 다음 금방 바닷바람이 차가워졌다. 장화를 신어도 물속에 발을 담그자 턱이 덜덜 떨렸다. 길 아저씨는 이왕 온 김에 한 마리라도 더 잡을 생각이었지만, 부근 해안 경계초소에 근무하는 장교와 사병이 총을 어깨에 멘 채 다가와 여섯시 이전에 자신들의 경계지역에서 철수해달라고 했다.

"할 수 없지. 그게 또 저 사람들 일인데. 모처럼 나왔는데 저걸로 우리 멋지게 저녁 먹고 가자. 얘 처음 바다 나온 기념으로."

길 아저씨는 낙산에 자신이 잘 아는 식당으로 주호와 연희를 안내했다.

"이건 원래 내가 요리해줘야 하는데 말이지."

길 아저씨는 잡은 연어를 식당에 맡기고 회와 매운탕을 요리해달라고 했다. 한참 후 주황색 살결 무늬 사이로 흰 빗금이 그어진 연어회와 접시에 담은 앵두처럼 빛깔이 고운 연어알이 나왔다.

"연어 요리야 어느 음식점에 가도 사 먹을 수는 있지. 그렇지만, 그렇게 먹는 것과 비교해 자기가 잡은 연어를 그 자리에서 이렇게 먹을 수 있는 것은 또 우리 인생에 얼마나 즐겁고 행복한 일이냐?"

"그럼요."

"살아오며 나는 이런 걸 귀하게 여기고, 세상의 많은 사람들은 그런 거야 돈만 주면 얼마든지 사 먹을 수 있다고 여기는 거지."

"아저씨, 저도 이런 게 귀하게 보이고, 참 좋아 보여요."

연희가 말했다.

"그래. 너도 이다음 어디에 가서 무얼 하며 살든, 이런 낚시야 다시 따라가지 못하더라도 자연을 알고 이런 걸 귀하게 여기며 사는 거야. 그런 게 잘 사는 거야."

저녁을 먹으며 길 아저씨는 오랜만에 만난 식당 주인과 함께 주거니 받거니 술을 마셨다. 주호에게도 이런 날은 특별한 거라며 한 잔 권했지만 그는 처음 대관령에 올라오며 마음속에 혼자 세운 원칙대로 잔만 받아놓고 마시지는 않았다.

"우리 지식인도 대단한 의지를 가진 사람이구나."

"죄송합니다. 그렇지만 언젠가는 아저씨가 주시는 잔 꼭 한번 받을게요."

"그래. 그럼 오늘은 지식인을 믿고 내가 좀 마셔야겠다."

돌아올 때 길 아저씨는 운전대를 그에게 넘기고, 양양 읍내를 빠져나가기 전 어물가게에 들러 손질한 연어 세 마리를 따로 포장해서 샀다. 하나는 구판장, 하나는 미라노, 하나는 연희네에 보낼 것이었다. 낙산 식당에서 연희 할머니에게 드릴 회와 연어알도 따로 포장해 담았다.

어물가게에서 주호가 "저도 돈 있어요." 하고 말하자 길 아저씨는 "있는 줄 알아. 그렇지만 정말 모처럼 만에 내가 마음에 드는 젊은 친구와 함께 연어 바다낚시를 온 기념이야. 올해도 놓치지 않고 대물을 잡은 기념이라고." 하고 말했다.

대관령을 다시 넘어올 때 멀리 동해바다에 오징어배 불빛이 온 바다에 불야성을 이룬 광경이 펼쳐졌다. 검은 바다에 수를 놓은 불꽃 때문인지 그것은 금방 바다를 보고 왔는데도 다시 바다를 바라보는 주호와 연희의 마음을 들뜨고 설레게 했다.

"정말 멋지지?"

"환상적이에요. 내 마음 안에도 불이 켜지는 거 같아요."

그가 운전하고, 연희가 옆에 앉았다. 길 아저씨는 아까 장화바지를 입기는 했지만 차가운 바다에 허리까지 몸을 담그고 몇 시간 동안 쉬지 않고 추와 미끼를 날린 다음 친구를 만나 술을 마신 때문인지 뒤 칸에 누워 금방 코를 골며 잠이 들었다.

"정말 멀리서 오는 친구들이지."

하고 아저씨가 잠꼬대를 했다.

"우리 뒤에 장자께서 주무신다."

"예?"

"알래스카의 연어가 아저씨 꿈속으로 들어왔는지, 아니면 아저씨가 알래스카 연어 꿈속으로 들어가셨는지 코까지 고시면서."

주호가 그렇게 말하자 그 말에 응답하듯 길 아저씨가 다시 드르렁, 하고 코를 골았다. 풋, 하고 연희가 웃었다.

"오빠."

"왜?"

"아저씨만 그러시는 게 아니라 나도 바다를 보면서 꿈꾸는 게 있어요."

"무슨 꿈?"

"할머니가 있고 오빠가 있는데도 혼자 막 외로워지는 날이 있어요. 아빠가 살아계실 때도 그랬고, 돌아가신 다음에도 그래요. 그러면 혼자 아무한테도 말하지 않고 자전거를 타고 대관령 휴게소까지 갔다 와요."

"거긴 왜?"

"가서 멀리 바다를 보고 돌아와요."

"그러면 안 외로워?"

"아뇨. 바다를 보면서 나 혼자 무슨 생각을 하거든요."

그는 또 한 굽이 산길을 돌며 연희 얼굴 옆으로 먼 밤바다의 집어등 불빛을 바라보았다.

"저 바다 건너 엄마가 있겠구나, 생각해요. 바다를 보면서 엄마가 내 꿈을 꾸고, 내가 엄마 꿈을 꾸었으면 좋겠다고 생각하고요. 그런데 오늘 처음 바다에 가서는 그런 생각을 안 했어요."

"왜?"

"멀리 대관령에서 바라보는 바다는 바다 너머에 있는 세상을 생각하게 하는데, 오늘 처음 가까이 가본 바다는 그냥 눈앞의 바다만 생각하게 해요. 그래서 먼 바다와 가까운 바다가 다르구나 생각했어요."

"연희야."

그는 낮은 목소리로 연희를 불렀다.

"예."

"넌 이다음에 공부를 해서 시인 하면 딱 좋겠다."

"파도야 어쩌란 말이냐? 그런 거요?"

"그래."

"고마워요, 오빠."

"뭐가?"

"그렇게 말해주고 또 오늘 데려가줘서요. 지난번 오빠가 책을 주던 날도 그랬고, 오늘 오빠 따라 바다 갔다 오는 것도 너무 행복해요."

그러면서 연희는 한 방울 눈물을 흘렸다.

"자식……."

주호는 한 손으로 운전대를 잡고, 한 손으로 옆에 앉은 연희의 머리를 만져 헝클었다. 이 아이가 과연 1년에 몇 번이나 행복이라는 단어를 떠올릴까 생각하자 그도 괜히 코끝이 시큰해지는 느낌이었다.

"연희야."

"예, 오빠."

"그래. 열심히 공부하자. 너도 열심히 하고 나도 열심히 하고."

길 아저씨와 연어 낚시를 다녀온 다음 10월 중순에 그는 연희와 함께 마가목 열매를 따러 소풍처럼 황병산 아래에 갔다 왔다. 대관령 마을 곳곳에도 있지만 그곳에 키가 만만한 마가목 군락지가 있었다. 오뉴월에 흰 꽃이 소복하게 피어 가을에 찔레처럼 빨간 열매를 맺는 나무였다. 마가목이란 이름도 봄에 새싹이 돋을 때 잎이 말의 이빨처럼 힘차게 솟아난다고 해서 붙인 것이라고 했다.

연희와 둘만 다녀온 건 아니었다. 이때는 이모와 미라노 아주머니가 앞에 나섰다. 마가목 열매를 따서 단지 가득 담고 거기에 설탕을 부어 효소를 만들면 그게 기침과 가래를 가라앉히고 만성 기관지염에 더없이 좋다고 했다. 이모는 외할머니가 늘 기침을 달고 사는 게 걱정이었고, 미라노 아주머니는 아저씨가 나이도 많지 않은데 늘 골골거리며 기침을 하는 게 마음에 걸렸다.

이모가 외할머니의 기침 얘기를 하자 미라노 아주머니가 그러면 올해는 자기와 함께 그걸 따러 가자고 했다. 미라노 아주머니는 해마다 그걸 따서 효소도 만들고, 또 마가목의 잔가지를 깍두기만큼씩 잘게 썰어 말려 그것을 늦가을부터 봄까지 가게 난로 위에 큰 주전자 가득 차를 끓였다. 여름에도 안채에서 차를 끓여 가게로 내왔다. 이모와 미라노 아주머니가 두툼한 몸뻬바지에 장갑을 끼고 마가목 열매를 따러 간다고 하자 이모부가 험한 산에 여자들끼리 어떻게 가냐며 주호보고 함께 갔다 오라고 했다. 마을에서 황병산까지 멀기도 하여 그렇잖아도 누군가 자동차로 데려다주고 데려와야 했다. 전부터 몸에 좋은 나무라는 얘기는 들었지만, 주호가 마가목을 직접 본 것은 그때가 처음이었다.

"이 나무는 정말 버릴 데가 없어. 열매도 그렇고 줄기도 그렇고."

나무를 보며 미라노 아주머니가 말했다. 다른 나무들보다 일찍 단풍이 든 마가목의 잎은 거의 다 떨어지고 붉은 열매들만 높이가 3~4미터쯤 되는 나무마다 주렁주렁 매달려 있었다. 주호가 트럭 뒤에 싣고 간 긴 장대 끝에 매단 낫으로 가지를 툭툭 쳐 자르면 세 사람이 붉은 마가목 열매를 자루에 따 담았다. 그보다 더 크게 7~8미터 정도 자란 굵은 나무들도 있었지만, 그런 나무는 열매가 너무 높은 데 있어 낫질을 할 수가 없었다.

세 시간쯤 작업하자 자루 두 개가 가득 찼다. 주호는 낫으로 다시 잔가지를 정리해 트럭 뒤에 실었다. 갈 때는 이모가 조수석에 앉고 올 때는 유난히 추위를 타는 미라노 아주머니가 옆에 앉았다. 대관령은 추위도 일러 10월 하순이면 벌써 김장을 담가야 했다. 그날 마가목 열매를 정말 잘 따왔다 싶은 것이 이틀 후 대관령에 첫눈이 내렸다. 얼음은 늘 비슷한 때 얼어도 예년보다 보름쯤 빠른 눈이었다.

그해 크리스마스 선물

주호도 이미 10월 초부터 잠자리를 구판장 뒷방에서 이모네 집으로 옮겼다. 밥은 이모네에 가서 먹더라도 구판장 뒷방에서 공부하다가 자는 게 편하기는 하지만 겨울에 그 방을 쓰자면 하루에 연탄 세 장이 온전히 들어갔다. 그것은 들어가지 않아도 될 돈이 추가로 들어가는 일이었다. 밤에 집으로 들어가면 아무래도 공부하는 데 집중이 덜 돼 늦게까지 구판장에서 책을 보다가 들어갔다. 그가 구판장의 불을 늦게 끄자 옆 가게에서 일하는 연희도 따라 늦게 들어가는 것 같았다. 여러 번 할머니가 연희를 데리러 오는 걸 보았다. 구판장과 이모네는 걸어서 2분 거리였지만 연희네 집은 빠른 걸음으로 걸어도 20분쯤 멀리 떨어져 있었다.

"너는 왜 늦게 들어가?"

어느 날 그가 연희에게 물었다.

"집에 들어가면 할 게 없어요."

"왜 할 게 없어? 공부를 하면 되지."

"내가 불을 켜면 할머니가 주무시지 못해요. 또 자꾸 전기세 걱
정을 하셔요."

너도 혼자 공부하는 게 쉽지 않구나 싶었지만, 연희 앞에서는
내색하지 않고 그날부터 그는 오토바이로 연희를 먼저 데려다준
다음 이모 집으로 돌아갔다. 날도 추운데 연희 할머니가 늦은 밤
손녀를 데리러 나오지 않는 것만도 다행스러운 일이었다.

매일 열한시쯤 연희가 먼저 미라노의 난롯불을 단속하고 구판
장으로 왔다. 그도 그때쯤 구판장의 난롯불을 단속했다. 꺼트리
면 다음 날 아침 번개탄으로 다시 불을 붙여야 하니까 새로 간 연
탄이 밤새 꺼지지 않고 아침까지 갈 수 있게 불구멍을 잘 조절했
다. 너무 열면 다 타서 꺼져버리고, 너무 꽉 막으면 중간에 타지 않
고 꺼져버렸다. 불이 꺼지는 날엔 구판장과 미라노가 서로 밑불
을 빌렸다. 어쩌면 그게 이모와 미라노 아주머니 사이의 유대고,
저마다 가게의 밑불을 관리하는 주호와 연희 사이의 유대이기도
했다.

"〈마음산책〉은 잘 쓰고 있나?"

연희가 다른 날보다 조금 일찍 문을 닫고 온 날, 난롯불을 정리
하며 그가 물었다.

"예."

"하루 한 마디 좋은 말 찾아 쓰는 것도 계속하고?"

"그거 쓰는 거 참 좋아요. 처음엔 잘 몰랐는데 아침에 제일 먼저 내 마음에 드는 명언을 찾아 쓸 때마다 새로운 기분이 들어요. 책을 읽고 나서 독후감도 쓰고 그러는데, 전에 오빠가 준 책 읽으면서 오빠가 왜 이 책을 나에게 줬을까 생각했어요."

"왜 줬다고 생각하는데?"

"알을 깨고 나오는 새, 알을 깨고 나와서 더 나은 세계로 날아가는 새 얘기 때문이구나, 생각했어요."

"그래, 그렇게 읽으면 되는 거야."

"그런데 오빠가 준 책이 아니었으면 안 그랬을 텐데, 오빠가 준 책을 읽다 보니 그게 소설 속의 얘기가 아니라 자꾸 오빠가 나한테 오빠 얘기를 하는 것 같았어요."

"그럼 네 얘기 같은 건 어떤 건데?"

"〈빨간 머리 앤〉하고 〈시골소녀 폴리아나〉 같은 거요. 다른 사람들과 조금 다른 모습도 그렇고, 혼자인 것도 그렇고, 씩씩하게 살라고 가르쳐주는 것도 그렇고요."

"책에서 누구를 보고, 또 나를 보는 것도 좋은 독서지. 요즘은 학교 친구들 안 와?"

"가게 앞을 지나가며 인사는 해요. 일이 있어도 오고요."

"그 친구들 아직도 나 원망하나?"

"아닐걸요. 요즘도 그 친구들 오빠 좋아해요."

"집에 오지도 않는다면서 어떻게 알아?"

"그래도 다 알죠."

그는 난로 밑불을 갈아 넣은 다음 집으로 가져갈 책과 노트를 가방에 챙겼다. 그걸 보고 다시 연희가 말했다.

"오빠도 늘 〈마음산책〉을 가지고 다니네요."

"여기 대관령에 와서 들인 버릇인데, 공부하는 노트에 쓰는 것도 있고 여기에 쓰는 것도 있으니까."

"나도 아침저녁으로 쓰니까 늘 가지고 다녀요. 아마 그럴 일은 없겠지만, 나중에 오빠가 내 〈마음산책〉을 보면 깜짝 놀랄지 몰라요."

"왜?"

"그건 지금 말할 수 없어요. 처음엔 오빠가 줬지만 이제 이건 내 마음의 산책이니까요."

그 말을 할 때 연희는 제 마음 안의 비밀 한 자락을 드러내 보였다가 얼른 거둬들이듯 말했다.

"그래. 빠트리지 말고 써라."

"쓰면서 궁금한 것도 있어요."

어떤 거? 하고 말하듯 그가 눈썹을 올려 물었다.

"내가 어떤 날 오빠 얘기를 쓰듯 오빠도 내 얘기를 쓸까 궁금해요."

"그럴 때도 있지. 너한테 처음 그걸 준 날도 쓰고, 길 아저씨하고 연어 낚시를 갔다 온 날도 쓰고, 마가목 열매 따러 갔다 온 날도 쓰고."

"오빠한테 내가 오빠 얘기를 어떻게 썼는지 보여줄 수 없지만 오빠가 내 얘기를 어떻게 썼는지는 보고 싶을 때도 있어요."

"그럼 다음에 바꿔 볼까?"

문을 걸고 나오며 그가 말했다.

"아, 안 돼요."

연희는 지금 당장 그러자고 한 것처럼 깜짝 놀란 얼굴을 했다.

"왜?"

"저는 오빠 얘기 많이 썼는데, 오빠는 제 얘기 아주 조금 썼을 거 같아서요."

"그럼 너도 조금만 써."

"피이, 그게 맘대로 돼요?"

"왜?"

"오빠는 여기 있어도 더 넓은 세상을 생각하지만, 나는 여기 동네밖에 모르는데요. 아는 사람도 동네 사람밖에 없고요."

"길이 얼었어. 잘 잡아."

연희가 뒤에 앉자 그가 오토바이의 시동을 걸었다.

제일의원 최 간호사가 늦은 밤 그를 찾아온 것도 그 무렵 어느 토요일의 일이었다. 그날 서울의 기온은 영하 10도였고, 강릉은 영하 7도, 대관령은 영하 19도까지 떨어졌다. 밤 열시쯤 누군가 문을 두드려 나갔더니 그냥 길에서 마주치면 누군지 알아볼 수도 없게 털모자가 달린 오리털 파카로 중무장한 최 간호사가 문 앞에 서 있었다.

"여긴 어쩐 일이세요?"

"저 좀 들어가도 되나요?"

마치 소나 말이 매어져 있는 마구간을 한 번도 그런 적이 없던 산새가 추위 때문에 찾아와 문을 두드린 것 같은 모습이었다. 최 간호사의 입에서 언뜻 술 냄새가 풍겼다.

"예, 들어오세요. 뭐 필요한 거 있습니까?"

"아뇨, 그런 건 없지만 그냥 물어볼 게 좀 있어서요."

최 간호사는 그가 내준 의자에 앉았다. 아마 술기운이 아니면 여기까지 찾아오지 않았을 모습이었다. 술을 마셔도 여전히 얼굴이 하얘 보이는 그녀는 그보다 두세 살쯤 더 나이가 들어 보였다.

"저 이상한가요?"

"아닙니다. 따뜻한 물 좀 드릴까요? 마가목 차가 있는데."

"아뇨. 괜찮아요. 그냥 바로 물을게요."

최 간호사는 잠시 말을 끊고 그의 얼굴에 뭐가 묻기라도 한 듯 골똘히 바라보았다. 그런 분위기가 어색해 오히려 그가 손을 올려 한쪽 볼과 턱을 문질렀다.

"서울 학생도 지금 고시 공부 하고 있는 거 맞죠?"

그게 대관령 마을에서 그의 호칭이었다. 언제나 낯선 사람에게는 무엇이 하나쯤 더해지기 마련이어서 다들 그가 낮에는 구판장에서 일을 하고 밤에는 고시 공부를 하는 줄 알았다. 어느 한 사람이 만들어낸 것이 아니라 어쩌면 그런 거야말로 마을 사람들이 자기가 본 것에다가 무얼 조금씩 더해 만들어낸 소문일 것이다. 낮에도 그의 책상 위에는 늘 책이 펼쳐져 있었다. 지금 서울 학교에 가 있어야 할 학생이 학교에 가지 않고 대관령에 와 있다는 것, 그것만으로도 충분히 이런저런 말이 만들어질 만한 일이었다. 제일 가까이 있는 미라노 아주머니도 그렇게 알고 있고, 이모 역시 누가 물으면 어느 한 면 그게 자신의 긍지라도 되는 것처럼 부정하지 않았다.

"아닙니다."

그는 짧게 대답했다.

"그렇게 듣고 그렇게 알고 있어요."

"그냥 소문이죠."

"소문이 그냥 나는 건 아니죠. 그런데 왜 여기서 하나요? 서울에서 하지 않고."

최 간호사는 다시 자기가 알고 있는 정보를 움직일 수 없는 확신처럼 말했다.

"저는 고시 공부를 하고 있는 게 아니라 앞으로 남은 2년 학비를 벌기 위해 일하고 있어요. 공부는 앞으로 계속 해야 할 거니까 그냥 틈틈이 하는 거고요."

"그런가요?"

"그쪽 애인이 고시 공부를 하는 모양이지요?"

이번엔 그가 단도직입적으로 물었다. 그도 토요일 오후 최 간호사가 집이 있는 춘천이 아니라 서울로 가는 버스를 타기 위해 시외버스정류소로 가는 것을 보았다. 어떤 때는 표를 끊는 모습도 보고 버스에 오르는 모습도 보았다.

"저는 그렇게 소문이 났나요?"

그녀는 허를 찔렸다고 생각해서인지 긍정도 부정도 하지 않았다.

"그건 모르겠습니다. 저는 소문 같은 것엔 관심이 없으니까요."

"그런데 애인이 고시 공부 하는 건 어떻게……."

"방금 전 저한테 그렇게 물어서요. 그 공부와 상관없는 사람들은 그렇게 묻지 않거든요. 몇 년이나 뒤에서 애쓰셨는지요?"

이번엔 그가 움직일 수 없는 확신처럼 물었다.

최 간호사는 후우, 하고 깊은 숨을 내쉬었다.

"그전엔 그 사람 혼자 춘천에서 공부했고 내가 도운 건 3년 반이에요. 그리고 그것도 이제는 다 끝났고요."

"끝났다면 포기해서 그러지는 않을 테고 합격한 건가요?"

그 말에 그녀는 대답하지 않았다.

"그냥 힘이 드네요. 여러 가지로……."

한참 만에야 그녀가 입을 열었다.

"오늘 서울 가려고 정류소까지 나갔다가 도로 들어왔어요."

그는 가만히 그녀의 얼굴을 바라보았다.

"가봐야 서로 좋은 소리 안 하게 되고, 그러면 가지 않은 것만 못하게 되니까……."

"고시만 그런 게 아니라 어떤 공부도 다 힘들죠. 공부하는 사람도 힘들고 지켜보는 사람도 힘들고. 다 끝났다고 하니까 끝나고 나서도 마찬가지 아니겠습니까?"

"그런 얘기가 아니라…… 이만 일어날게요. 제가 괜히 와서 이러네요. 그냥 답답해 밖에 나왔는데 공부하는 사람 모습이 보이니까 나도 모르게 들어와서……."

"저는 괜찮으니까 그냥 차 한 잔 하고 가십시오."

그는 최 간호사에게 난로에 끓고 있는 마가목 차 한 잔을 따라주었다. 그녀는 그가 내민 찻잔을 두 손으로 잡고 입으로 가져갔다.

"향이 참 좋네요."

"이거야말로 대관령의 향기죠. 뭔가 얘기를 하러 오셨는데 안 하시니까 그럼 제가 대신 해볼까요?"

"예. 무슨 얘기든요."

"이상하게 듣지는 마시고요. 우리 구판장에 길 아저씨라고 왕래하시는 분이 있습니다. 구판장하고는 도배 일로 다니지만, 젊을 때 공부도 할 만큼 하시고 세상도 넓게 보시고, 하시는 일도 많은 분인데 언제 한번 시간이 된다면 그분과 함께 얘기해봐도 좋겠어요."

"지금 제가 이러는 거 이상해 보이는 건가요?"

최 간호사는 여전히 두 손으로 찻잔을 잡은 채 그를 마주 바라보며 말했다.

"그럴 리가요? 이상해 보이면 제가 그분 얘기를 하지 않죠. 오늘 여기 오셔서 저에게 하고 싶은 얘기가 어떤 건지는 모르지만, 어떤 얘기도 저보다는 그분하고 하면 도움이 될 것 같아서요."

"몇 번 보기는 했어요. 지붕에 긴 안테나를 단 봉고차 맞죠?"

"이런 표현이 어떤지는 모르지만, 제가 여기 와서 만난, 그리고 앞으로도 쉽게 만날 수 없는 참 멋진 자유인입니다."

"좋네요, 그 말. 저도 어떻게 해야 자유인이 되는지는 모르지만요."

"그건 저도 잘 모르죠. 그분 말로는 현재의 시간에 대해서도 그렇고, 특히 이다음이라는 시간에 대해 자유로운 사람이 자유인이라고 했어요."

"시간에 대해 자유로운 것도 그렇겠지만, 마음에 대해 자유로운 것도 그렇겠죠."

최 간호사는 들고 있는 차를 절반쯤 마시고 자리에서 일어났다.

"고마워요. 내일이면 여기 온 거 후회할지 모르지만…… 아니,

틀림없이 후회하겠죠."

"후회하지 마세요. 그냥 가볍게 놀러 왔다고 생각하세요."

"그래요. 내일은 어떻게 생각할지 모르지만 지금은 그래도 여기에라도 오니까 절반쯤 마음이 나아지네요."

"추운데 데려다드릴까요?"

"아뇨. 괜찮아요."

최 간호사는 희미하게 웃어 보였다. 그는 옆에 있는 노트를 내밀며 자신이 알아도 괜찮다면 호출기 번호를 적어달라고 했다. 그녀는 허리를 숙이고 노트에 번호를 적었다. 그는 그녀가 나갈 때 외등을 밝히고 함께 밖으로 나왔다. 그녀는 다시 마구간에서 나온 산새처럼 잠시 좌우를 두리번거리다가 저쪽 거리로 걸어갔다. 바깥 날씨가 얼마나 추운지 잠시 나가 서 있는 동안 저절로 팔과 어깨가 떨렸다. 그는 몸이 떨려도 그녀의 모습이 보이지 않을 때까지 오래 그 자리에 서서 산새 같은 여자의 뒷모습을 지켜보았다.

"오빠."

미라노 연희였다.

"제일의원 언니죠?"

"그래."

"왜 왔는데요?"

"공부에 대해 뭐 물으러 왔는데 내가 잘 몰라 제대로 알려주지 못했어."

"저 언니도 공부해요?"

"우리가 살아가는 게 다 공부지. 너도 공부하고 나도 공부하고."

"치이, 무슨 다른 일 있죠?"

"다른 무슨 일?"

"저 언니 요즘 출근하고 퇴근하는 것도 힘이 하나 없어 보이던데."

"그런 것도 볼 줄 알아?"

"그럼요. 우리 아줌마도 그렇게 말하는데요."

"궁금하면 네가 내일 병원 가서 물어보든가."

"그걸 어떻게 물어봐요? 못 물으니까 오빠한테 묻는 거죠."

"연희야."

"예?"

"그건 어른들 일이야. 너는 그런 데 신경 쓰지 말고, 들어가 공부나 해."

"오빠는요, 그럴 때는 꼭 선생님 같아요."

그 말에 연희가 다시 삐죽 입술을 내밀었다. 사람 입김뿐 아니라 하늘의 은하수까지 꽁꽁 얼어붙을 만큼 추운 밤이었다.

그리고 그날의 그 밤보다 더 추운, 그가 대관령에 와서 맞이한 첫 번째 크리스마스가 다가왔다. 그날 강릉은 영하 13도였고, 대관령은 영하 25도까지 기온이 내려갔다. 그는 점심을 먹고 난 다음 잠시 시간을 내 구판장 트럭을 타고 강릉 집으로 가서 어머니와 아버지에게 약간의 용돈을 전하고(아버지가 처음으로 "내가 이 돈을 이렇게 받아도 되나?" 하고 말했고 그는 "당연히요. 아들이 번 돈인데요." 하고 말했다) 시내 서점에 들러 자신에게 필요한 책 한 권과 용래와 미옥이, 연희에게 줄 선물로 책 세 권을 더 샀다.

오후 세시 반쯤 구판장으로 돌아오니까 이모가 미옥이와 함께 가게를 지키고 있었다. 이모부는 용래 할아버지가 편찮아 원주 기독병원으로 갔고, 용래는 학교 친구들과 놀기로 했다면서 버스를 타고 강릉으로 갔다. 그는 내년이면 6학년이 되는 미옥이에게 리처드 바크의 『갈매기의 꿈』을 선물로 주었다.

"미옥아. 여기에 이런 말이 있어. 가장 높이 나는 새가 가장 멀리 본다. 그 갈매기에게 중요한 것은 먹는 것이 아니라 멋지게 나는 것이다. 이번 겨울에 미옥이가 여기 나오는 갈매기처럼 더 많이 크고 더 많이 생각하라고 주는 거야. 이 속에 갈매기의 멋진 사진도 많고."

"나는 오빠한테 줄 게 없는데."

"너는 안 줘도 돼. 너는 오빠가 여기 와 있는 동안 오빠 옆에 있는 것만으로도 큰 선물이니까."

"치, 오빠는 누구한테도 다 들으면 기분 좋게 말하지?"

"응?"

"용래 오빠한테도 그렇게 말하고, 연희 언니한테도 그렇게 말하고."

"그건 또 무슨 얘기야?"

"내가 미라노에 가면 연희 언니도 그렇게 말하는걸. 오빠가 무슨 말 해줬다, 오빠가 또 무슨 말 했다, 가면 만날 자랑해."

"그래서 그게 싫었어?" 하고 옆에 있던 이모가 물었다.

"오빠 자랑하는 거니까 싫지는 않지만 어떤 때는 우리 오빠가 아니라 나 몰래 연희 언니 오빠가 된 거 같아 싫었어. 나는 오빠하고 바다 한 번 같이 안 갔다 왔는데, 오빠하고 바다 갔다 온 얘기도 하고 또 하고. 휴게소 갔다 온 얘기도 하고……."

"우리 미옥이가 많이 섭섭했던 모양이네."

미옥이가 입술을 내밀자 다시 이모가 역성들 듯 말했다.

"미옥이 너 그 책 읽은 다음 이번 겨울방학 동안 오빠하고 갈매기 보러 바다 한번 가자. 가서 바다도 보고, 갈매기도 보고, 상어도 보고, 고래도 보고, 다 보고 오자."

"오빠하고 둘이서만?"

"그래. 둘이서만."

"저 트럭 타고?"

"트럭이 어때서? 여기서 바다 갈 때는 트럭이 더 좋아. 다른 사람은 타고 싶어도 못 타. 자가용은 대관령 오갈 때 가드레일에 눈이 가려 바깥이 잘 안 보이지만 트럭은 앉는 자리가 높아서 바깥이 더 잘 보여. 오가며 바다도 더 잘 보이고."

"거봐. 오빠는 더 안 좋은 것도 더 좋은 것처럼 뭐든지 다 좋게만 말해. 그러면 나는 또 그게 정말인 줄 알아. 그러니 연희 언니도 그러지. 오빠가 말하면."

미옥이는 이모가 집으로 들어간 다음에도 책을 들고 구판장과 미라노를 오가며 책도 보고 텔레비전도 보며 놀다가 저녁 먹을 때쯤 집으로 돌아갔다.

"오빠, 아까 내가 한 말 연희 언니한테 하면 안 돼."

그 말도 두 번 세 번 확인했다.

그는 가게 문을 닫고 여느 때처럼 책을 보다가 아홉시쯤 미라노로 전화했다. 언제나처럼 연희가 전화를 받았다.

"너, 바쁘지 않으면 이리 와봐."

잠시 후 건너온 연희에게 그는 낮에 사온 『세계 명시 선집』을 선물했다. 모두 200편쯤의 시가 실렸는데, 그중 50편이 우리나라 시였다. 지난번 연어 낚시를 다녀올 때 연희가 말하던 '파도야 어쩌란 말이냐' 하는 청마의 「그리움」도 그중의 한 편이었다. 마음이 청마와 같아서가 아니라 태어나 처음 바다에 가보고 파도를 보고 돌아오는 길이어서 그렇게 한 말이었을 것이다.

"고마워요 오빠. 오빠한테 나는 늘 받기만 해요."

"받는 것도 주는 것과 똑같아. 거기 시집 보면 그런 말 다 나와."

"그럼 나도 오빠한테 뭐 하나 줘도 돼요?"

"뭐?"

"지금은 안 가지고 있고, 내일 나도 오빠한테 선물 하나 할게요."

처음 말할 때만 해도 그게 무슨 대수로운 물건이랴 생각했다.

다음 날 저녁 구판장으로 와 연희가 내미는 손안에 골무보다 조금 더 큰 동전주머니가 놓여 있었다.

"이게 뭔데?"

"오빠가 열어봐요."

그는 조심스럽게 주머니를 열어 그 안의 동전을 꺼냈다.

"이건……."

그건 뜻밖에도 1972년 삿포로 동계올림픽 기념주화였다. 전면 엔 '1972 札幌 昭和47年'이란 글자와 양쪽으로 두 개의 눈송이 그림 가운데 100이란 숫자가 적혀 있었고, 뒷면엔 '日本國 SAP-PORO 百円'이란 글자 가운데 올림픽 성화가 그려져 있었다.

"어디서 난 거냐?"

"전에 엄마가 주고 간 거예요."

"지난겨울에 오셔서?"

"아뇨. 어릴 때 우리를 두고 일본으로 갈 때요. 오빠 하나 주고 나 하나 줬는데, 오빠는 어디다 잃어버렸고 나는 책상 제일 깊숙 한 곳에 보관해두었어요. 주머니는 여기 미라노에 다니면서 만든 거구요."

"이거 말고 엄마가 또 주신 물건 있니?"

"아뇨."

그럼 연희가 가지고 있는 것 중 가장 의미 있는 물건이란 뜻이었다. 그건 엄마와 딸이 두 나라 사이의 바다를 두고 헤어지며 옛날 어떤 사람들이 구리로 만든 거울을 반쪽씩 나누어 갖듯 서로 마음을 나누어 가진 이별의 정표와도 같은 물건이었다. 연희가 그걸 들고 와 그에게 내민 것이었다.

"이제 이거 날 줬으니 네 거 아니고 내 거 맞지?"

"예."

"그래. 이제 이거 내 거야. 내 건데 나는 너처럼 무얼 잘 보관하지 못하고 네 오빠처럼 잘 잃어버려. 그러니까 이거 네가 내 대신 잘 보관해줘. 네가 보관하고 있어도 내 거니까 앞으로 절대 누구에게 주면 안 돼. 언젠가 내가 달라고 할 때까지 네가 지금처럼 보관하고 있는 거야. 알았지?"

"……."

"알았으면 손바닥 펴봐."

그는 다시 기념주화를 넣은 동전주머니를 연희의 손바닥 위에 올리고 자기 손으로 연희의 손을 꼭 오므려주었다. 그제야 연희가 그가 한 말의 뜻을 이해하는 것 같았다. 연희의 눈가에 겨울 이슬 같은 눈물이 맺혔다.

"내일 휴게소로 바다 보러 가자."

다음 날 그는 지르메마을 어느 산장에 눈길 위에 미끄러지지 않게 덮을 부직포 배달을 나가며 일부러 조수석에 연희를 태우고 멀리 동해바다가 보이는 대관령 휴게소까지 갔다 왔다. 대관령에는 어느 여인이 입다가 벗어놓은 흰 치마처럼 겹겹이 눈이 내렸는데, 멀리 바다는 하늘보다 더 새파란 모습으로 겨울 하늘을 떠받치고 있었다. 그는 트럭에서 내리지 않고 연희만 내리게 했다. 연희가 두 손을 모아 입에 대고 바다 멀리 엄마를 부를 때 그는 연희가 누구에겐가 그런 모습을 보이는 게 민망하지 않게 일부러 창문을 더 꼭 닫고 반대편 하늘과 맞닿은 흰 산을 바라보았다. 산이 아무리 험해도 눈이 많이 내리면 산의 전체 모습이 곡선처럼 부드러워졌다.

대관령의 눈과 추위 속에 한 해가 그렇게 지나가고 있었다. 눈 속의 마가목도 내년에 말 이빨처럼 힘차게 잎이 솟아날 새봄을 꿈꾸며 깊이깊이 잠들었을 것이다.

유강표와 시라키 레이의 화려한 연애시절

　주호는 연희의 오빠 유명한을 다시 만나러 가기 전 틈틈이 시
간을 내 신문사 자료실에 올라가 1971년 일본 삿포로 프레올림
픽 대회 앞뒤로 나오는 연희의 아버지 유강표와 대회 기간 중에
일어난 몇 가지 일들에 대한 기사를 뽑아 정리했다. 우연의 일치
처럼 그해는 박주호 자신이 태어난 해이기도 했다. 눈과 얼음 위
에서 펼쳐지는 대회는 당연히 겨울에 열렸고, 그도 이제 막 해가
바뀐 그해 겨울에 태어났다. 그러다 보니 마치 자신의 연대기 앞
부분의 어떤 사건들을 정리하는 느낌이 들기도 했다.

1970년 2월 28일
알파인 활강 어재식, 회전 고태복

노르딕은 유강표 15·30km 석권

(제51회 전국체전 동계 스키대회를 끝낸 다음 총평 기사)[*]

1970년 12월 10일

삿포로 프레올림픽 노르딕
유강표 김춘기 참가 결정

1970년 12월 16일

스키선수단 일본에 전지훈련 파견키로
알파인 어재식 노르딕 유강표 김춘기

(파견 선수는 3명이지만 그러나 이때 유강표로 하여금 평생 열등감과 경쟁의식을 느끼게 했던 고태복 선수도 국제스키연맹으로부터 일찌감치 초청을 받아 함께 참가하기로 했으나 최근 해병대에 입대해 군사훈련 중이라 전지훈련을 할 수 없어 대회에 참가하지 못했다. 유강표 선수도 병역미필 선수에게 내려졌던 국방당국의 출국금지조치가 일시적으로 해제되어 일본 삿포로 전지훈련길에 올랐다.)

---

[*] 여기에 쓴 1970년 2월 28일부터 1971년 2월 14일 사이의 신문 기사는 필자가 같은 기간 동안《동아일보》기사를 부분적으로 인용하여 변형한 것임. 제목 아래 기사 내용은 생략하거나 이야기 흐름에 필요한 부분만 압축하였음.

1971년 1월 19일

한국 스키선수 삿포로에서 맹훈련

(훈련 중인 노르딕 유강표 김춘기 선수 사진)

1971년 2월 8일 (삿포로 7일 특별 취재반)

어제 3만 관중 환호 속에 삿포로 프레올림픽 개막

23개국 1400명 대회찬가 '순백의 대지' 울려 퍼져

1971년 2월 9일

우리나라 첫 경기 스키 30km 노르딕

한국 선수의 첫 경기인 노르딕 30km 경기가 8일 마코마나이 경기장에서 열렸다. 이 경기에서 소련의 유리 스코바가 2시간 5분 37초로 1위를 차지했으며 유강표 김춘기 선수는 각각 2시간 27분 19초, 2시간 40분 8초를 기록하며 세계의 높은 벽을 실감했다.

1971년 2월 9일

〈삿포로 슬로프〉 대회 뒷모습

일본 여성들의 친절 본위 과시

마코마나이 경기장에 모인 스키선수들을 위해 삿포로 올림픽 조직위원회 마코마나이 부녀회원들이 추위에 떠는 선수들에게 따끈한 커피를 대접, 일본 여성들의 친절 본위를 자랑하고 있다.

(보온병을 들고 스키선수들에게 찻잔을 건네며 활짝 웃고 있는 일본 여성들의 사진)

1971년 2월 11일

스키 15km 노르딕 소련 우승 한국 부진

남자 15km 노르딕 경기에서 소련의 퍼돌시마쉬와가 45분 16초 41로 1위를 차지했다. 한국 유강표 선수는 49분 27초로 116명 중 47위, 김춘기 선수는 53분 42초로 88위로 골인했다. 전반부에 좋은 기록을 유지하던 유강표 선수는 경기 후반 급격히 체력이 떨어져 아쉬움을 남겼다.

1971년 2월 12일

한국 알파인 스키 부진

삿포로 데이미야마에서 거행된 활강경기에서 우리나라 어재식 선수는 3분 58초 93으로 1등과 1분 이상 차이가 나는 기록으로 순위도 정확하게 알 수 없는 최하위로 골인했다.

1971년 2월 13일

한국 스키 아직 세계 수준과 큰 차이

이번 대회에서 단거리 스키의 속도를 겨루는 활강경기에서조차 1등과 무려 1분 넘게 차이가 나는 등 우리 수준과 세계 수준의 엄청난 차이를 보였다. 이를 두고 한 스키 임원은 "과거 올림픽 대회 때 우리 선수들이 너무 늦게 골인하여 대회 운영에 지장을 주었던 것에 비하면 이번엔 대회 운영에 지장을 주리만큼 늦지 않은 것만으로도 한국 스키가 크게 발전한 것"이라고 역설해 취재진들의 빈축을 샀다.

그러나 취재기자들 역시 한국의 낙후된 스키 실력은 선수들만의 책임이 아니라 천연스키장의 자연조건이 나쁜 데 원인이 있으며 스키장의 인공시설을 완비하는 등 근본적인 대책을 모색하지 않는 한 수준 향상을 기대하기 어렵다고 입을 모았다.

1971년 2월 14일

'삿포로 슬로프' 대회 뒷모습

눈물 흘리는 일본 대회 봉사 여성들(사진)

14일 대회 폐막을 앞두고 한국 선수단은 모든 경기를 끝낸 다음 저조한 성적 속에 조용히 귀국 준비를 하고 있다. 사정이 이런데도 그간 두 달 가까운 현지 훈련과 대회 기간 중 한국 스키선수단의 경기장 편의와 안내를 돕던 친절 본위의 일본 자원봉사 여성들이 한국 선수단을 찾아와 미리 석별의 정을 나누며 눈물을 흘렸다.

주호는 40여 년 전 신문 기사를 당시 신문에 실린 모습 그대로 출력하여 새로운 앨범 하나를 만들었다. 대회 기간 중 일본 자원봉사 여성들에 대한 기사를 함께 챙긴 것도 사진에는 나오지 않았더라도 그 자리에 연희 어머니도 함께 있지 않았을까 해서였다. 어린 시절 그가 딱 한 번 본 연희 어머니는 조금은 서양적인 얼굴로 어느 자리에 있더라도 이내 눈에 띄는 모습이었다. 사진 속의 자원봉사자들은 지극히 평범한 일본 여성들의 얼굴이었다.

"감사합니다. 연희가 받으면 정말 좋아하겠군요."

앨범을 받으며 유명한이 말했다.

"유 선생도 하나 만들어줄까요?"

"그동안 저는 아버지의 일이라면 무조건 잊고만 살려고 애썼는데, 이렇게 기사를 전부 모아놓으니 조금은 다르게 보이는군요."

"좋아 보이면 유 선생도 하나 보관해요. 그러면 부친에 대해 그동안 가졌던 생각도 조금 달라지겠지요. 자료야 이미 뽑아놓은 거니까 따로 시간이 걸리는 것도 아니고."

"그렇게 해주시면 연희나 저한테는 정말 귀한 자료지요. 어머니가 지금은 배운 한글을 다 잊어버렸다 해도 어머니한테도 귀한 자료가 될 겁니다. 여기 일본 자원봉사자들에 대한 기사도 있고요."

"그런데 자료를 뽑으면서 보니 다음 해 정식 올림픽 때는 우리나라 스키선수들이 알파인이고 노르딕이고 한 명도 참가하지 않았더군요. 어재식 고태복 선수도 부친도요. 특별한 이유라도 있는지요?"

그는 바로 전해 프레올림픽 대회까지 나갔던 선수들이 다음 해 본 대회에는 왜 나가지 않았을까 궁금했다. 그때 올림픽을 앞두고 한일 간의 스포츠 외교에 어떤 문제가 있었던 것은 아닐까 하는 생각도 해보았다.

"그런 건 아니고, 이유라면 그때 아버지를 포함해 우리나라 스키선수들의 실력이 너무 부끄러웠던 거죠."

"예?"

유명한은 그전 대회까지만 해도 동계올림픽 참가 국가와 선수가 많지 않아 신청만 하면 거의 받아주었는데, 삿포로 대회 때부터 대회 조직위원회도 컷오프 제도를 강화하고 우리나라 체육회에서도 참가 기준을 강화해 국내 어느 선수도 나갈 수 없었던 것이라고 했다.

"그때까지 제대로 된 스키장이 없다 보니 알파인이고 노르딕이고 국내에서만 2관왕 3관왕이지 세계 수준과 너무 차이가 나니까요."

"그래도 자료를 뽑다 보니 프레올림픽 때 노르딕 부문에서 아버님의 기록은 일본 선수들에 뒤지지 않던데요. 아버님 앞에 일본 선수 한 사람만 있고, 모두 아버님 뒤였어요."

"아버지가 대관령 사람들이 스키 하면 천하에 어재식과 고태복밖에 없는 것처럼 말하는 걸 못 견뎌 했던 것도 바로 그런 이유 때문이었어요. 본인도 국제무대에서 컷오프를 통과하지 못했지만, 알파인에서 세계기록과 1분 이상 차이 나는 사람들이 동네에서 영웅 대접 받는 걸 못 견뎌 했던 거죠."

"사정을 알면 아버님 생각도 이해 못 할 일은 아니죠. 그런데 여기에 어머니 사진은 없지요?"

그는 자신이 스크랩한 기사 속에 눈밭에까지 보온병을 들고 나와 활짝 웃거나 한국 선수촌을 찾아와 눈물을 흘리는 일본 여성 자원봉사자 사진을 가리켰다.

"예. 없지만 그때 어머니가 어떤 모습으로 대회에 나와 자원봉사를 하면서 아버지를 만났을까 늘 궁금했는데, 지금 사진을 보니 어머니도 아마 이런 모습이 아니었을까 짐작되는 게 있군요. 연희도 보면 재미있어 할 것 같고요."

"그러면 내가 사진을 바로 찾아왔군요. 자료를 뽑으며 넣을까 말까 했는데."

기사를 뽑으며 그가 또 한 가지 궁금하게 여겼던 것은 요즘이야 선수들이 해외에 나가 외국 사람을 사귀는 게 그다지 어려운 일도 별일도 아니지만, 그 시절엔 말도 통하지 않는 사람끼리 대회 이후에 서로 연락하기가 싶지 않았을 텐데 어떻게 결혼까지 하게 되었을까 하는 것이었다.

"그거야말로 전에 말씀드린 오수도리 산장 주인 덕분이죠."

"아, 서울에서 내려오셨다는……."

"그분이 아니었으면 어머니도 한국으로 오지 못했을 거고, 저나 연희도 이 세상에 태어나지 못했을 겁니다."

"그래도 대단한 인연이에요. 아버님하고 어머니 말이에요."

"아버지와 어머니가 선수와 자원봉사자로 정이 들고, 대회 마지막 날 여기 사진에서처럼 한국 선수들과 일본 자원봉사자들이 잠깐 만났는가 봐요. 그때 두 분이 서로 주소를 교환하고 헤어졌답니다."

일본말을 모르는 유강표로서는 주소를 받아도 시라키 레이에게 편지를 쓸 수가 없었다. 유강표는 삿포로 프레올림픽 대회를 마치고 돌아와 곧바로 열린 동계체전에 출전한 다음 육군에 입대해 기본 훈련을 끝낸 다음 한 해 선배 어재식이 근무하는 공수특전단 스키부대에 들어갔다. 지난가을 고태복이 입대한 해병대 스키부대를 일부러 피해서였다. 고태복이 입대한 해병대 스키부대는 같은 대관령 마을 중에서도 내차항에 있었고, 공수특전단 스키부대는 횡계 쪽에 있었다. 부대는 서로 떨어져 있어도 눈이 내리면 같은 스키장에서 훈련하고 경기를 하다 보니 부대 간의 경쟁도, 그래서 더 다잡게 되는 군기도 이만저만이 아니었다.

유강표가 입대한 것은 대관령의 눈이 미처 다 녹지 못한 봄이었고, 시라키 레이가 유강표에게 편지를 쓴 것은 다시 그해 겨울이 시작되어 삿포로에 사람 키 높이만큼 눈이 내리던 날이었다.

유강표님께

안녕하세요? 저는 지난겨울 삿포로 프레올림픽 대회 때 한국 스키선수 훈련장과 경기장에 자원봉사를 나가 한국 선수들을 만났던 시라키 레이입니다. 기억하시는지요?

오늘은 여기 삿포로에 많은 눈이 내렸습니다. 눈이 내리니 지난겨울 대회 때 만났던 한국 선수들이 생각납니다. 저에게는 잊을 수 없는 아름다운 추억들입니다. 여기는 내년 2월에 열릴 동계올림픽 준비가 한창입니다. 유강표 선수도 이번 올림픽에 참가하겠지요. 당연히 참가하는 걸로 알고, 또 제가 대회 봉사를 나가면 당연히 만날 것을 기대하고 있습니다.

먼 곳에서라도 열심히 훈련하는 모습 응원하고 있습니다. 많은 눈이 내리니 지난 대회 때 자원봉사를 나갔던 일들이 새삼 그리워집니다. 늘 건강하고 안전하게 훈련하여 올림픽 대회 때 다시 만날 수 있기를 바랍니다.

—눈 내린 삿포로에서 시라키 레이

그런 내용의 편지가 흰 눈 속에 삿포로 마코마나이 스키점프대를 배경으로 찍은 사진과 함께 왔다. 대관령 역시 본격적인 겨울을 앞두고 있었다. 유강표는 공수부대 스키선수단의 체력 훈련을 앞두고 며칠 휴가를 나왔다가 때맞춰 온 시라키 레이의 편지를 받았다. 사진 속 시라키 레이의 모습이 그도 그리웠다. 어딜 가도 크게 표 나지 않는 듯하면서도 금방 눈에 띄는 모습이었다. 지난 대회 기간 중 틈틈이 볼 때에도 그랬다. 함께 다니는 자원봉사자들 사이에 나이가 가장 어려서인지 제일 마지막에 그들이 준비해왔던 이런저런 물건을 챙기거나 깃발을 챙기는 사람은 꼭 시라키 레이였다.

답장을 쓸 수 있게 도와준 사람이 그에게 알파인에서 노르딕으로 종목 전환을 권한, 그의 스키 인생에 스승과도 같은 오수도리 산장 주인이었다. 오수도리 산장 주인은 젊은 시절 오래 일본에서 음악 공부를 하고 오페라 가수 생활을 해 일본말을 우리말처럼 썼다. 편지가 와도 무슨 내용인지 읽을 수 없는 유강표는 매년 겨울이면 대관령에 와 머무는 오수도리 산장 주인을 찾아가 시라키 레이의 편지를 보여주었다.

"먼저 이렇게 편지를 하는 걸 보면 얘가 너를 많이 좋아하는 것 같구나."

산장 주인은 그 자리에서 유강표의 생각 절반, 자기 생각 절반으로 편지를 대신 써주었다. 유강표가 다음 해 2월에 열릴 삿포로 동계올림픽에 참가하지 못하는 것에 대해서도 컷오프에 미치지 못하는 기록 때문이라고 말하지 않고(그것은 정말 개인으로도 자존심 상하는 일이고, 국가적으로도 자존심 상하는 일이라) 전적으로 특수한 상황에 놓여 있는 한국 분단의 장벽 속에 이제 막 군에 입대해서인 것처럼 썼다. 그것에 대한 증명처럼 군복을 입고 찍은 사진도 한 장 편지 속에 넣었다.

이때에도 그는 편지를 받을 주소를 부대로 하지 않고 부대에서 외출해 들를 수 있는 대관령 집으로 했다. 부대로 해봐야 받는 즉시 일본말 편지를 읽을 수 있는 것도 아니고, 누가 대신 읽어줄 사람이 있다 해도 자칫 부대원들 사이에서 놀림거리가 되거나 동네 편지가 되기 십상이었다. 아마 오수도리 산장 주인이 아니었다면 첫 편지에 답장도 하지 못했을 테고, 어쩌다 일본말을 아는 누군가의 도움을 받아 답장을 했다 하더라도 편지가 계속 이어지지 못했을 것이다.

그때부터 유강표는 제대할 때까지 한 달에 한 번꼴로 서른 번쯤 시라키 레이와 편지를 주고받았다. 집에 편지가 오면 때로는 아버지가 무슨 화급한 일이라도 생긴 것처럼 편지를 들고 부대 앞으로 찾아오기도 했다. 프레올림픽 참가 이후 아버지는 일본에서 온 항공우편 위에 조금은 요란스러운 모양의 스탬프가 찍힌 시라키 레이의 편지를 일본 스키협회에서 보내오는 어떤 대회의 초청 편지로 여기는 것 같았다.

편지가 오가는 동안 두 사람 사이의 애정 표현에 보다 적극적인 쪽도 시라키 레이였다. 이쪽의 감정 표현은 전적으로 오수도리 산장 주인이 알아서 써주었다. 유강표는 시라키 레이의 편지를 자신이 직접 읽고 직접 쓸 수 있기를 바랐다. 그러지 못하니 차라리 모르는 사람에게 부탁해 보다 솔직하게 자기감정을 표현할 수 있으면 좋겠다고 생각했다. 서로 애정 표현의 수위가 올라가며 그런 편지를 아버지보다 더 나이가 많은 어른한테 부탁하는 것이 부끄럽고 쑥스러운 일이었다. 다음 해 봄부터 그는 시라키 레이와 주고받는 편지를 오수도리 산장 주인에게 맡기지 않고(더 이상 맡길 수도 없는 것이 봄이 되어 산장 주인은 서울로 올라가고) 누군가 새롭게 알려준 강릉의 '영문 일문 번역 대필 사무소'를 통해 편지를 주고받기 시작했다.

편지를 주고받는 주소도 대관령의 집이 아니라 강릉의 대필 사무소로 했다. 그게 여러 가지로 편했다. 시라키 레이의 편지가 대필 사무소로 오면 그곳에서 일하는 사람이 시라키 레이의 편지를 먼저 읽고 우리말로 번역해 일본어 편지와 함께 유강표가 근무하는 대관령 스키부대로 보내주었다. 그러면 유강표가 우리말로 답장을 써서 대필 사무소로 보내고, 대필 사무소에서 그걸 다시 일본말로 번역해 유강표의 한글 편지와 함께 시라키 레이에게 보내는 식이었다.

누군가 중간에 자기 편지를 읽어보는 사람이 있기는 하지만 유강표도 이제 누구 눈치 보지 않고, 또 망설이지 않고 과감하게 자기 마음을 표현했다. 편지는 늘 두 나라 사이를 제일 빠른 항공우편으로 오갔지만, 아무리 빨라도 한 달에 한 번 정도 주고받게 되는 것도 그래서였다. 편지의 대필료와 항공우편료는 강릉으로 시집간 작은누나가 부담해주었다.

3년 후 봄에 그가 제대해 나왔을 때 대관령엔 용평스키장 공사
가 한창 진행 중이었다. 스키장 공사만이 아니었다. 오수도리 산
장이 아무리 알프스풍으로 지은 고급 산장이라 하더라도 최대 수
용 인원이 50명 정도밖에 되지 않았다. 처음엔 이런 산골에 누가
저토록 크고 고급스러운 산장을 지었나 다들 놀라워했다. 전기도
들어오지 않는 깊은 두메산골 마을에서 매년 서울에 있는 신문사
와 손을 잡고, 그래서 신문에까지 큼지막하게 사진과 기사와 광
고가 나오는 스키강습 교실을 열었다. 여전히 멋지고 여전히 고
급스럽기는 하지만 오수도리 산장도 지은 지 15년이 지나가며
조금씩 낡아가고 있었다. 그런 오수도리 산장과는 비교할 수 없
는 규모로 객실 200개의 주화호텔과 또 다른 숙박시설들이 스키
장 공사에 맞춰 용평 이곳저곳에 지어지고 있었다.

유강표는 제대해 나오자마자 자연스레 오수도리 산장의 새로
운 관리인이 되었다. 아직 용평에 인공 스키장이 완공되기 전이
어서 대관령 마을에서 그가 할 수 있는 일은 봄부터 가을까지는
집과 동네의 고랭지 채소 농사를 돕고, 스키 시즌엔 무엇도 한철
이라는 말처럼 누구보다 바쁜 시간을 보내다가 시즌이 지나면 이
내 빈집처럼 텅 비어버리고 마는 산장을 관리하는 일 말고는 없
었다. 그는 매년 겨울 하늘에서 눈이 내리기만을 기다리는 지르

메와 내차항의 감자밭 옥수수밭 스키장이 아니라 일본 삿포로에서 보았던 것처럼 용평에 새로운 스키장만 지어지면 그곳에서 자신의 미래도 스키선수로서, 또 나이 들어서는 스키 코치와 스키 강사로서 새 스키장의 미래만큼이나 밝을 것이라 생각했다.

그해 가을 시라키 레이가 처음으로 한국을 방문했다. 이때에도 서울에 있는 오수도리 산장 주인이 유강표와 시라키 레이 사이를 통역해주며 서울의 이곳저곳을 구경시켜주었다. 서울에서 이틀 머물고 두 사람만 버스를 타고 대관령으로 와선 다른 이용객이 없는 오수도리 산장에 밤이면 유강표가 어린 시절 처음 그곳에서 보았던 광경 그대로 일부러 촛불과 램프를 밝히고 꿈같은 사흘을 보냈다. 그 불빛 아래 시라키 레이의 얼굴은 혼혈의 음영이 더욱 짙어 보이고, 그런 만큼 여자로서 더욱 성숙해 보였다. 시라키 레이는 한국에 일주일 머물고 돌아갔다.

이때의 방문으로 두 사람 사이가 더 깊어졌지만, 별다른 일은 없었다. 시라키 레이가 돌아간 다음 스키 시즌이 돌아왔다. 그해와 그다음 해가 유강표에게는 그의 인생에 가장 전성기와 같은 시절이었다. 그의 나이 스물네 살과 스물다섯 살 때였다. 슬로프 두 개의 용평스키장이 겨울 시즌 개장을 앞두고 막바지 공사에 들어가고, 가을에 서울 강릉 간 고속도로가 개통되었다. 전에는 서울에서 대관령까지 비포장 길을 따라 여덟 시간 걸리던 거리가 절반도 되지 않는 세 시간으로 단축되었다.

겨울이 되어 용평스키장이 이제까지 보았던 대관령 스키장들과는 전혀 다른 모습으로 문을 열자 서울의 스키 손님들이 너도나도 몰려들어 대관령이 미어터지기 시작했다. 오수도리 산장도 덩달아 십수 년 만의 최대 호황을 맞이했다. 시라키 레이는 한국의 눈 고장 대관령의 겨울을 보고 싶어 했지만, 그해 겨울 유강표는 노르딕 국가대표 상비군 선수로, 서울의 신문사와 오수도리산장이 함께 주최하는 네 차례의 스키캠프 강사로, 또 산장의 젊은 관리인으로 너무도 바쁜 시간을 보내느라 한시도 틈을 낼 수없었다.

시라키 레이는 스키 시즌이 끝나고 대관령의 짧은 봄까지 지난다음 가장 무더운 7월에 한국을 방문했다. 두 번째 방문이었다. 이때 대관령에 일주일가량 머무는 동안 시라키 레이는 배 속에아이를 가졌고, 그 아이는 다음 해 4월 일본에서 태어났다. 연희의 오빠였다.

일이 그렇게 되자 일본에서는 시라키 레이의 아버지가 서두르고 이쪽에서는 오수도리 산장 주인이 적극적으로 나서서 두 사람은 다음 해 봄 용평 주화호텔에서 결혼식을 올렸다. 주례는 당연히 유강표 스키 인생의 큰 스승이자 두 사람이 바다를 사이에 두고도 연을 맺을 수 있게 이끌어준 오수도리 산장 주인이 섰다. (결혼식 때도 예식 진행 틈틈이 한국말 뒤에 일본말로 시라키 레이의 다음 동작과 순서를 친절하게 이끌어주었다.) 하객으로 온 대관령 사람들은 신부가 아이까지 안고 일본에서 왔다는 것과 일본에서 온 신부의 얼굴이 어딘가 모르게 서양 사람을 닮았다는 것에 다들 놀라워하고 또 입방아를 찧었다. 연희가 태어난 건 그다음 해의 일이었다.

여기까지가 그의 아들 유명한이 들려준 유강표와 시라키 레이의 화려한 연애사였다.

그러나 용평에 인공 스키장을 건설하고 나면 새 스키장의 미래만큼이나 밝을 것으로 생각했던 유강표 인생의 봄날은 그리 오래가지 않았다. 스키장 건설 이후 잠시 반짝였던 비늘 같은 날들이 전부였다. 그의 국가대표 스키선수 생활도 스물일곱 살에 끝이 났다. 더 힘 좋고 더 기술 좋은 선수들이 새롭게 치고 올라왔다. 그건 너무도 당연한 일이었다. 용평스키장 개장 이후 날씨와 상관없이 언제라도 슬로프 위에 깔 수 있는 인공 눈과 마음만 먹으면 하루에도 서른 번 넘게 스키를 탈 수 있게 해주는 리프트가 그들의 새로운 스키 선생이었다.

일본에서 낳아 데리고 온 아들이 다섯 살이 되고 이곳에서 낳은 딸이 두 살이 되던 해, 유강표의 나이도 어느새 서른한 살이 되었다. 그해 미국 레이크플래시드에서 열린 동계올림픽에 삿포로 프레올림픽에 선수로 함께 출전했던 어재식과 김춘기는 알파인과 노르딕의 국가대표 임원으로(선수들의 코치로) 참가했다. 같이 스키장에서 잔뼈를 키우고 청춘을 보냈어도 그들은 고등학교와 대학에서 선수 생활을 한 사람들이었다.

유강표만 중학교 졸업 후 고등학교를 가지 않고 아버지를 따라 땔감을 해주러 간 오수도리 산장에서 산장 주인을 만나 알파인에서 노르딕으로 종목을 전환한 다음 스스로 재킷넘버 아래에 '오수도리 산장'을 써 붙이고 스키를 탔다. 그때는 그것만으로도 자랑스러웠다. 전국체전에 두 해 연속 2관왕이 되며 국가대표가 되었고 삿포로 프레올림픽 파견 선수가 되고, 이후에도 국가대표 상비군 선수로 활동했다. 딱 거기까지였다.

한 살 두 살 나이를 먹어가며 국가대표 경력으로 스키캠프의 강사생활은 할 수 있어도 국가대표들의 코치는 고사하고 중, 고등학교 스키선수들의 코치조차 될 수 없었다. 실력이 문제가 아니라 가방끈의 문제로 처음부터 그런 쪽으로 나설 자격이 없는 셈이었다. 그는 폭음하기 시작했고, 한번 시작하면 끝도 없이 퍼마시는 날들이 늘어갔다.

그의 나이 서른세 살 때 대관령에만 스키장이 있는 것이 아니라 서울에서 보다 가까운 천마산에도 새로운 스키장이 생겼다. 이 무렵 그의 평생 열등감의 원천이자 라이벌과도 같았던 친구가 거기 리조트의 젊은 간부로 스카우트되어 갔다. 같은 시기에 스키를 탔던 다른 선수들 모두 그런 식으로 하나둘 스키계와 사회에서 자리를 잡아가고 있었다.

오수도리 산장이라도 번성했으면 좋으련만 그곳 역시 유강표의 운명처럼 그러지 못했다. 지르메 스키장과 내차항 스키장엔 눈이 다 녹아 없어져도 그곳에만은 끝까지 눈이 남아 있어 한때는 대관령 제3스키장으로 불렸던 오수도리 산장 옆 스키장은 용평스키장이 문을 연 다음 몇 년 지나지 않아 숙박 때문에는 찾는 사람이 있어도 스키장 때문에 찾는 사람은 없었다. 용평스키장 개장 후부터는 그동안 신문사와 손을 잡고 하던 스키 강습회도 자연히 없어지고 말았다.

숙박시설 하나만 놓고 보더라도 호화로움엔 용평스키장 주변 호텔들에 밀리고, 아기자기함에는 새로 생겨나는 작은 산장들을 따라갈 수 없었다. 그래도 겨울이면 오래도록 영업을 했다. 여전히 많은 리조트와 산장을 지어도 겨울이면 대관령으로 밀려오는 사람을 다 감당할 수 없었다. 한때는 고급스러움과 이국적인 분위기의 대명사였으나 언제부터 오수도리 산장으로 오는 손님들 대개가 다른 호텔과 리조트, 고급 산장에 미처 숙소를 얻지 못해 밀려서 오는 사람들이었다.

그런 오수도리 산장이 유강표가 서른네 살이 되던 해(주호가 횡계 버스정류소에서 유강표와 시라키 레이와 연희를 다 함께 보기 바로 전해) 가을 한밤중에 원인을 알 수 없는 화재로 통나무로 지은 목조 건물 전체가 불타버리고 말았다. 그 안에 사람이 없었기에 다행이었다. 사람들은 유강표가 일부러 불을 낸 것이 아닌가도 의심했지만(그래서 경찰에 불려가 조사도 받았지만) 그래도 끝까지 그 산장을 자신의 또 다른 모습처럼 지켜온 사람이 유강표였다. 산장 주인도 부모와 같은 마음으로 그간의 인연을 중히 여겨 유강표가 마을에서 더러 심한 모습을 보인다 하더라도 관리인을 바꾸지 않았다. 그에게는 늘 인자하고 어진 사람이었다.

화재 후 다행히 거액의 보험금이 나왔지만(사람들 마음이라는 게 참 이상해 이때에는 지난번 화재와 관련해 또 다른 소문이 잠시 대관령 마을에 돌았지만) 산장 주인은 그곳에 다시 새로운 건물을 짓지 않았다. 1년에 고작 한 달이거나 한 달 반 정도였던 스키 철이 다섯 달로 늘어나고, 이제는 비철에도 대관령을 찾는 사람들이 늘 있다 해도 스키 성수기 때가 아니면 대관령에 와 살지도 않는 사람이 그곳에 새로운 사업을 벌이기엔 산장 주인도 나이가 들었다. 어느덧 산장 주인도 일흔이 되었다. 네 명의 자녀도 저마다 다른 분야에서 아쉬움 없이 자기 길을 잘 걸어가고 있었다.

중간에 학교를 그만둔 유강표를 국가대표로 이끌고 결혼해서도 산장 전체를 맡기고 격려하고 타일러주던 산장 주인과의 인연도 거기까지였다. 그건 어쩔 수 없는 일이었다. 그동안 스키선수로서 자기 성장의 요람이자 이후엔 생활의 터전과도 같았던 오수도리 산장마저 불에 타 없어지자 유강표는 점점 알 수 없는 사람으로 변해갔다. 하나둘 사람들은 그를 피하고 그럴수록 그는 더욱 나쁜 쪽으로 모습을 보이기 시작했다.

"참 지난번엔 아버지 얘기만 하느라 연희 얘기를 제대로 하지 못했는데, 기자님도 연희가 지금 어떻게 사는지 궁금하시죠?"

자리에서 일어서기 직전 유명한이 물었다.

"많이 궁금하죠."

주호로서는 사실 진작부터 궁금했고, 진작 물었어야 할 일이었다. 그러나 그러지 않았다. 그러지 못했다는 표현이 정확할 것이다. 처음 유명한이 전화를 걸어와 연희 얘기를 했을 때는 그동안 까마득히 잊고 있었던 20년 전의 기억을 떠올려 그때 학교도 다니지 못하고 동네 의류 수선집에서 일하던 연희가 지금은 어디에서 무얼 하느냐고 묻지 않고 잘 사느냐고 물었다. 그냥 저절로 나온 말이지만 그 아이에겐 왠지 그게 더 중요할 것 같아서였다. 유명한은 지금은 어렵지 않게 잘 살고 있다고 했고, 그는 더 물어야 할 말이 있는 것 같은데 다음 말을 찾지 못했다.

유명한을 직접 만나서는 그들이 아버지 때문에 고생스럽게 살았던 얘기와 아버지가 예전 삿포로 프레올림픽에 출전했던 당시의 기사 얘기만 하고 헤어졌다. 어떤 얘기를 나누든 아무 때나 "연희는 지금 어떻게 지냅니까?" 하고 물으면 되는데 막상 만났을 때는 또 그 말을 빼놓았다.

나중에 집에 돌아와 생각하니, 군에서 제대한 다음 학업을 중단하고 대관령에 가 있던 이태 동안 그냥 막연한 기억 속의 일보다 더 많은 일들이 그 아이와의 사이에 있었다. 20년이나 지나 어느 날 갑자기 누군가 자기 머릿속의 기억을 호출하듯 이름을 불러줘 떠올렸을 땐 그냥 그 시절 막연하게 스쳐 지나간 사이인 줄 알았는데, 하나하나 돌이켜보면 그는 그대로 연희에게 따뜻했고, 연희는 연희대로 그에게 마음을 의지한 바가 컸었다.

"결혼했나요?"

"예. 아이도 하나 있고요."

"지금은 무얼 하나요?"

"그곳에 가서 새로 말을 익힌 다음 늦게 고등학교를 다녔어요. 그리고 예전에 대관령에서 배웠던 솜씨를 익혀 작은 수공예점을 하고 있습니다. 남편은 남편대로 다른 직업이 있고요."

그러고 나자 연희에 대해 알아야 할 중요한 것들을 다 알게 된 듯 또 물을 말이 없어졌다.

"이 앨범을 받으면 연희가 직접 기자님께 연락할 겁니다."

당장은 어떤 것을 물어야 할지 생각나지 않지만 주호는 그게 어떤 것이든 오빠에게 물어 듣는 것보다 늦게 듣더라도 연희에게 직접 듣는 게 어쩌면 나을지 모르겠다고 생각했다.

주호가 몰랐던 연희

집에서고 신문사에서고 창밖을 바라보면 멀리 산에 있는 나무들도 거리에 있는 나무들도 이제 조금씩 붉고 노란 물이 들기 시작했다. 그래서 어제보다 더 환하다거나 쓸쓸하다거나 하는 느낌은 들지 않았지만, 또 한 번 가을이 깊어가고 있었다.

그는 자신이 기자 생활을 15년 넘게 하며 무얼 하다가 여태까지 삿포로에도 한번 가보지 못했을까 생각했다. 아무리 시간에 쫓기며 산다 해도 2박 3일만 시간을 내면 그곳의 거리 풍경 정도는 넉넉하게 둘러보고 올 수 있는 곳이었다.

연희 오빠가 다녀간 다음 주 화요일, 대관령에 있는 사촌동생 용래한테서 전화가 왔다. 그때 그는 외부에 취재를 나갔다가 신문사로 막 들어오던 길이었다. 국내 어느 제약회사가 지난 수년 동안 비밀히 자체 개발한 당뇨 신약 기술을 프랑스 제약회사에 5조 원을 받고 이전하는 초대형 계약을 성공시켰다. 이제까지 당뇨약은 약효 지속 시간이 짧아 하루 한 차례 주사하던 것을 길게는 한 달에 한 번 주사해도 되는 획기적인 신약 기술이라고 했다.

취재를 다녀오며 그는 어쩔 수 없이 아버지를 생각했다. 사십 대 후반부터는 자신을 몰라주는 세상에 대한 울분에 당뇨까지 심하게 겹쳐 임종 직전에는 시력까지 완전히 잃은 아버지는 오직 그것만이 생의 의지인 것처럼 평생 손아래 동서인 이모부를 절반은 무시하고 절반은 시기하며 살았다. 어쩌면 초등학교 동창 고태복에 대한 연희 아버지의 시기심과 열등감 역시 그런 것과 한 뿌리의 감정인지 모르겠다는 생각을 하며 막 신문사로 들어오는데, 마치 이쪽의 그런 생각을 엿보기라도 하듯 용래가 전화를 걸었다.

"형, 바빠요?"

"아니, 괜찮아. 얘기해."

그는 회사 주차장에서 전화를 받았다.

"제가 지난번에 형도 부르고 미옥이도 부르고 자리 한번 만들겠다고 했잖아요. 바쁘지 않으면 이번 주말이 어떨까 해서요."

"토요일에?"

"예. 오후에 느긋하게 모여서 마당에서 고기도 굽고 술도 한잔하며 밤에 옛날 얘기도 하다가 다음 날 올라가면 되죠."

"나는 괜찮은데 미옥이는?"

"미옥이도 형 오면 애들을 신랑한테 맡겨두고 혼자 오겠대요."

"같이 오지 왜?"

"같이 오면 자기는 놀지도 못하고 애들 시중들어야 하니 그러지요. 자기도 하루쯤 애들하고 남편한테서 해방되는 날이 있어야 하지 않느냐고."

"하하, 그러니 또 미옥이답네."

그래서 그날 대관령 용래 집에 예전에 한솥밥을 먹던 형제들이 모이듯 사촌들이 모였다. 용래는 아직 가을이긴 하지만 그곳이 대관령인 만큼 밤엔 기온이 많이 떨어지니까 마당에서 입을 두꺼운 옷을 챙겨 오라고 했다. 그는 자신도 그곳에서 두 번의 가을과 겨울을 보냈다고 말했다.

떠나기 전 그는 이모와 이모부, 용래의 처와 아이들, 어른이 되어서는 처음 만나는 미옥이에게 줄 선물을 설레는 마음으로 준비했다. 떠나온 지 19년 만의 걸음이었다. 만났을 때 용래와 미옥이도 반가워하고, 용래가 집으로 모시고 온 이모와 이모부도 더없이 반가워했다. 이제 이모와 이모부도 나이가 일흔이 다 되어가고 있었다.

돌아보면 21년 전 스물세 살 때 그곳에 가 2년 머무는 동안 이모와 이모부에게 도움 받고 신세 진 것이 많았다. 구판장에서 일하는 동안 충분히 제 몫을 다했다 하더라도 함께 살며 크게 눈치 보지 않았고, 손아래 사촌들로부터도 따뜻한 동기애를 나눠 받았다. 그걸 모르지 않으면서도 서울로 올라와 다시 공부를 시작하며 학업을 중단했던 지난 2년의 시간과 어쩌면 의도적으로 냉담했다. 그러느라 대관령에서 심정적으로 가장 가깝게 지냈을지도 모를 연희조차 기억에서 일부러 밀어냈던 것인지 모른다. 내려가며 어른들이 함께 드셔도 좋을 도수 낮은 아이스 와인을 포함해 사촌들과 함께 마실 와인도 몇 병 특별히 골라 자동차에 실었다.

저녁을 먹은 다음 어른들은 잠시 밖에 나왔다가 바깥 날씨가 쌀쌀하다고 안으로 들어가고, 사촌 셋이서만 마당가에 불을 피운 화덕 옆에 의자를 내다 놓고 앉아 와인을 마셨다. 자연히 그가 대관령에 와 있던 지난 시절 얘기가 나오고 더불어 연희 얘기가 나왔다. 용래도 그 시절 연희가 안됐었다고 말하고, 그도 그렇게 말했다. 그러나 미옥이는 또 다르게 말했다.

"나는 그때 연희 언니가 안되기도 했지만 미울 때도 많았어."

"왜?" 하고 용래가 묻자 다시 미옥이가 말했다.

"나는 오빠가 마음속에 내 오빤데, 어떤 때 보면 연희 언니 오빠 같을 때가 더 많았거든. 둘이 연애하는지 뭘 하는지 나보고 가게 자주 오지 말라고도 하고, 또 연희 언니 가게 자주 가서 방해하지 말라고도 하고."

"둘이 연애하는지?"

"응. 둘이 연애하는지. 내 눈엔 그때 그랬어. 연희 언니도 가게 혼자 있을 때 내가 놀러 가면 오빠한테 편지를 쓰는지 뭘 쓰는지 혼자 열심히 뭘 쓰고 있다가 화들짝 놀라서 덮고. 오빠하고 둘이서만 차 타고 바다가 보이는 저쪽 휴게소에도 가고. 나도 데려가 달라고 하면 너는 갈 데가 아니라고 빼놓고."

"그래, 그때 연희가 거기 가서 절반쯤 울면서 바다 건너 엄마를 부르곤 했는데 그런 자리에 널 데리고 갈 수 없었던 거야. 그래서 네 말 안 들어줬던 적 많았고. 그렇지만 뭐가 둘이 연애하는지야?"

"지금은 아니라고 하지. 그렇지만 그때 오빠 그랬어. 나만 그런 게 아니라 엄마하고 미라노 아줌마도 오빠 모르게 그렇게 말할 때가 있었고. 어떤 일이 있어도 오빠는 연희 언니부터 챙기고. 휴게소는 연희 언니가 얘기만 하면 오빠가 틈틈이 차에 태워 데려가주고. 그래서 내가 연희 언니한테 오빠 빼앗긴 것처럼 얼마나 밉고 섭섭하고 그랬는데. 용래 오빠는 그때 강릉에 가 있어서 몰라. 오빠는 아버지 몰래 학교도 안 가고 여자 연예인 뭐 하는 데나 쫓아다닐 줄 알았지."

"내가 언제?"

"암튼 오빠도 그랬고, 주호 오빠도 그랬어."

"형은 정말 그랬던 모양이네요. 얘가 아직도 섭섭해하는 거 보면."

"그런가?"

"그런가가 아니야 오빠. 오빠하고 연희 언니가 둘이 몰래 만나

다가 나한테 들킨 것도 몇 번인데."

"어, 얘 봐. 들키긴 뭘 들켜?"

"내가 어떨 때 두 사람이 뭐 하는가 하고 숙제 몰라서 그러는 것
처럼 들고 가게 쪽으로 가보면 오빠가 연희 언니 가게엔 안 가도
연희 언니는 책하고 공책 들고 우리 구판장에 와 있을 때가 많았
어. 그러면 나는 안에 들어가지도 못하고 밖에 있다가 집에 도로
오고. 어린 마음에 그게 얼마나 질투 나고 그랬는데. 둘이 그러려
고 날 오지 못하게 하나 속도 상하고."

"나, 이런……."

"나 이런이 아니라니까 오빠. 오빠 여기 2년 있다가 서울 가고,
연희 언니 아직 일본에 가기 전 혼자 대관령에 남았을 때 얼마나
울었는데. 오빠 보고 싶다고 운 건 아니지만, 전에 오빠 있을 때는
연희 언니 그렇게 안 울었어. 오빠 서울 간 다음 혼자 울고 그랬지.
나한테 오빠 학교 주소 묻기도 하고, 어린 내가 뭘 안다고 그냥 학
교 이름하고 오빠 이름 쓰면 편지가 가느냐고 묻기도 하고. 지금
이니까 내가 포도주 한잔 마시며 다 얘기하는 거야. 그때 섭섭했
던 마음도 풀고."

울었다는 마지막 얘기는 그도 정말 그랬을지 모르겠다는 생각
이 들었다. 그때쯤 그도 연희가 오래지 않아 일본에 있는 어머니
에게로 간다는 걸 알고 있었다. 그 일은 전해 가을부터 진행되고
있었다. 스키 장학생으로 대학에 입학한 연희 오빠는 학기 중에

는 서울에 가 있었고 겨울에 대관령으로 훈련을 하러 와도 스키
장과 임시 합숙소만 오가느라 거의 집에 오지 못했다. 할머니가
있어도 오빠가 대학에 들어간 다음 연희는 거의 혼자나 다름없었
다. 그가 대관령에 있을 때에도 그 전해보다 그해 연희가 대관령
휴게소로 바다를 보러 가는 날이 더 많았던 것도 사실이었다. 연
희가 일본으로 가는 것도 연희를 여기에 혼자 이렇게 내버려두듯
두면 안 된다고 오빠가 어머니에게 더 적극적으로 말했다는 얘기
도 들었다.

그가 먼저 대관령을 떠나올 때의 일도 그랬다. 그곳에서 딱 두
달 빠지는 2년을 보내고 대학 개강에 맞춰 2월 말 이모와 이모부
에게 마지막 인사를 하고 강릉 집으로 오려고 할 때였다. 그동안
보던 책과 짐은 전날 저녁에 이미 옮겨놓았다. 방위 복무를 마치
고 다시 가게로 나온 진수에게 그동안 자신이 만든 장부만 보고
도 간단하게 재고를 파악하는 방법을 일러주고 있을 때 연희가
조금은 상기된 얼굴로 길옆에 쌓여 절반은 얼음이 된 눈을 밟고
구판장으로 건너왔다.

"어, 연희구나."

구판장 안으로 들어서는 연희에게 그가 말했다.

"오빠, 지금 강릉 가요?"

추위 때문만도 아니게 연희의 얼굴이 빨갛게 달아 있었다.

"그래. 조금 있다가 버스 타고."

"그럼 오빠. 강릉 가기 전 나 마지막으로 휴게소 한 번만 데려다줘요."

연희가 휴게소로 간다는 건 바다 건너 어머니에게 무슨 말인가 전하거나 묻고 인사를 하러 간다는 뜻이었다. 마지막 청이 아니더라도 거절할 수 없었다. 그래서 겨울이면 장판지와 도배지와 눈길에 까는 부직포를 싣고 다니는 트럭 운전석 옆자리에 연희를 태우고 대관령 휴게소로 갔다. 휴게소로 가는 동안 연희는 아무 말도 하지 않았다. 뭔가 이 아이에게 둘만의 작별인사를 해야 하는데, 연희가 아무 말도 하지 않자 그도 아무 말을 하지 않았다. 그는 길옆 흰 눈밭에 다시 눈처럼 흰 모습으로 열병하듯 서 있는 자작나무 숲을 지나고 내쳐 휴게소와 대관령 정상을 지나 동쪽으로 조금 더 내려가 바다가 가장 잘 보이는 갓길 쉼터에 트럭을 세웠다.

"어머니한테 인사하고 와."

연희는 차에서 내리지 않고 그 자리에 가만히 앉아 있었다.

"오빠."

하고 부르는 소리에 물기가 촉촉이 맺혀 있었다. 보니까 이미 눈가로 핑그르르 돈 눈물이 볼을 타고 흘렀다. 연희는 닦지도 가리려고 하지도 않았다.

"오늘은 바다 보려고 온 거 아니에요."

"그럼?"

"그냥…… 마지막으로 오빠하고 같이 있고 싶어서 온 거예요."

"……."

"오빠는 이제 서울로 가고…… 나도 몇 달 있다가 엄마 있는 데로 가요. 그러면 오빠하고 완전히 헤어지고, 나도 거기 가면 다시 못 돌아와요. 이제 엄마 옆에 살러 가는 거니까, 아주요."

"가는 거 날짜 정해졌니?"

"6월에요. 나는 거기가 어떤 덴지도 몰라요. 모르지만 오빠가…… 나 거기 가서 잘하라고…… 거기 가서도 여기서처럼 늘 기운 내라고…… 말해줘요."

"연희야."

"그러면 내일부터 오빠가 여기 대관령에 없어도 기운 내고…… 아직 말도 잘할 줄 모르는 곳에 가서도…… 오빠가 여기 옆에서 지켜주고 응원해주는 것처럼 기운 낼 수 있을 것 같아요."

그래서 바깥에 보는 사람이 없어도 트럭에서 내리지 않고 운전석에 앉은 채 옆으로 몸을 기울여 기운 내라는 말 대신에 가만히 연희를 안았다. 연희도 흑, 하고 이쪽으로 몸을 기울여와 연희의 정수리가 그의 턱밑에 닿았다. 연희 머리에서 레몬 향인지 오렌지 향인지 모를 샴푸 냄새가 났다. 그는 그 자세로 연희를 오래 안고 있었다. 연희의 손도 그의 등 쪽으로 왔다. 멀리 바다 쪽에서 불어온 바람이 몇 차례 자동차 문을 두드리고 지나갔다.

"이제 어머니에게도 인사하고 와."

이윽고 그가 연희의 어깨와 등을 안았던 팔을 풀었다.

"오빠……."

연희는 볼에 흐르다 반쯤 마른 눈물을 닦으며 이쪽을 향해 다시 무슨 말인가 할 듯 말 듯 하다가 후우, 하고 길게 날숨을 쉬었다. 스스로에게 뭔가 답답하고 안타깝다는 표정을 지을 때 연희의 얼굴에 어머니가 흘리고 간 이국의 어떤 흔적 같은 게 살짝 엿보였다. 그래. 오빠는 그렇지 않은데 너는 어머니를 많이 닮았구나. 그는 마음속으로 어린 시절에 본 두 모녀의 얼굴을 동시에 떠올렸다.

연희는 다시 길게 들숨과 날숨을 내쉰 다음 차에서 내렸다. 그는 가만히 고개를 돌려 연희의 모습을 바라보았다. 언제나처럼 연희는 두 손을 모아 입에 대고 바다 멀리 엄마를 불렀다. 그게 그가 횡계 버스정류소에서 처음 보았던 여섯 살 때의 연희가 막 열여덟 살이 되었을 때의 모습이었고, 또 그가 마지막으로 본 연희의 모습이기도 했다.

연희가 다시 옆자리에 탄 다음 그는 왔던 길로 자동차를 돌렸다. 횡계로 돌아오는 길에 두 사람은 처음 대관령으로 바다를 보러 갈 때처럼 아무 말도 하지 않았다. 올 때는 잎을 떨어뜨린 자작나무 숲 속의 속살까지 비추던 햇살이 어느새 서쪽으로 기울어 흰 숲에 검은 그림자가 길게 드리워졌다. 말하지 않아도, 또 서로 바라보지 않아도 많은 말들이 숲 속에 비쳐든 햇살과 그 속의 바람처럼 두 사람의 마음에서 마음으로 건너오고 건너갔다.

그때의 얘기를 와인의 기운을 빌려 미옥이가 하고 있었다. 미옥이가 아니었으면 어떤 것은 떠올리고 어떤 것은 떠올리지 못했을 것이다. 지금 그가 떠올리는 이 상황 역시 그랬다. 연희만이 아니라 누군가를 두 팔로 감싸 위로하듯 온몸을 안아본 것이 그때가 처음이었다. 두 사람 사이의 어떤 이별 의식처럼 마지막으로 함께 대관령으로 갔던 일이야 미옥이가 아니어도 당연히 떠올렸겠지만, 그리고 그날 창문을 흔드는 바람 말고는 둘밖에 없는 자동차 안에서의 긴 포옹도 떠올렸겠지만, 그러나 돌아보면 스물다섯 살의 젊은 사내가 울다가 막 눈물을 그친 열여덟 살의 여자아이를 두 팔로 끌어안고도 몸과 마음에 물기 하나 없이 덤덤했던 건 그날 연희를 데리고 대관령 휴게소로 가면서도 바로 내일이면 다시 그동안 벽장 속에 넣어두었던 가방을 챙겨 서울로 가는 일에 온 신경이 사로잡혀 있었던 때문이라는 건 끝내 몰랐을 것이다.

그때 두 손으로 연희의 얼굴을 어루만지듯 붙잡고 눈물을 닦아주고, 그야말로 이별 후 서로 추억 속에 오래 간직할 마음의 어떤 정표처럼 길건 짧건 단 한 번 입맞춤이라도 했더라면 차라리 나았을 것이다. 그러나 그렇게 하지 못했다. 그런 걸 아주 몰라서도 아니었다. 돌아보면 연희가 이제 곧 헤어져야 할 긴 이별을 어쩌지 못해 안타까워하던 그 순간조차도 내일이면 또 다른 환경 속에서 자신의 미래를 헤쳐 나가야 할 걱정으로 열여덟 살의 여자아이를 두 팔로 안고도 끝까지 자기 몸과 마음의 물기에 냉담했던 것, 어쩌면 그거야말로 그 상황에서 당연히 품었음 직한 청춘의 음험함보다 나쁜 죄였는지 모른다.

마당가 화덕의 숯불이 조금씩 사위어가고 있었다.

"오빠……."

그 시절 연희가 부르듯 옆 의자에 앉은 미옥이가 불렀다.

"왜?"

"나 뭐 하나 얘기해도 돼?"

"뭐?"

"사실은 그때 나 오빠하고 연희 언니한테 못된 짓 하나 했거든."

"재 봐. 무슨 못된 짓을 했는데?"

중간에 용래가 물었다.

미옥이는 그해 5월이라고 했다.

"아까 얘기한 것처럼 연희 언니가 나한테 자꾸 오빠 학교 주소 묻고 그래서 내가 언니가 얄미워 거짓말을 했어. 그때 오빠 결혼식 먼저 큰이모네 미선이 언니 결혼식이 서울에서 있었거든. 그러면 강릉에서 친척들이 버스 한 대 대절해서 서울로 가잖아. 그때 내가 중학교 1학년밖에 안 된 게 영악하게 그 생각을 한 거야."

"어떻게?"

"미선이 언니 결혼식 하면 강릉 이모도 가고 우리 엄마도 가는데, 강릉 이모가 결혼식에 가면 오빠도 이모 보려고 결혼식에 올 거라고 했지. 그때는 결혼식을 보통 일요일에 하니까. 그러니까 언니가 나한테 편지를 써주면, 내가 오빠에게 쓴 것처럼 봉투에 내 이름을 써서 엄마를 주면 엄마가 오빠한테 편지를 전할 거라고 했지."

"그래서 그렇게 했어?"

"응. 언니가 편지를 써 봉투에 넣고 풀칠까지 해서 날 줬는데 그건 그냥 내가 가지고 있고, 내가 쓴 편지를 엄마한테 준 거야. 그래야 나중에라도 언니가 구판장에 와서 엄마한테 내가 오빠한테 쓴 편지 얘기를 해도 들통나지 않으니까."

"와, 김미옥 머리 돌아가는 거 봐라."

용래가 말하고, 미옥이가 다시 그에게 그때 자기가 쓴 편지를 받았던 기억이 나느냐고 물었다. 그러나 워낙 오래전 일이라 그는 미선이 누나 결혼식에 찾아가 어머니도 보고 점심도 먹고 왔던 것은 기억나지만 대관령 이모로부터 미옥이 편지를 받았던 것은 떠오르지 않았다. 미옥이를 가볍게 여겨서가 아니라 아마도 이모 편으로 받은 미옥이의 편지 내용이 그냥 몇 달 전 대관령에서 나눈 어느 날 대화의 한 부분처럼 일상적이어서 그랬을 것이다.

"거봐. 그게 내 편지가 아니고 연희 언니 편지였으면 아무리 오랜 시간이 지나도 오빠가 편지 받은 것만 기억하는 게 아니라 편지 내용도 줄줄이 외우고 있겠지. 그러니 내가 그때 연희 언니를 안 미워할 수 있겠냐고? 그때도 그렇고 지금도 이렇게 연희 언니와 나를 생각하는 게 차이가 나는데."

"연희 편지는 무슨 내용인데?"

거듭 그 대신 용래가 물었다.

"무슨 내용이겠어. 줄줄이 오빠 보고 싶다는 말뿐이지. 자기가 일본에 가기 전 오빠를 꼭 한 번 보고 싶은데, 오빠가 서울로 오라고 하면 서울로도 갈 수 있고, 오빠가 강릉으로 오면 강릉으로도 갈 수 있으니까 꼭 답장으로 말해달라고. 그때 언니가 쓴 편지 그대로 말하면 아침에 미라노로 나오면서도, 낮에 일을 하다가도, 저녁에 집에 가서 뭘 쓸 때에도 오빠 생각이 난다고."

미옥이가 그 말을 하는 동안 그는 오래전에 흘러갔던 시간이 다시 자기 앞으로 돌아와 그때의 마음과 함께 멈춰 서는 듯한 느낌이 들었다. 만약 그때 그 편지를 받았다면 틀림없이 서울에서든 강릉에서든 한 번 더 연희를 보았을 것이고, 그때라면 다시 시작한 학교생활에 조금은 익숙해져 있던 때여서 대관령에서 마지막 보았을 때처럼 그렇게만 헤어지지는 않았을 것이다. 먼저 일까지 포함해 편지 내용을 듣고 보면 미옥이가 잘못한 게 아니라 그 일 역시 그가 잘못한 것이었다.

"어쩌면 그래서 연희 언니가 일본으로 가기 전 더 울었는지도 몰라. 언니는 보고 싶다고 편지 썼는데 오빠는 아무 소식이 없고 하니까……."

"그랬구나……."

그도 뒤늦은 탄식처럼 화덕에 사위어가는 불빛을 바라보며 말했다. 이제와 돌아갈 수야 없겠지만, 돌아가면 그때 편지 일을 바로잡고 싶은 안타까움이 오래된 시간의 아쉬움처럼 마음을 쓸고 지나갔다.

"돌아보면 내가 너무 철이 없었던 거야. 다른 걸로라면 몰라도 그때 정말 힘들고 어려웠던 연희 언니 마음을 담은 편지를 가지고 그렇게 장난하면 안 되는데. 뒤늦게 생각해보니 그래. 그때 오빠가 연희 언니를 만났다면 언니한테 오빠 주소를 알려줬을 거고, 그러면 연희 언니도 일본에 가서 계속 오빠한테 편지를 썼을지도 모르는데. 여기 대관령에 있을 때 서로 챙겨주고 좋아했으니까 어쩌면 그때 그랬다면 오빠 지금 혼자가 아닐지도 모르는데……."

거기까지는 아니라 하더라도, 그때 연희가 쓴 편지만 제대로 전달되었다면, 만약 그랬다면 미옥이의 말대로 연희는 일본에 가서도 그에게 편지를 썼을 것이다. 그게 얼마 동안 이어졌을지 모르지만, 아무튼 한동안은 그녀의 아버지와 어머니가 바다를 사이에 두고 그랬듯 그도 연희도 오래 편지를 주고받았을 것이다. 세상일에 만약은 없다지만, 잠시 다시 떠올리는 것만으로도 한 줄기 바람 같은 연민과 안타까움이 그의 가슴을 훑고 지나갔다.

"오빠, 화났어?"

"아니. 이제 화날 일이 어디 있어. 그냥 다 그렇게 지나간 일인 거지. 아쉬움이야 어떤 일에도 남는 거고."

"그게 어른이 돼서도 어쩌다 오빠를 생각할 때도 그렇고 연희 언니를 생각할 때도 마음에 그늘처럼 남아 있었어. 아마 그래서 나도 연희 언니를 더 잊지 못하는지 모르고. 오늘 여기 올 때도 잠시 그 생각이 났어……."

"미옥아."

"응."

"오빠는 아니니까 너도 내려봐. 내가 여기 대관령에 와 있을 때 하루하루 제일 선물 같았던 사람은 너였으니까."

"오빠는 정말 하나도 안 변한 거 같아."

"뭐가?"

"그때나 지금이나 뭐든지 다 좋게 말해줘. 지금도 생각하면 아무리 철없던 때의 일이라도 모르면 그냥 지나가지만 듣고 나면 안타깝기도 하고 화가 날 수도 있는 일인데 여전히 나 듣기 좋게 말하고."

"그래. 여기 오니까 새로 생각나는 것도 많고 좋네……."

"봄에 눈 다 녹고 얼레지 꽃 피면 형 한 번 더 와요. 그전에 눈 구경도 오고, 앞으로는 우리 형제도 많지 않은데 여름에도 보고 가을에도 보고요."

"그래. 별도 참 맑고……."

그는 두 손을 깍지 끼어 머리 뒤로 받치고 고개를 젖혀 하늘을 보았다.

"오빠. 나도 여기 오면 시간이 참 맑게 흘러. 안 좋았던 일은 다 씻어지고 좋은 것들만 생각나고."

그는 시간이 맑게 흐른다는 미옥이의 말에 지난번에 들은 연희의 '순정한 시간'을 같이 떠올렸다. 어릴 때 아버지 때문에 힘들고 또 가난하게 자랐어도, 그래서 엄마와도 이별하고 학교조차 다니지 못했어도 연희는 대관령에서 지냈던 날들이 자기에게는 가장 순정한 시간이라고 말했다. 아마도 그건 여기서 보낸 시간들이 아픔 속에서도 미옥이의 말처럼 맑게 흘렀다는 뜻일 것이다.

"참, 예전 오수도리 산장이 있던 데는 뭐가 있냐?"

그가 용래에게 물었다.

"거기는 지금 하이디마을이라고 펜션 단지가 들어섰어요."

"하이디마을?"

"알프스 소녀 하이디요. 오수도리 산장이 알프스 산장이었잖아요."

그래. 박주호 자신의 기억 속은 아니지만, 거기 정말 하이디 같은 어린 소녀가 있었던 것이다.

그때 거짓말처럼 하늘에서 별똥별 하나가 마당가 화덕에 떨어지듯 긴 빗금을 그으며 그의 눈 속으로 떨어졌다. 별똥별을 보면 알프스의 목동들은 가슴과 어깨에 성호를 그었다지만, 그는 가만히 술잔을 들어 허공을 지나가는 맑은 바람과 잔을 부딪쳤다.

오래 기억하지 못해서 미안…….

잘 지내고 있니?

그는 혼잣소리로 연희에게 말했다. 그리고 방금 지나간 별똥별처럼 지금 자신이 한 말을 연희가 들었을지도 모르겠다고 생각했다. 언젠가 다시 연락되면 그때는 예전에 연희가 보낸 편지에 대해 꼭 답장할 것이다. 먼저 대관령에서 헤어질 때의 일까지 포함해 그건 미옥이가 장난으로 바꾼 편지가 아니라 자신이 받고도 아직 답장하지 못한 편지였다. 그때로부터 많은 시간이 흘러갔지만, 그 시간 또한 맑게 흘러 다시 서로 이름을 부르게 된다면 이번엔 자신이 먼저 그 시절 연희처럼 그곳이 삿포로든 어디든 찾아가겠다고 말할 생각이었다. 그러니 내가 가는 길 네가 좀 시간을 내어달라고…….

낯선 곳에서도 우리를 견디게 하는 것들

대관령에서 별똥별을 보며 주호가 부른 말에 연희가 대답해온 것은 10월 마지막 주 어느 날이었다. 그가 만들어준 아버지의 앨범을 받고 연희가 메일을 보내왔다.

주호 오빠에게

대관령에서 삿포로로 와 참 많은 시간이 흘렀는데도 나는 여전히 그때처럼 주호 오빠를 이렇게 부르는 게 좋아요. 이젠 어른이 되었는데 그렇게 부르는 게 이상하지 않을까 싶어 명한 오빠가 부르는 것처럼 '박 기자님께' 하고 쓰니까 그건 정말 모르는 사람에게 사무적으로 하는 말같이 이상해서 누가 보기라도 하는 것처럼 얼른 지워버렸어요. 그리고 21년 전 열여섯 살 때 대관령에서 처음 오빠를 보았을 때처럼 다시 주호 오빠라고 불러요. 그때도 그렇게 부르는 게 좋았고 지금도 나는 그렇게 부르는 게 좋아요.

예전 신문에 났던 아버지의 기사와 사진앨범을 받고 전화를 드릴까도 생각했는데, 이렇게 지난 일들을 떠올리며 편지를 쓰는 게 더 좋겠다고 생각했어요. 전화를 하면 오빠 목소리를 듣는 것만으로도 너무 반갑고 놀라 입이 얼어붙어 아무 말도 할 수 없을 것 같아요. 그래서 편지를 썼어요. 메일 주소는 주호 오빠 명함을 받은 명한 오빠가 알려줬어요.

열여덟 살에 그곳을 떠나 여기 온 지 꼭 19년이 되었어요. 그러면 내가 대관령에 있었던 것보다 여기서 보낸 시간이 이제는 더 많은데도 나는 여전히 한국말이 서툰 엄마와도 한국말로 얘기하는 게 더 익숙하고 한글로 편지를 쓰는 게 더 익숙해요. 여기 와서도 예전에 쓰던 〈마음산책〉을 계속 이어 써서 그건 나의 일기 같은 것이 되었어요. 이상하게, 아뇨, 너무도 당연하게 무엇에 대해 글로 쓰는 건 더욱 일본어가 아니라 한국어여야 해요. 삿포로에 와 살아도 나는 어쩔 수 없는 대관령 사람이에요.

어제 여기 삿포로에는 우르르 쾅 하고 천둥과 번개가 치다가 우두두두 하고 우박이 떨어졌고 잠시 후에 그게 눈으로 바뀌었어요. 첫눈은 좀 얌전하게 내려야 예쁜데 올해 첫눈은 말괄량이처럼 좀 시끄러웠어요. 예전 그곳에 있을 때 대관령도 아직 나무에 단풍이 매달려 있고, 어떤 때는 푸른 잎사귀가 그대로인 나무도 있는데 어느 날 갑자기 내린 눈으로 가을이 끝나고 겨울이 시작되는 것처럼 여기 홋카이도의 가을도 언제나 갑자기 내리는 눈에 강제로 종료되는 느낌이에요.

곧 눈이 오고 겨울이 오는 걸 나무들도 알 텐데 어떤 나무들은 그걸 알면서도 늦가을에 조금만 햇빛이 비쳐도 한 잎이라도 더 싹을 내밀려고 애쓰고, 풀도 제철이 아닌데도 꽃을 피우려고 애써요. 그 위에 야속하게 첫눈이 내리고, 그 첫눈 위에 무시무시한 홋카이도의 폭설이 겨우내 내려요. 어쩌면 그건 내가 살던 대관령도 똑같을지 몰라요. 거기에서는 눈도 나무도 풀도 숲 속의 새도 여기에 와서처럼 자세히 지켜보지 않았던 것뿐이에요. 눈도 그저 많이 내리는 눈과 적게 내리는 눈, 그렇게만 알고 있었던 거지요.

그렇지만 내 기억 속에 잊을 수 없는 눈이 있어요.

눈이 내리면 오빠는 어떤 일이 가장 먼저 떠오르나요?

나는 첫눈이든 한겨울 눈이든 봄눈이든 내 기억 속 대관령의 어떤 눈이 떠올라요. 그 눈은 내 나이 열일곱 살 봄에 내렸어요. 그날 오빠의 사촌동생 미옥이가 소풍을 갔어요. 대관령 학교의 소풍은 참 재미있어요. 다른 데도 그렇게 하는지 모르지만(여기는 절대 그렇게 안 해요) 대관령 학교 소풍은 엄마들이 점심을 준비해 따라가요. 아침에 학교까지 와서 같이 가기도 하고 점심시간에 맞춰 아이들이 소풍 간 곳으로 오기도 해요. 우리 엄마는 내가 1학년 때 딱 한 번만 따라오고 그해 가을 일본으로 갔고, 그다음엔 할머니가 한 번 점심때 왔어요. 미옥이 6학년 때인데 그날 오래 병원에 입원해 계시던 미옥이 할아버지가 위독하셔서 아주머니가 점심 바구니와 작은 카메라를 내게 주며 점심때 가서 밥도 챙겨주고 사진도 찍어달라고 했어요.

소풍을 간 곳은 대관령 하늘목장이었어요. 아침엔 날씨가 조금 흐리긴 했지만 괜찮았어요. 점심을 먹고 나서 보물찾기를 하는데 갑자기 골 안 가득 차가운 안개가 몰려오고 하늘이 캄캄해지더니 금방 눈이 펑펑 쏟아지는 거예요. 봄눈이 아니라 한여름 소나기처럼 눈앞이 보이지 않게 한꺼번에 많이 내리는 눈이었어요. 막 새싹이 돋아난 파란 풀밭이 금방 하얘지고, 아이들도 선생님들도 엄마들도 다들 어디로 몸을 피해야 할지 웃옷을 벗어 머리를 가리거나 보자기 같은 걸 쓰고 어쩔 줄 몰라 했어요. 봄눈이니까 처음엔 이러다 그치겠지 하고 기다리고, 아마 30분쯤 그랬을 거예요. 마구 쏟아져서 눈은 벌써 발목까지 올라오는데, 그래도 그치지 않으니까 눈 속에 교장선생님이 마이크를 잡고 오늘 소풍은 여기서 마친다고 모두 집으로 돌아가라고 했어요. 그러자 사람들이 더 질서 없이 어떻게 할 줄 몰라 허둥댔어요.

그때 눈 속에 오빠가 오토바이를 타고 하늘목장으로 왔어요.

큰 이불 보퉁이 같은 걸 가져왔는데, 미옥이와 내가 쓸 털모자와 파카 두 벌과 스키장갑 두 켤레와 그리고 구판장에서 미옥이반 아이들에게 나누어줄 흰 장갑 한 보퉁이를 가져왔어요. 정말 그건 어떻게 알고 가져왔는지, 다들 고마워했어요. 눈 속에 아이들 모두 손을 시려 했거든요. 그땐 오빠가 흰 눈 속에 오토바이가 아닌 백마를 타고 나타난 왕자였어요.

"야, 이렇게 기막힌 소풍도 있구나. 우리 기념으로 사진 몇 장 찍고 가자."

하고는 내가 가져온 카메라로 미옥이와 내 사진을 여러 장 찍어주고, 또 누구에게 부탁해 셋이 함께 선 사진도 찍고 새하얗게 눈 내린 풀밭 위에 오빠와 나 둘이서도 사진을 찍었어요. 지금도 보관하고 있는 그 사진은 오빠와 내가 찍은 유일한 사진이에요. 아마 그날 눈이 오지 않았다면 오빠와 나는 2년 동안이나 옆가게에서 일했으면서도 사진 한 장 없었을 거예요. 그러니 그때는 소풍을 망치고 손을 시리게 했어도 뒤에 보면 참 고마운 눈이었던 거죠. 사진을 찍을 때 오빠는 오토바이 헬멧을 벗어 손에 들고, 나는 스키장갑을 끼고 정수리에 동그란 꽃봉오리가 달린 털모자를 썼어요. 그게 봄 소풍 사진이라고 하면 여기 눈 많은 삿포로 사람들도 정말? 하고 놀라요.

집으로 올 때 오빠가 앞에 타고 미옥이가 가운데 타고 제가 뒤에 탔어요. 조심조심, 엉금엉금, 눈은 우리가 집으로 돌아온 다음에도 내렸어요. 그날 뉴스에도 나오고 다음 날 신문에도 났어요. 봄이 늦다는 대관령에 봄꽃이 핀 다음 소나기처럼 내린 눈이었어요. 그날 어떤 모습 때문인지는 몰라요. 그때부터 나는 어떤 눈이 내려도 그해 봄 대관령 하늘목장에 내린 미옥이 소풍 날의 눈을 떠올려요.

이곳 홋카이도엔 정말 많고도 많은 눈이 내리는데, 어떤 눈이 내려도 내 마음엔 그날 그 눈이 첫 번째 눈이에요. 아무리 많은 시간이 흘러도 그날 내 마음에 내린 눈은 녹지 않아요.

명한 오빠한테 대관령이 예전 내가 있을 때와 많이 달라졌다는 얘기를 들었어요. 우리가 살던 송촌마을도 달라지고, 대관령 휴게소도 다른 곳으로 길이 나면서 이제는 고속도로 휴게소가 아니라 한적한 마을 휴게소가 되었다는 얘기를 들었어요.

그렇지만 내 마음속의 하늘목장은 변하지 않아요. 그곳에 꼭 한 번 다시 가보고 싶어요. 오빠와 함께 가볼 수 있다면 더 좋겠지만, 혼자서라도 꼭 다시 가보고 싶어요. 그런 시간이 내게 허락된다면, 신의 축복처럼 정말 그럴 수만 있으면 좋겠어요.

주호 오빠.

아버지 앨범 참 감사해요. 오빠가 만들어준 앨범으로 아버지를 다시 만났어요. 엄마도 그렇게 말했어요. 정말 고마워요, 오빠.

앞으로 이곳에 있는 나에 대해 예전 대관령에서 〈마음산책〉을 쓸 때처럼 오빠에게 차근차근 얘기할게요. 오빠는 그동안 어떻게 변했을지 많이 궁금해요. 많은 시간이 흘러도, 또 그렇게 시간이 흘러가도 그 시절 오빠와 대관령 생각을 이곳에서 참 많이 해요. 시간과 함께 변한 오빠 모습에 대한 생각도요.

　　　　　　　　　　—첫눈이 내린 삿포로에서 연희 올림

주호는 두 번 세 번 연희의 편지를 읽었다. 다시 떠올려보니 그때 그런 일이 있었다. 주호에겐 미옥이 소풍보다 미옥이 할아버지가 돌아가시던 때로 기억되는 날의 일이었다. 눈 속에 하늘목장에서 구판장에 돌아와 원주 기독병원에서 이모부가 걸어온 전화로 그 소식을 듣기 전까지는 주호 역시 그날 때아니게 내린 폭설로 들뜬 마음 때문이었는지 마치 미옥이 학교 소풍이 아니라 가족 소풍을 갔다가 눈을 맞고 돌아온 듯한 느낌이 들었다. 돌아와 미옥이는 눈 때문에 소풍을 망쳤다고 투덜거렸지만, 연희 역시 미옥이 학교 소풍이 아닌 셋이서 눈 속에 또 다른 소풍을 다녀온 것 같은 마음이 들었을 것이다.

저녁에 용래가 강릉에서 올라오고, 함께 구판장에 나와 있다가 갑자기 달라진 분위기 속에 놀라 우는 미옥이를 달래기 위해 길 건너 미라노의 연희까지 넷이 원주 병원으로 가 동생들을 내려주고 돌아오던 밤길도 다시 떠올랐다. 그게 대관령에 있는 동안 연희와 가장 멀리 자동차를 타고 갔다 온 길이었다. 멀리 어둠 속에 불빛과 하늘이 지나가고 산과 들이 창문 옆으로 휙휙 지나가는 속에 연희가 물었다.

"오빠."

"왜?"

"사람이 살다가 죽는 일은 어떤 걸까요?"

"갑자기 그건 왜?"

"그냥 마음이 안 좋아서요. 사람이 저렇게 떠나면 어디로 가나 그것도 궁금하고……. 우리 아버지도 미옥이 할아버지도 다……."

"어떤 시인이 소풍이라잖아. 우리가 여기 살고 떠나는 게."

"소풍……. 그래도 오늘 같은 소풍은 아닐 거예요. 그렇죠? 오빠."

"오늘 소풍이 어땠는데?"

"영원히 잊을 수 없을 것 같아요."

돌아오는 길 더 길게 어떤 얘기를 했는지는 기억나지 않았다. 중간에 휴게소에 들러 가락국수를 먹었고(아, 이게 둘만의 유일한 식사였다니) 밤늦게 송촌마을 집까지 연희를 데려다주었다.

연희가 편지로 그날의 눈 얘기를 했다.

그도 차분하게 답장을 썼다. 어쩌면 그것은 당장 받은 편지에

대한 답장이 아니라 19년 전 대관령에서 연희가 보낸 편지의 답
장인지도 몰랐다.

연희에게

안녕?

아무리 오래 시간이 흘러도 이렇게 인사부터 해야겠지.

연희의 소식을 알게 되고, 편지를 받게 되어 정말 놀랍고 반가
워. 참 많은 시간이 흐른 다음 이렇게 서로 소식을 주고받게 된
것만으로도 예전 대관령에서 내가 알던 연희가 잘 지내고 있는
것 같아 그것도 여간 다행스럽지 않구나.

나는 이따금 서울에서 강릉으로 갈 때 멀리 눈앞에 펼쳐지는
대관령 마을의 풍경을 바라보곤 하지. 그렇게 지나가는 자동차
안에서 마을을 바라보노라면 저절로 그 시절 일들이 떠오르곤
해도 그건 어쩌다 그곳을 지날 때뿐이지 마음속으로는 오래도
록 그곳을 잊고 살았던 것 같아. 그런 대관령을 최근 연희 오빠로
부터 연희 소식을 들은 다음 다시 새롭게 떠올리고 있어.

그 시절 그곳에서 만난 연희의 존재까지 잊은 건 아니지만, 아
마도 그곳에 있을 때 내 처지의 곤궁함 때문에 더 외면하고 살았
던 것 같아. 돌아보면 그 시절 추억 속에 내 지난날보다 더 힘들
고 아픈 네가 있었는데 말이지. 이렇게 다시 소식을 알게 되고 편
지를 받게 되어 정말 반갑고 감사한 마음이 들어.

미옥이 소풍 날의 봄눈 얘기도 나는 까마득히 잊고 있었는데 다시 떠올리게 해줘서 고마워. 오래 잊고 있었지만 나야말로 그날의 소풍이 이제까지 나의 유일한 가족 소풍 같은 느낌이 드는구나. 그날 미옥이와 용래를 태우고 원주에 갔다가 돌아오던 밤길도 잊을 수가 없고. 그날 하늘목장에 내린 눈도 이제 나에게 첫 번째 눈이 되어 내 마음속에 영원히 녹지 않겠지.

내가 신문사에서 일하는 건 오빠한테서 들었을 테고, 미옥이는 결혼해 서울 근처에서 두 아이를 키우며 잘 살고 있어. 예전 모습 그대로 여전히 샘도 많고 질투도 많고 응석도 많지. 얼마 전 우리 사촌들은 대관령에 모여 즐거운 시간을 보내며 그 시절 내 얘기도 하고 연희 얘기도 했지.

옛 얘기를 하나 더 하자면 사실은 19년 전 대관령에서 서울 학교로 왔을 때 연희가 미옥이 어머니 편에 보낸 편지에 대한 답장을 먼저 했어야 했는데 그때 내게 피치 못할 일이 있어 그러지 못했어. 그때 내가 연희의 편지에 답장을 하고, 또 서울에서든 강릉에서든 연희를 만났다면 연희도 일본에 간 다음 계속 편지를 하고, 나도 답장을 하고 그랬겠지. 어쩌면 그때 연희에게 가장 따뜻하고 절실한 위로가 필요했을지 모를 시기에 그러지 못했던 것 정말 미안하구나.

거기에 대해 변명으로 하는 말은 아니지만, 그때 그 편지와 답장이 지금까지 죽 이어오지 않고 3년이든 5년쯤 지난 어느 시기에 또 어떤 일로 끝나버리고 말았다면 우리는 대관령에서 헤어진 지 19년이나 지난 지금 이렇게 다시 편지를 주고받을 수 없는 게 아닐까 하는 생각도 해. 우리가 함께 지낸 대관령에서의 추억과 다시 편지를 주고받는 동안 쌓여진 추억은 마음속에 지워지지 않고 남아 있어도 우리 관계는 이미 어느 시기에 끝나버렸을지도 모르니까. 물론 얼굴을 붉히며 끝난 관계가 아니라면 다시 많은 시간이 흐른 다음 연희 오빠가 내게 아버지와 관계된 신문 기사를 부탁할 수 있고 내가 그 부탁을 지금처럼 기쁜 마음으로 들어줄 수 있어도, 19년 동안이나 서로 존재만 기억하고 있다가 어느 날 갑자기 이렇게 연락이 닿아 소식을 주고받는 기쁨과 반가움만 하지는 못하겠지.

사람의 운명뿐 아니라 어떤 일에도 하늘은 한쪽 문을 닫으면 다른 쪽 문을 반드시 열어둔다는데, 19년 전 연희가 보낸 편지에 안타깝게 소식이 이어지지 못한 다음 정말 이렇게 다시 연락하게 되어서 얼마나 반가운지 몰라. 앞으로 이쪽 소식도 전하겠지만, 그때 연희 편지에 답장을 하지 못한 내 미안함의 표현이 뒤늦게 연희와 연희 주변을 불편하게 하지 않는다면 눈 내리는 삿포로의 겨울 동안 이번엔 내가 먼저 연희가 있는 곳을 꼭 찾아가고 싶구나.

눈이 전설적으로 많이 내리는 그곳은 대관령과 또 어떻게 다른지.

또 연락할게.

—서울에서 박주호

며칠 후 다시 연희의 편지가 왔다.

주호 오빠에게

오빠 편지 참 반가웠어요.

몇 번이나 읽고 또 읽었는지 몰라요. 이제는 아주 많은 시간이 흘러 나조차도 잊고 있었던 옛 편지도 다시 생각하고요. 사실 지난 번 편지로 그때 내린 봄눈처럼 오빠를 놀라게 하고 싶었는데, 오빠는 놀라지 않고 오빠 답장을 받고 제가 더 기뻐 놀라고 있어요.

오빠는 대관령에서도 늘 그랬어요. 어떤 때는 다정한 것 같고, 어떤 때는 아주 모르는 사람처럼 화난 것 같을 때도 있고, 어떤 때는 우리 오빠보다 더 오빠 같기도 하고요. 내가 무얼 한참 얘기하면 듣고 있다가 중간에 꼭 이렇게 말하기도 했죠. "연희야. 너는 그게 중요하다고 생각하니?" 어떤 때는 이렇게도 말하고요. "연희야. 세상에는 그보다 더 중요한 일들이 많아." 19년 전 내가 미옥이 어머니 편에 드린 편지를 읽고도 그렇게 생각했을지도 모르고요. 그렇지만 그땐 좀, 아니, 많이 오빠가 섭섭했어요. 대관령에서 서울로 가자마자 나를 잊어버린 것 같아 마음이 아팠어요.

그런 아픈 마음을 안고 내가 삿포로에 온 건 6월이었어요. 준비할 시간은 반년쯤이었는데, 준비한 것은 아무것도 없이 고맙습니다는 아리가토 고자이마스, 미안합니다는 스미마셍, 아침에는 오하요우, 점심 때는 곤니치와, 저녁엔 곰방와, 이런 인사조차 제대로 입에 붙이지 못하고 엄마한테 왔어요. 공항에 내릴 때 엄마가 나오지 않으면 어떻게 하나, 스미마셍, 스미마셍, 그것만 걱정했어요. 엄마 집에 가서도 그랬어요.

엄마는 그때 한국에서 일본으로 온 다음 어떤 남자와 재혼해서 남자 아이를 하나 낳았어요. 지금은 내 동생이 된 켄이치가 여섯 살이 되던 해 켄이치 아버지와 헤어지고 켄이치하고 둘이 살다가 나를 부른 거였어요. 설명이 좀 복잡한 것 같아도 그렇게 복잡한 과정은 아니에요. 나 때문에 헤어진 것도 아니고요. 내가 왔을 때 켄이치는 여덟 살이었어요.

이 아이가 없었다면 내가 어떻게 빨리 일본어를 배울 수 있었을까요. 그렇지만 처음엔 이 아이도 낯설고 엄마도 낯설고 다 낯선 거예요. 여름이었고, 몇 달이 어떻게 흘러갔는지 모르겠어요. 하늘도 낯설고 땅도 낯설고 다시 대관령 할머니에게로 돌아가고 싶다는 생각뿐이었어요. 그때 삿포로에서 처음 저를 반기고 안심시켜주는 게 있었어요.

9월 하순이었는데, 켄이치를 따라 조심조심 거리로 나갔는데 집 앞 거리의 가로수가 너무 낯익은 거예요. 나무가 낯익은 게 아니라 나무에 주렁주렁 매달려 있는 새빨간 열매가요. 어쩌면 이럴 수가. 거리의 모든 가로수가 오빠하고 미라노 아주머니하고 구판장 아주머니랑 황병산 아래로 나뭇가지를 꺾고 열매를 따러 가서 보았던 마가목이었어요. 대관령에서는 깊은 산속에 있는 나무가 여기서는 신기하게도 거리의 가로수로 심어져 있는 거였어요. 얼마나 반가웠는지, 나무를 보자마자 누가 말해주듯 금방 그런 생각이 들었어요. 그래, 여기는 낯선 곳이 아니다. 아니, 낯선 곳이라 해도 저 나무만 곁에 있다면 그것 말고 다른 모든 것이 낯설어도 견딜 수 있을 것 같은 자신이 생겨났어요.

예전에 오빠가 그랬죠. 마가목이란 이름이 봄에 새싹이 돋을 때 잎이 말의 이빨처럼 힘차게 솟아나서 붙인 거라고. 나는 말의 이빨을 직접 본 적이 없는데, 그때 대관령에서 마가목 잎을 보면서 아, 말의 이빨이 이렇게 생겼는가 보다 생각했어요. 그런데 여기서는 마가목을 일곱 번 불에 넣어도 타지 않는 나무라고 해서 '나나카마도'라고 불러요. 그만큼 단단한 나무라는 뜻이겠지요.

옛날에 벼락의 신이 홍수로 떠내려가다가 죽을힘을 다해 붙잡은 나무가 마가목이었대요. 그래서 북유럽에서는 배를 만들 때 반드시 마가목 나무판 하나를 썼다고 해요. '함께 있으면 안심'이라는 꽃말도 그래서 생겨났고요. 정말 거리에서 이제 일본 나이로 열일곱 살의 여자아이가 마가목을 보는 마음이 그랬어요. 그래, 여기가 어디든 네가 있으면 안심이다. 내가 나무에게 말했던 것이 아니라 거리에 줄지어 선 나무들이 나에게 안심하라고 말했어요.

그리고 무엇보다 내 안으로 견디는 힘을 주었던 건 대관령에서부터 아침저녁으로 써왔던 〈마음산책〉이었어요. 그걸 오빠의 권유로 대관령에서는 하루도 빼놓지 않고 꼬박 2년을 썼거든요. 그때 오빠의 〈마음산책〉 안에는 내 얘기가 얼마나 들어 있는지 모르지만, 내 〈마음산책〉 안에는 오빠 얘기가 많았어요. 〈마음산책〉 노트를 사준 사람도 오빠고, 쓰라고 한 사람도 오빠고, 거기에 대해 가장 많이 얘기를 나눴던 사람도 오빠니까요. 지금도 그대로 보관하고 있는 내 〈마음산책〉 첫 장에는 이런 말이 적혀 있어요.

제 주위에는 이제 저를 보호하는 튼튼한 벽이 있습니다.
당신이 제게 해주신 말들로 쌓여진 벽이지요.
　　　　　　　　　　　　　　　　　　　—M.C. 데이비드

그때 오빠가 준 세계 명언집에서 옮겨 쓴 말이지만, 나는 M. C. 데이비드가 어떤 사람인지 그때도 모르고 지금도 몰라요. 어쩌면 기독교 목사거나 성경학자가 아닐까 짐작만 할 뿐이에요.

'당신이 제게 해주신 말'도 성경이 아닐까 짐작할 뿐이고요. 그때는 그런 짐작도 없이 처음 쓰는 〈마음산책〉이라 명언집 전체에서 고르고 골라서 이 말을 제일 앞 장에 썼어요. 오빠가 그때 내 주위에서 나를 보호해주는 튼튼한 벽 같았으니까요.

그러나 그보다 더 이 말을 〈마음산책〉의 첫 장에 쓰게 한 것은 저기 두 줄의 말에 나오는 당신이라는 단어 때문이었어요. 어디 의지할 데 없는 열여섯 살의 소녀가 마음속으로라도 오빠를 그렇게 부를 수 있다는 게 참 신기하고 비밀스러웠어요. 대관령에 있을 때 오빠에 대한 제 마음의 비밀이에요. 그때 오빠에게 절대 보여주지 못하고 내색할 수 없는 마음이지만, 그걸로 혼자 위로받고 따뜻했으니까요. 이 얘기도 나중에 기회가 되면 오빠한테 직접 할 수 있었으면 좋겠어요. 그럴 시간이 내게 허락된다면 좋겠어요.

오늘 나무 얘기를 했으니까 예전에 오빠하고 열매와 가지를 꺾으러 갔던 마가목에 대한 일본 노래 하나 알려드릴게요. 아, 그리고 보니 대관령에 있을 때 오빠와 함께 음악에 대해 얘기하거나 노래에 대해 얘기했던 적이 없는 것 같아요. 함께 들은 적도 없고요. 그렇지만 이 노래는 내가 참 좋아하는 노래예요. 오빠도 한번 찾아서 들어보세요.

하얗게 얼어붙은 아침 언덕에서 새빨간 보석을 찾아냈어요.

서리가 내린 마가목 열매를 입김을 불어 녹여주었지요.

손바닥 위의 빨간 열매를 멍하니 바라보는 동안 당신이 떠올랐어요.

이렇게나 차가운 계절에도 당신은 여행을 하고 있는 건가요?

당신이 여행을 떠난 것은 아직 눈이 남아 있을 때였어요.

그로부터 몇 번의 계절이 지나고 제 키도 커졌어요.

천천히 천천히 자라나는 마가목은 생명의 나무

이 나무가 좀 더 자라서 새하얀 꽃을 피울 때쯤

한 번 더 당신을 만날 수 있을까요?**

이 노래를 들을 때마다 꼭 대관령 시절의 내 얘기 같고 내 노래 같아요. 그게 다른 나무가 아니라 마가목이어서 더 그래요. 이 노래의 가사처럼 이 겨울이 가고 새봄이 되어 말 이빨처럼 힘찬 마가목이 새하얀 꽃을 피울 때쯤 한 번 더 오빠를 만날 수 있을까요? 마음속으로 그 생각을 하며 오늘 여러 번 이 노래를 들어요.

— 대관령 삿포로에서 연희 올림

** 테시마 아오이(Teshima Aoi)의 〈나나카마도(ナナカマド)〉 노래 가사.

연희의 편지를 읽고 주호는 우선 이 세상 어느 도시의 가로수가 마가목이라는 것에 놀랐다. 아니 그 나무로도 가로수를 할 수 있다는 것에 놀랐다. 그의 생각 속에 마가목은 깊은 산속에 있는 나무였다. 연희가 아니라 자신이라도 열여덟 살 때 그곳에 가 시내 거리에 줄지어 서 있는 마가목을 보았다면 저절로 그런 마음이 들었을 거라는 생각이 들었다.

대관령에서 자신이 썼던 〈마음산책〉은 대학을 졸업하던 해 신문사 입사시험에 합격한 다음 몇 가지 시험 준비서 사이에 꽂아두었다가 두세 번 방을 옮기는 동안 짐을 줄이며 폐지들과 함께 묶어 버린 듯했다. 언제 버렸는지, 버리고 나서 한 번도 그걸 왜 버렸지, 생각해본 적이 없었는데 처음으로 그걸 버린 게 아까운 마음이 들었다.

아마 그 속에 여기저기에서 틈틈이 보고 듣고 적은 좋은 말도 많았을 것이고, 그때그때 다진 각오도 새로웠을 것이다. 처음 그걸 쓰기 시작하던 대관령 시절엔 군데군데 연희 얘기도 적지 않았을 것이다. 많은 부분 연희 처지에 대한 연민이었을 테지만, 때로는 마음이 함께 어려져 같은 시기에 같은 시련을 당하고 있는 어린 연인처럼 여겼던 마음도 있었을 것이다.

그는 연희가 보내온 두 번째 편지에는 금방 답장하지 못했다. 대신 연희가 말한 노래를 다운받아 두 번 세 번 귀로는 노래를 듣고 눈으로는 한글 가사를 따라 읽었다. 다음 날 회사에 출근해서도 늘 이어폰을 꽂고 사는 김 기자에게 이 노래를 아느냐고 물었다.

"아, 나나카마도."

"유명한 노래야?"

"좋아하는 사람 꽤 있을걸요. 여기저기 배경음악으로도 쓰고."

"김 기자는 마가목 나무 알아?"

"무슨 나문데요?"

"노래에 나오는 나무 말이야."

"나야 나무는 모르죠, 본 적도 없는데. 노래만 알지."

그날 저녁에도 그는 답장을 쓰지 못했다. 노래를 잘 들었다고 만 할 수도 없고, 내 기억 속의 마가목 얘기와 이미 없애버린 〈마음산책〉 얘기만 할 수도 없었다. 주호가 미처 답장을 쓸 사이도 없이 이틀 후 다시 연희의 세 번째 편지가 왔다.

　주호 오빠에게

　엊그제 편지를 쓰고 나니 갑자기 대관령에 궁금한 사람들이 막 떠올랐어요. 미라노 아주머니와 구판장 아주머니는 당연히 궁금하고, 구판장의 수줍음 많은 진수 오빠도 잘 지내는지 궁금해요.

　또 대관령 사람 중에 떠오르는 사람이 있어요. 오빠가 겨울 숲 속의 새 같다고 말한 제일의원의 얼굴 하얀 간호사 언니요. 한밤 중에 약을 먹고 아침에 강릉 큰 병원으로 실려 갔던 그 언니는 지금 어디에서 어떤 모습으로 살고 있을까, 그때 그러고도 괜찮았을까, 거기 있을 때에도 뒷얘기를 듣지 못해 가끔 궁금할 때가 있어요. 그 언니를 떠올릴 때면 계절에 관계없이 문득 추운 생각이 들고, 얼굴이 떠오르는 것과 동시에 모든 게 다 잘되었으면 하고 바라는 마음이 화살처럼 빠르게 함께 지나가요. 지금은 더 그래요.

그 언니를 생각하면 마음 아픈 게 그런 일이 있고 난 다음 동네 어른들의 얘기였어요. 미라노 아주머니도 구판장 아주머니도 세상에 남자가 하나밖에 없어서 그러느냐고 말했어요. 나는 그때 오히려 어려서인지 몰라도 그 언니의 마음을 충분히 이해할 수 있었거든요. 그건 지금도 마찬가지예요. 그게 꼭 옳다고 생각하지 않지만, 사랑을 잃으면 세상을 다 잃는 사람의 마음을 세상 사람들이 함부로 말하고 너무 쉽게 말하는 게 싫었어요. 열일곱 살이어도 나는 알 것 같았거든요. 아주 잊은 듯 있다가도 이따금 그 언니가 생각나곤 해요.

그리고 구판장의 도배 일을 하시던 길 아저씨요. 이분은 지금 뭘 하실까요. 이제 나이도 꽤 드셨을 텐데, 가끔 생각이 나요. 아니 이분은 좀 자주 생각이 나요. 아마 저한테 바다를 처음 보여줘서 바다에 가서 멀리 그 건너 대관령 쪽을 바라볼 때도 생각나고, 여기서는 좀 흔하게 대하는 연어를 볼 때에도 언뜻 이분이 바다에 낚시를 던지던 모습이 그림처럼 떠오르곤 해요. 정말 어떤 영화보다도 멋졌거든요. 서쪽으로 조금씩 넘어가는 가을 해 아래

장엄하기도 했고요.

또 그 아저씨를 떠오르게 하는 게 있어요. 오빠가 준 우리 아버지 앨범에 보면 '마코마나이 경기장'이라는 말이 자주 나와요. 아버지가 스키를 타고 경기를 했던 곳인데, 지금은 경기장이 공원으로 바뀌었고 공원 바깥으로 강이 흘러요. 여기 강가에 있는 연어과학관에 1년생, 2년생, 3년생 연어를 살아 있는 모습 그대로 대형 수족관에 전시하는데, 제 남편이 이곳에서 수온과 수질에 대한 시설관리 일을 해요.

남편은 나보다 세 살 많은 마흔 살이고, 전에는 일본에서 연어가 가장 많이 올라오는 홋카이도 북쪽 시베츠 강의 연어과학관에서 일하다가 이곳으로 왔어요. 참 성실하고 마음이 여린 사람이에요. 우리 사이엔 나보다 남편을 더 닮은 여섯 살짜리 딸이 하나 있고, 남편은 연어보다 송어낚시 마니아인데 늘 장비를 사는 데 많은 지출을 해 집 안에 낚시 장비만 늘어나지 다른 살림이 늘어나지 않아요. 어쩌다 남편을 따라 송어낚시를 갈 때에도 그 아저씨 생각이 나요.

내 얘기를 좀 더 하면 나는 일본 나이로는 열아홉 살, 한국 나이로는 스무 살로 어느 정도 일본 말을 익힌 다음 남들은 대학에 들어가고도 남을 나이에 고등학교에 입학했어요. 삿포로에서도 가장 최근에 생겨 내가 입학하던 해 첫 졸업생을 배출한 국제정

보고등학교였어요. 국제문리과도 있고 정보기술과와 정보시스템과도 있었지만 나는 그냥 보통과에 입학했고, 졸업 후엔 대관령에서와 마찬가지로 내가 잘할 수 있는 삿포로 시내 수공예점에서 오래 일했어요. 남편을 만난 건 스물일곱 살 때였어요.

명한 오빠로부터 주호 오빠는 아직 미혼이고 혼자 사신다는 얘기를 들었어요. 어쩌다? 하고 조금 놀라기도 했지만 혼자시니까 어딜 떠나기도 조금은 편하실 것 같아요. 지난번 편지에서 한 얘기처럼 언제 한번 오빠가 이곳으로 오신다면 제가 안내할 수 있었으면 좋겠어요. 길 아저씨와 함께 오실 수 있다면 그렇게 하셔도 참 좋겠지요. 그러면 예전에 양양 낙산에서 어린 제가 대접받았던 것만큼은 아니지만 삿포로에서 연어 요리를 가장 잘하는 곳으로 두 분을 모시고 갈게요. 꼭 그럴 수 있었으면 좋겠어요. 그럴 영광을 가질 시간이 내게 주어졌으면 참 좋겠어요. 그때 길 아저씨의 연어는 대관령 할머니도 무척 감동하셨거든요.

오늘 내 얘기는 여기까지 할게요.

여기까지 쓰는데도 엄마보다 아버지를 닮은 유이(結衣) 양이 컴퓨터 화면의 낯선 한글이 신기한지 이건 뭐고 저건 뭐냐고 계속 방해를 하는군요. 밤도 늦었고요.

오빠도 안녕히 주무세요.

　　　　　　　　　　　　　—양양 남대천 삿포로에서 연희 올림

주호는 편지를 다 읽고 나자 엄마가 편지를 쓰는 동안 옆에서 컴퓨터 화면의 낯선 글씨를 가리키며 궁금해하는 연희의 딸과 흰 팔목에 파란색 풍선을 묶고 버스정류장으로 아버지를 찾아온 어린 연희의 모습이 한 그림처럼 떠올랐다. 한 아이의 얼굴은 전혀 모르고 한 아이의 얼굴은 먼 기억 속에 희미한데도 두 모습이 한 얼굴처럼 겹쳐졌다.

주호는 지난번에 기사를 뽑을 때는 찾아보지 않았던 삿포로 마코마나이를 구글 지도에서 찾아보았다. 연희가 말하는 연어가 올라오는 강은 삿포로 한가운데를 깊숙이 관통하며 홋카이도 서쪽 바다로 흘러가는 토요히라 강이었고, 강과 면한 공원 한쪽에 연어과학관이 자리 잡고 있었다. 구글에는 연어과학관의 전경과 아마도 한쪽 벽면 전체를 수족관으로 만들었음 직한 2년생 연어들의 수족관 사진도 함께 올라와 있었다.

그도 연어 사진을 보며 예전 길 아저씨는 어디에서 무얼 할까 궁금해졌다. 연희가 궁금하게 여기는 제일의원 최 간호사야 이제 와서 그가 일부러 찾아보기 어렵겠지만 길 아저씨는 찾으려면 얼마든지 찾을 수 있을 것 같았다. 그의 젊은 시절 그만한 박학다식자와 그만한 자유인을 보지 못했다. 여전히 자유로운지, 혹 그래서 나이 든 다음에는 행여 곤궁하지는 않은지 그런 것도 궁금했다. 대관령에서 처음 보았을 때 서른아홉 살이었던 아저씨도 어느새 예순이 되었을 텐데, 그러나 길 아저씨는 어디에서도 자유로운 영혼으로 건재할 것 같은 믿음이 있었다.

　세 번째 편지를 받은 다음 그는 다시 연희에게 답장을 썼다.

　연희가 자신의 삶에 대해 궁금해하는, 어쩌다 아직 미혼이고 혼자 사느냐는 질문에 대해서는 결혼에 대해 남과 다른 생각으로 독신을 고집했던 것은 아닌데 말 그대로 어쩌다 보니 그렇게 되었다고 했다.

　실제로 독신주의를 표방하거나 고집했던 것은 아니었다. 신문사에 입사한 다음 서른 살이 되었을 때 꽤 진지하게 2년 동안 사귀던 여자가 있었다. 그러나 그때 아버지가 중증의 당뇨로 거의 실명 직전이어서 어머니가 늘 옆에 붙어 있어야 했고, 병구완에 들어가는 비용도 만만치 않아 여자 쪽에서는 틈틈이 결혼 얘기를 했지만 주호로서는 어머니에게든 사귀는 여자에게든 결혼 얘기를 꺼낼 여건도, 그런 마음을 갖기도 쉽지 않았다. 그렇게 몇 년 끌다 여자가 떠난 다음 아버지가 세상을 떠났다. 그리고 시골에 있는 어머니를 서울로 불러 함께 살면서는 그의 마음이 결혼에 대해서는 반쯤 생각을 접게 되고 말았다. 그렇게 삼십대 후반을 보내며 담배 근처에도 가지 않은 어머니마저 폐암으로 세상을 떠나보내고 그냥 독신주의자처럼 혼자 살아가는 것에 익숙해지기도 하고 편해지기도 한 것이었다. 사무실에서 더러 김 기자에 대해 말하는 사람도 있지만 그건 두 사람 다 미혼의 동료로서 좋은 감정을 가지고 있는 것뿐이었다.

편지에는 자세한 내용을 쓰지 않았다. 그는 자신의 얘기보다 예전 대관령에 함께 있는 동안 연희의 존재에 대해 한 가지 궁금했던 부분에 대해 물었다.

내 나이 열네 살 때 횡계 버스정류소에서 너와 아버지와 어머니를 봤다, 너를 생각하면 제일 먼저 떠오르는 그림이 그것이다, 술을 마시고 아무에게나 행패를 부리는 아버지와 아버지를 데리러 온 이국적인 모습의 어머니와 그런 어머니를 희미하게 닮은 어린 여자아이의 조합이 지금도 내게는 잘 풀리지 않는 숙제처럼 남아 있다, 어머니가 단순히 일본사람이어서만이 아니라, 대관령에 있는 동안 너도 사람들의 시선에 대해 많이 힘들어했던 걸 안다, 이제 어른이 되었고 대관령 사람들과도 다르고 일본사람들과도 다른 어머니의 얘기를 해줄 수 있는지, 이건 너의 오빠 유명한 씨를 몇 번 만나면서도 묻지 못했다. 어린 시절에는 상처였다 해도 이제는 그렇지 않을 것 같은 생각이 든다, 그 부분을 알고 싶고 듣고 싶다고 말했다. 함께 대관령에 있는 동안엔 절대 물을 수 없는 말이기도 했다. 막상 편지를 보내면서도 이렇게 물어도 되는지 여간 조심스럽지 않은 부분이었다.

대신 연희가 궁금해하는 제일의원 최 간호사에 대해서는 그때 그런 일이 있은 후 자신도 뒤의 일들이 궁금했으나 그 후 소식도 행방도 알 길 없고 찾아볼 수도 없지만, 길 아저씨는 이참에 한번 찾아보려고 한다, 전국 몇 군데의 윈드서핑 클럽과 요트 클럽 쪽을 알아보면 쉽게 찾을 수가 있을 것 같고, 찾게 되면 길 아저씨의 소식을 사진과 함께 꼭 전하겠다고 했다.

그리고 아직 일정을 잡지는 않았지만 자신이 지금 계획하고 있는 삿포로 여행에 대해 나는 직업이 기자라 해외취재도 제법 다니고 그냥도 여기저기 다니는 편인데 어쩌다 삿포로에는 아직 가보지 못했다, 어쩌면 특별한 방문을 위해 이제까지 그곳을 남겨두었던 것인지도 모르겠다는 생각이 든다, 이번 겨울 동안 혼자라도, 또 길 아저씨와 연락이 닿게 되면 그와 함께 꼭 방문하고 싶다는 말을 지난번 편지에 이어 다시 썼다.

연희의 네 번째 편지는 이번엔 늦어 사흘 후에 답장으로 왔다. 주호는 연희의 편지를 신문사 자기 자리에 앉아 읽었다.

주호 오빠에게

먼젓번 아버지 앨범을 받고도 반가웠지만, 오늘 오빠의 편지를 받고도 이렇게 내가 연락할 수 있는 곳에 오빠가 계셔서 참 감사하고 반가웠어요. 오빠의 편지를 읽으며 오빠와 많은 추억을 함께했다는 생각이 들어 더욱 반갑고 기뻤어요. 벌써 11월도 절반이 지나고, 이곳은 아직 큰 눈이 내리지 않았지만 겨울이에요. 오빠가 있는 서울은 아니어도 우리가 있었던 대관령 역시 그렇겠지요.

오늘은 오빠가 궁금해했던 우리 엄마 얘기를 할게요. 그때 내가 어리기도 하고 또 그런 일이 거의 매일같이 있어서 오빠가 횡계 버스정류소에서 나를 처음 보았던 날의 일을 특별히 따로 기억하고 있지는 않아요. 그러나 그런 모습을 처음 본 오빠에게는 그 자리에 있었던 일도 이상했겠지만, 그것보다 더 특별했던 게 그곳에 있던 어떤 여자와 여자아이의 얼굴이 아니었을까 싶어요. 그래서 더 잊지 못하고 오래 기억하는 것일 수도 있고요.

대관령에 있을 때 오빠는 나를 처음 본 모습은 얘기했어도 그 일을 한 번도 묻지 않았어요. 나도 일부러 감추려고 안 했던 게 아니라 대관령에서는 내 얼굴에 대해서 내가 제대로 설명할 수가 없었어요. 엄마와 헤어졌던 건 초등학교 1학년이었던 일곱 살 가을이었고, 내가 남들과 조금은 다른 얼굴인지는 알아도 왜 다른지 모르고 자랐던 거예요. 그걸 삿포로에 와서야 알았어요. 그래서 오늘 오빠에게 이 얘기를 하기 전 마음먹고 홋카이도 대학에 한 번 더 다녀왔어요. 거기에 내가 만나야 할 사람이 있거든요. 우리 외할머니요.

열여덟 살 때 처음 삿포로에 와서 엄마의 아버지와 어머니에게 인사하러 외할아버지 댁에 갔을 때, 외할아버지보다는 외할머니를 보고 깜짝 놀랐어요. 이분은 정말 일본 할머니 같지 않고 서양 할머니 같았어요. 지금은 두 분 다 돌아가셨지만 그때 외할아버지는 일흔네 살이고, 외할머니는 일흔두 살이었어요. 대화는 일본말로 하는데, 몸가짐도 얼굴도 꼭 서양 할머니 같은 거예요. 엄마는 바로 그런 할머니의 딸이니까 대관령에 와 있을 때에도 다른 사람들보다 금방 눈에 띄었던 거지요. 저는 그런 엄마의 딸이고요.

나중에 학교에도 가고 다시 공부를 하면서 알게 되었는데, 외할머니의 아버지는 홋카이도 대학에 와 있던 미국 농업박사였어요. 홋카이도 대학은 그 할아버지 전에도 어떤 전통처럼 미국의 농업박사들이 와 있곤 했대요. 외할머니의 아버지가 와 있던 시기는 일본과 미국이 아주 사이가 좋았던 때라고 해요. 그때 할아버지는 서른다섯 살이었고, 미국에 가정이 있었는데 여기에 와서 다시 일본 여자와 결혼해 외할머니를 낳았던 거지요. 외할머니가 열다섯 살이 될 때까지도 함께 살다가 일본과 미국이 사이가 안 좋아지자 학교에서도 쫓겨나듯 미국으로 가고 외할머니와 외할머니의 어머니만 일본에 남은 거예요. 그때 이후 일본과 미국이 전쟁을 하는 동안 많이 고생하고 때로 저주하듯 손가락질을 받긴 했지만 다행히 외할머니의 어머니 앞으로 재산이 있어 전쟁이 끝나고는 계속 공부도 하고 살기도 그리 나쁘지 않았다고 해요. 나중에 외할아버지와 결혼해 엄마를 낳은 다음에도 삿포로 낙농품 가공회사에서 품질관리 일도 하고요.

외할머니는 어릴 때 집이 학교 관사처럼 홋카이도 대학 안에 있었나 봐요. 영어도 아주 잘해요. 내가 아직 일본말을 잘하기 전 켄이치와 함께 가면 외할머니가 우리를 데리고 홋카이도 대학에 놀러가는 걸 아주 좋아했어요. 켄이치와 나에게 그곳에 있는 것들을 하나하나 설명해줬어요. 거기에 가면 정문 가까운 곳에 그 학교를 처음 설립할 때(그때는 삿포로 농학교였대요) 교감으로 와 있었던 윌리엄 클라크 박사의 얼굴 동상이 있어요. 한국 사람들 모두 링컨만큼이나 잘 아는 사람이죠. "소년이여, 야망을 가져라." 나도 대관령의 내 친구들도 그 말을 모르는 아이가 없었어요. 그렇지만 이 동상도 여기에 먼저 세워져 있던 것은 미국과 전쟁을 하는 동안엔 원수 나라 사람의 얼굴이라고 무기 공장으로 실어 가고 나중에 다시 만들어 세웠다고 해요.

학교에 갈 때마다 외할머니가 그분에 대해 설명해서 어린 켄이치와 나는 처음엔 그분이 외할머니의 아버지인 줄 알았을 정도였어요. 설명하고 또 하는 외할머니의 마음 안에는 이곳에 처음 농학교를 설립한 이분만이 아니라 똑같은 방식으로 미국에서 이곳으로 와 학생들을 가르친 외할머니의 아버지에 대한 긍지와 자부심이 들어 있는 거였어요.

"켄이치야. 소년은 야망을 가져야 한단다."

그러면 켄이치는 똑 부러지는 소리로 예, 하고 대답했어요. 엄마가 늘 그랬거든요. 우리 켄이치는 대답은 정말 잘해. 내가 봐도 켄이치는 정말 대답을 잘했어요. 가기 전에 엄마가 꼭 얘기했거든요. 할머니 말씀 잘 들으렴. 그러면, 예, 가서도 예, 하니까 할머니가 예뻐하고 또 자주 부르곤 했어요. 엄마에게 전화해 "애들이 보고 싶구나. 애들 좀 보내라." 하면 어머니가 나하고 켄이치를 외할머니 댁으로 보내주었어요.

할머니가 나에게도 말했어요.

"유니야. 이건 소년의 얘기만이 아니란다. 너도 앞으로 이 세상을 위해 내가 무얼 하겠다, 하는 야망을 가져야 해."

그러면 나도 켄이치처럼 예, 하고 대답했어요. 그러고 나서 아직 잘 못하는 일본말로 한국에 있을 때부터 그 말을 알았다고 했더니 할머니가 깜짝 놀랐어요. "아니, 어떻게 알았니?" 우리가 배우는 책에도 나왔다고 하면 "아니, 어떻게 그런 일이." 하고 또 놀랐어요. 윌리엄 클라크 박사는 자신이 설립한 농학교의 교감 임무를 마치고 미국으로 돌아갈 때 학교 앞까지 자신을 배웅 나온 학생들에게 말 위에서 그 말을 했고, 나중에 그의 제자 한 사람이 성공해 여기 학교에 와서 후배들에게 강연을 하며 그 말을 했대요. 그게 학교 동창회 소식지에 실리고, 멀리 도쿄로 전해지고 일본 전국에 퍼져 나가고, 또 학생들이 배우는 교과서에도 실리고요. 그래서 이분은 미국에서는 잘 모르고 일본에만 많이 알려졌는데, 어떻게 이분의 말이 한국 아이들이 배우는 책에까지 실려 있느냐고 놀랐던 거죠.

나중에 할머니가 돌아가신 다음 혼자 이곳에 왔을 때 문득 대관령 중학교 음악선생님이 생각났어요. 〈로렐라이 언덕〉 노래를 배울 때인데 선생님이 아이들에게 물었어요. "너희들 이 노래 배우지 않아도 이미 다 알고 있지?" 아이들이 예, 하고 대답하니까 "너희 로렐라이에 가봤니?" 하고 또 물었어요. 당연히 안 가봤죠. 선생님도 안 가보고, 우리나라에 가본 사람도 그렇게 많지 않을 거래요. 그런데도 그 노래를 우리나라 사람들이 국민가곡처럼 부르는 건 그게 예전에 중고등학교 음악책을 만들 때 일본 음악책을 베껴 만들었기 때문이고, 가사도 독일 원래의 가사가 아니라 그걸 번안한 일본 가사를 그대로 베낀 거라고 했어요.

외할머니에게 조금 불경한 생각이지만 어쩌면 한국에 알려진 윌리엄 클라크 박사 얘기도 일본 음악책에서 베껴온 〈로렐라이 언덕〉과 같을지 모르겠다는 생각이 들긴 했지만, 홋카이도 대학 안에 있는 그 동상은 외할머니에게 외할머니 아버지의 동상과 같은 거였어요. 그건 외할머니의 영향을 받은 엄마도 그렇고, 어느 부분 켄이치나 나에게도 그래요. 우리 몸엔 1920년대 미국 매사추세츠 농과대학에서 이곳으로 온 어느 선각자와도 같은 농림학자의 피가 흐르고 있는 거죠. 이곳 사람들과 아주 조금은 다른 켄이치와 나의 얼굴도 그렇고요.

홋카이도 대학에 가면 외할머니가 먼발치에서라도 꼭 바라보고 오는 숲이 있어요. 하늘 꼭대기에 닿을 듯 아주 커다란 포플러나무가 줄지어 선 곳인데, 어릴 때 외할머니가 살던 집이 그 부근이었다고 해요. 학교 안에 아주 많은 나무들이 서 있는데 그중엔 외할머니의 아버지가 심은 나무도 있다고 했어요. 어떤 거목은 태풍에 뿌리가 뽑혀 쓰러진 채로 봄날 잔디 위에 그대로 잠을 자듯 누워 있기도 하고, 또 어떤 고목은 줄기 중간이 부러진 채 그냥 땅 위에 기둥처럼 서 있기도 해요. 어쩌면 그런 나무들 중에 외할머니의 아버지가 심은 나무가 있는지도 몰라요. 켄이치와 나는 외할머니를 기쁘게 해주려고 그곳에서 아름드리나무만 보면 여기 할아버지 나무, 여기 또 할아버지 나무, 하고 손으로 가리켰어요.

외할머니는 11년 전 삿포로에 가을이 막 시작될 때 돌아가셨어요. 홋카이도는 북쪽에 있어 그렇게 큰 태풍이 오지 않는데 그때 얼마나 센 태풍이 왔는지 외할머니가 홋카이도 대학에 가면 늘 바라보고 하던 포플러 길의 포플러나무가 절반가량 뿌리가 뽑혀 쓰러졌어요. 사람들이 아까워하고 아쉬워해 쓰러진 나무를 일으켜 세우기도 하고 다른 나무를 가져와 심기도 해 그곳은 재생의 숲이라는 이름을 얻었지만 외할머니는 끝내 저세상으로 떠나고 말았어요.

엄마가 성적도 별로 좋지 않은 한국의 스키선수와 편지를 주고받을 때 막상 외할아버지는 가지 못하게 붙잡는데 "그래, 네가 좋으면 가야지." 하고 그때 당시 삿포로에서 도쿄로, 또 도쿄에서 서울로 가는 비행기 표를 끊을 수 있는 돈과 여행 경비를 외할아버지 모르게 마련해준 사람도 외할머니였고, 두 번째 한국에 다녀온 다음 엄마가 배 속에 오빠를 가졌을 때 두 사람이 앞으로 결혼을 못하게 될지도 모르는데 엄마의 뜻대로 오빠를 낳게 해준 사람도 외할머니였대요.

오늘 가니까 잎은 이미 오래전에 다 떨어졌지만, 그 나무들은 외할머니의 아버지가 처음 그 자리에 심었을 때처럼 아주 씩씩하게 서서 찬바람을 맞고 있었어요. 나는 요즘 가끔 그런 생각을 해요. 더 잘하려고 하지도 말고 세상에 대해서도 내 딸 유이에 대해서도 딱 외할머니만큼만 하자. 그런데 그것은 또 능력으로도, 저마다 주어진 시간으로도 얼마나 하기 어려운 일인지 실감해요. 외할머니의 마음 안에는 외할머니만의 자유의지가 있었어요. 나는 그런 외할머니의 손녀고, 이런 걸 엄마가 대관령에 있을 때 우리가 어려도 가르쳐주었다면 얼마나 좋았을까, 생각할 때가 있어요. 그랬다면 주호 오빠와 함께했던 그 시절도 좀 더 씩씩하게 이겨냈을지 몰라요.

삿포로는 요즘 낮이 참 짧아요. 대관령보다 훨씬 짧아 네시만 되어도 벌써 해가 지려고 해요. 대신 여름 해는 대관령보다 길고요. 다음에 해 긴 여름 저녁에도 이렇게 오빠에게 편지를 쓸 수 있다면, 정말 그럴 수 있다면 좋겠어요. 지금은 아주 검은 밤이랍니다. 오늘 조금은 힘들었던 홋카이도 대학 외출로 제 몸도 조금 피로하고요.

안녕히 주무세요, 오빠.

— 해 짧은 삿포로에서 연희 올림

연희의 편지를 읽자 주호는 마치 지난 20년의 시간이 단번에 사라지고 대관령의 그 시절로 돌아가는 듯한 느낌이었다. 사람 감정에는 확실히 속일 수 없는 무엇이 있는지 옆자리의 김 기자가 "박 선배, 요즘 연애해요?" 하고 물을 정도였다. "왜?" 하고 묻자 김 기자는 "좀 들떠 보여서요." 하고 말했다. 전날엔 "나 들어보라고 했던 '나나카마도', 그거 그냥 그랬던 게 아니죠?" 하고 말하기도 했다.

아니라고 정색했지만, 주호는 주말에 다시 한 번 대관령에 가서 연희가 기억하고 있는 하늘목장과 새로운 펜션 단지가 들어선 예전 오수도리 산장과 연희네가 살았던 송촌마을 사진을 찍어 보내주어야겠다고 생각했다. 그가 대관령에 가 있던 시절만 해도 화목을 때는 집이 절반 이상이었던 송촌마을도 이제는 많이 달라졌을 것이다. 오수도리 산장과 송촌마을 옛집은 연희 오빠가 먼저 찍어 보내주었을 것이다. 그러나 하늘목장과 내차항 깊숙이 황병산 아래에 열매와 가지를 꺾으러 갔던 마가목 군락지는 연희와 자신만 떠올릴 수 있는 곳이었다. 하늘목장은 그곳에서 맞은 봄눈을 잊을 수 없다 해도 본격적으로 눈이 내리면 찾아가기 어려운 곳이기도 했다.

그는 대관령에 가서 하늘목장과 송촌마을뿐 아니라 예전 구판장과 미라노가 있던 거리도 찍고, 건물 겉모습은 예전과 크게 달라진 게 없는 횡계 버스정류소도 어린 날 자신이 연희를 처음 보았던 대합실 내부와 길 건너편 지서 앞에서 이쪽으로 전체 전경 사진도 함께 찍었다. 늦은 점심을 먹은 다음 이제는 새로 길이 나 국도로 변한 옛 고속도로를 따라 대관령 휴게소로 가서는 그곳 길가에 예전보다 더 굵어진 자작나무 숲과 대관령 고개 넘어 동쪽으로 둘이 마지막으로 갔던 길가 쉼터와 또 거기에서 멀리 바라보이는 바다 전경을 찍고 또 찍었다.

그는 대관령에서 찍은 사진을 한 장 한 장 신문에 사진 설명 달듯 정리해 전자메일로 연희에게 보냈다. 신문사 사무실에 앉아 찍은 자신의 사진도 한 장 첨부했다. 연희의 최근 모습을 찍은 사진을 보내주었으면 좋겠다는 뜻이었다. 헤어질 때 열여덟 살의 그 아이는 또 어떻게 변했는지 주호 역시 궁금했다.

그리고 지난번 연희에게 주었던 것과 똑같은 앨범 하나를 더 만들어 유명한을 불렀다. 실제로는 그가 부른 게 아니라 유명한에게 우편으로 보내주겠다고 했지만, 유명한이 굳이 자기가 찾아와 받아가겠다고 했다. 약속을 잡으며 유명한은 그날 저녁 소주 한잔할 수 있겠느냐고 물었다.

그런데 이상하게 그가 사진을 보낸 날로부터는 열흘, 마지막 편지가 온 날로부터는 보름 넘게 연희의 다음 편지가 오지 않았다.

그리고 우리를 슬프게 하는 것들

　유명한과 약속한 날 대관령에 첫눈이 내렸다. 가을과 초겨울
가뭄이 길어지며 예년에 비해 보름 가까이 늦은 소식이었다. 아
침 텔레비전에서 대관령의 눈 소식을 들을 때 주호는 더 의식적
으로 연희가 말한 하늘목장의 봄눈을 떠올렸다. 금방 통화를 할
수 있다면 여기 대관령에도 눈이 왔다고도 말해주고 싶은 마음이
었다. 오후 늦게 마지막 기사 송고를 끝내고 나가 유명한에게 연
희의 것과 똑같게 만든 앨범을 건넸다. 유명한은 마치 그러기로
작정하고 온 사람처럼 전보다 많은 술을 마시고, 또 그에게 계속
술을 권했다.

　"박 기자님은 우리 연희를 어떻게 생각하십니까?"

　대관령에서 떠나던 무렵의 어머니 얘기를 하고, 연희의 예전

얘기와 지금 얘기를 하던 중이었다.

"어떻게 생각하다니요?"

"연희가 대관령에 있을 때 기자님을 많이 좋아했던 건 아시죠?"

그날 유명한은 무엇이든 단정하듯 말했다.

"그때 서로 처지가 그랬으니까요. 옆 가게에서 일하며 심정적으로 의지한 것도 적지 않을 텐데 제대로 힘이 되어주지 못한 것도 돌아보면 미안하고요."

"아닙니다. 연희에게는 그때 기자님이, 아니 형님이 학교였고, 이 세상에서 제일 크고 따뜻한 언덕이었습니다. 이건 제 얘기가 아니라 지난번 연희가 한 얘깁니다. 그 오빠가 자기의 학교였다고. 그리고 그건 저에게도 그랬습니다. 저 형이 내가 지켜주지 못하는 우리 연희를 지켜주는구나, 하고요."

"그런데, 요즘 무슨 일인지 연락이 안 되는군요."

그는 자신이 마지막 편지에 답장을 보낸 지도 제법 시간이 지났고, 또 얼마 전 대관령에 가서 찍어온 사진을 보낸 지도 꽤 오래인데 연희의 답장이 없다고 말했다.

"그게 말이죠⋯⋯."

이제까지는 어떤 말도 단도직입적으로 하던 유명한이 한숨처럼 잔을 내려놓았다.

"뭐 안 좋은 일이 있습니까?"

"예, 좀⋯⋯."

"무슨 일인데 그래요?"

"용서하십시오. 속이려 했던 건 아닌데……."

그러면 긴장하고 들어야 할 말이었다.

"사실 안 좋은 일은 지난가을 제가 형님께 처음 연락할 때부터 있었습니다."

주호 입장에서 이걸 놀랄 일이라고 해야 할지 황당한 일이라고 해야 할지, 유명한은 연희가 이미 그전부터 몸이 안 좋았고, 자신이 일본에서 용래를 통해 그의 근황을 알아보았던 것도 바로 그래서였다고 했다.

"말해봐요. 더 놀라지 않을 테니까."

"연희가 형님에게 몇 번 편지를 보내던 때가 집에 머물러 있던 마지막 시간이었습니다. 지금은 다시 병원에 입원해 있습니다. 형님께 편지를 보내던 때도 사실은 병원에 있어야 하는데 연희가 워낙 완강하게 요구해 잠시 집에 와 있던 거였습니다."

"대체 어디가 안 좋은 거예요?"

그도 얼굴이 하얘지는 느낌 속에 짧게 물었다.

"지난 8월에 제가 삿포로로 갔을 때 췌장에 이상이 있다고 했고, 그때부터 조금씩 안 좋았습니다. 아버지에 대한 생각을 저와 어머니에게 말했고, 대관령에 있을 때 형님 얘기를 여러 번 해서 용래 편에 형님이 어디 계신지 알아보았습니다. 신문사에 계신다는 말씀을 듣고, 저 혼자 그럼 예전에 아버지가 참가했던 대회의 기사와 기록을 정리할 수 있다면 그걸 연희에게 마지막 선물로 주면 좋겠다고 생각했습니다. 다른 사람이 아니라 마지막까지도 형님이 그걸 정리해주신 거여서 연희가 정말 기뻐하고 고마워했습니다. 사실 그때부터 좀 급속도로 나빠지고 있었는데 병원에 입원해 있다가 잠시 다시 집으로 와 있었던 것도 그래서였습니다. 형님을 속일 생각으로 말하지 않은 게 아니라 연희가 워낙 완강하게 자기가 형님과 직접 통화를 하거나 연락할 때까지는 제발 얘기하지 말라고 해서 그렇게 되었습니다."

"지금 연희 옆에 누가 있나요?"

그는 감정을 최대한 누르고 차분한 목소리로 물었다.

"어머니하고 남편이 있습니다."

"전화 통화도 어려운가요?"

"예. 지금은……. 소리 내어 말하는 게 힘들어 누구 전화도 받지 않고 받을 수도 없습니다."

그는 지난가을 연희가 말했다는 '순정한 시간'이 그냥 나온 말이 아니라는 것과 보내온 편지마다에 연희가 그것이 허락된다면 앞으로 무엇 무엇을 하고 싶다고 자신의 시간에 대해 쓴 말들이 숨은 그림처럼 곳곳에 배어 있다는 것을 떠올렸다.

유명한이 열시쯤 자리에서 일어서려고 했지만 이번엔 그가 놓아주지 않았다. 마셔도 취기가 오르지 않고 점점 정신이 명료해지는 듯했다. 늦은 밤 오히려 먼 길을 가야 하는 유명한이 잡아주는 택시를 타고 돌아오는 길에 그는 20년 전 봄눈이 내렸던 날 밤을 떠올렸다.

원주에서 대관령으로 돌아와 다시 송촌으로 연희를 데려다주는 차 안에서였다.

"오빠."

"왜?"

"근데, 사람이 죽으면 어디로 가요?"

"하늘로 가겠지. 몸은 땅으로 돌아가고."

"하늘도 넓어서 여러 군데잖아요. 동쪽 하늘 서쪽 하늘."

"그래도 하늘로 가겠지. 어느 쪽이든."

"오빠."

"왜?"

"나는 이다음에 오빠하고 같은 데 갔으면 좋겠어요. 동쪽 하늘로요."

"까분다, 어린 게……."

"왜요? 어려도 얘기는 할 수 있잖아요. 그러면 거기 꽃 피어도 좋을 것 같고, 오늘처럼 새로 잎이 나고 꽃 피다가 눈이 내려도 좋을 것 같아요. 거기 가서도 내 마음의 〈마음산책〉 쓰고요."

"그런데 왜 동쪽 하늘이야?"

"다른 데보다 밝잖아요. 해도 먼저 뜨고."

"그렇구나. 이왕이면 동쪽 하늘이 따뜻하겠네."

"그런데 오빠."

"왜?"

"오빠하고 또 차 타고 멀리 가고 싶어요. 밤새도록요."

"어디로?"

"그냥 멀리요. 이럴 때 아니면 언제 오빠하고 멀리 갔다 오겠어요?"

"그래. 다음엔 더 멀리 가자."

"꼭요. 오빠가 나 좀 데려가줘요. 오빠가 아니면 나는 어디에도 갈 수가 없어요."

"그래."

송촌 집 앞에 다 가서도 연희는 금방 내리지 않고 오래 자동차에 앉았다가 내렸다.

"오빠."

"왜?"

"아니에요……."

"말해. 괜찮아."

"그냥 오빠 불러봤어요."

"……."

"낮에 눈 내린 것도 좋았고요. 오빠하고 멀리 갔다 온 것도 좋고요. 이다음 아무리 시간이 흘러도 잊을 수가 없을 거예요."

연희의 편지는 더 오지 않았다.

그가 보낸 편지도 지난번 이후 읽지 않았다. 그녀의 오빠를 만나고 온 다음 조금은 격한 마음으로, 그리고 조금 차분해진 마음으로 사흘 간격으로 두 통의 편지를 더 보냈지만, 지난번 것까지 모두 보낸 편지함에 그대로 잠들어 있었다. 열흘쯤 후 확인하듯 다시 보낸 편지도 그랬다.

그러다 긴 겨울이 가고 봄이 올 때쯤 다른 설명 없이 유명한이 보낸 우편물이 하나 왔다.

작은 상자 안에 손으로 바느질을 해 만든 동전주머니가 들어 있었다. 그 안에 있는 건 아주 오래전 연희의 손바닥 위에 놓여 있던 1972년 삿포로 동계올림픽 기념주화였다. 그걸 싼 종이에 연희의 목소리가 쓰여 있었다.

사랑해요
주호 오빠

그 시절 연희의 글씨였다.

그간 오고 가지 못했던 참으로 많은 말들이 가슴으로 전달되었다. 그녀는, 누구라도 정말 그렇게 떠나보내면 안 되는 사람이었다. 그는 가만히 손을 오므려 어린 연인이 보낸 마지막 선물을 꼭 쥐었다.

그래…….
나도 너를 사랑한다.

지금이 아니라, 그녀가 열일곱 살이었고 그가 스물네 살이었던 그 시절의 마음으로 대답했다. 그는 비로소 자신 역시 순정했던 시간 한 작은 아이를 사랑했다는 것을 알았다.

　어느 가을 삿포로를 방문한 적이 있다. 날씨가 대관령과 너무 비슷했다. 산에 있는 나무들도 들에 핀 꽃들도 대관령의 나무와 대관령의 들꽃과 똑같았다. 더 놀랐던 것은 대관령의 깊은 산속에 있는 마가목이 그곳엔 도로의 가로수로 심어져 있는 것이었다. 산에서만 보다가 거리에서 보니까 가지마다 한 손에 가득 담기는 붉은 열매가 더욱 고혹적이고 반가웠다. 그걸 손안의 탄력으로 느끼며 대관령에서 자란 아이가 말 하나 글 하나 배우지 않은 채 이곳에 와 살아도 이 나무 때문에 외롭지 않겠구나, 하는 생각이 들었다. 그러다 겨울이 되면 아이에게 익숙한 눈이 내리겠지, 하는 생각을 했다.

삿포로는 일본의 눈 많은 고장이고, 대관령은 우리나라의 눈 많은 고장이다. 내 기억으로 눈이 내리지 않는 4월보다 눈이 내리는 4월이 더 많았고, 어느 해는 5월에도 눈이 내렸다. 그것 역시 대관령에서 자란 아이가 말 하나 글 하나 배우지 않은 채 삿포로에 와 살아도 저 나무들과 눈 때문에 외롭지 않겠다는 생각이 들게 했다.

삿포로에서 자라 겨울에 끊임없이 내리는 눈 말고는 모든 것이 낯선 대관령에 와서 사는 한 여자가 있다. 그 여자가 낳은 아이가 다시 대관령에서 보았던 붉은 열매의 마가목이 가로수로 심어져 있는 것 말고는 모든 것이 낯선 삿포로에 가서 살고 있다.

삿포로에서 태어나 대관령에 와서 사는 여자에게도 사랑하는 사람이 있고, 대관령에서 태어나 삿포로에 가서 사는 여자에게도 사랑하는 사람이 있다. 사랑이 그들의 몸을 움직이게 하고 마음을 움직이게 한다. 그들의 겨울눈 같은 사랑과 봄눈 같은 사랑 이야기를 하고 싶었다. 겨울눈은 무거워 운명적이고, 봄눈은 미처 눈을 돌릴 사이 없이 녹아버려 안타깝다.

글을 쓰는 내내 이 겨울눈 같고 봄눈 같은 소설과 함께 해준, 대관령에 대한 내 소중한 기억들에 감사하다. 아주 예전에 그곳에서 만난 사람들과 형제들에게 감사하고, 구상과 취재에서부터

한 편의 소설로 완결될 때까지 이 글과 동행해준 사람에게 감사하다.

나는 여전히 대관령의 봄눈을 기다린다.

2016년 4월

이순원

이순원

1958년 강원도 강릉에서 태어나 1985년 《강원일보》 신춘문예에 「소」, 1988년 《문학사상》 신인상에 「낮달」이 당선되며 작품 활동을 시작했다. 「수색, 어머니 가슴 속으로 흐르는 무늬」로 동인문학상, 「은비령」으로 현대문학상, 「아비의 잠」으로 이효석문학상, 『그대 정동진에 가면』으로 한무숙문학상, 『얘들아 단오가자』로 허균문학작가상, 「푸른 모래의 시간」으로 남촌문학상을 수상했다.

소설집으로 『그 여름의 꽃게』, 『얼굴』, 『말을 찾아서』, 『그가 걸음을 멈추었을 때』, 『첫눈』 등이 있고, 장편소설로 『압구정동엔 비상구가 없다』, 『수색, 그 물빛 무늬』, 『아들과 함께 걷는 길』, 『순수』, 『첫사랑』, 『19세』, 『나무』, 『흰별소』 등이 있다.

삿포로의 여인

초판 1쇄 발행 | 2016년 4월 18일
초판 2쇄 발행 | 2016년 9월 26일

지은이 | 이순원

발행인 | 이상언
제작책임 | 노재현
책임편집 | 박성근
디자인 | 김진혜
조판 | 김미연
마케팅 | 오정일 김동현 김훈일 한아름 이연지

발행처 | 중앙일보플러스(주)
등록 | 2007년 2월 13일 (제2-4561호)
주소 | (04517) 서울시 중구 통일로 92 에이스타워 4층
대표전화 | 1588-0950
제작 | 02-6416-3928
홈페이지 | www.joongangbooks.co.kr / www.facebook.com/hellojbooks

ISBN 978-89-278-0750-6 03810

문예중앙은 중앙일보플러스(주)의 문학 단행본 브랜드입니다.